LA NOUVELLE ARCADIE

M.A. ROTHMAN

STEVE DIAMOND

TRADUCTION PAR
FLAVIEN VUILLARD

DU MÊME AUTEUR :

Le Facteur Darwin

Menace Primale (*L'Exode t. 1*)
Le Dernier souffle de la liberté (*L'Exode t. 2*)

Opération main morte (Levi Yoder, t.1)
Infiltré (Levi Yoder, t.2)

Multivers

La Nouvelle Arcadie (Alicia Yoder, t.1)
Opération Emprise (Alicia Yoder, t.2)

TABLE DES MATIÈRES

CHAPITRE

UN

Une nappe de brume flottait sur la forêt. Les pas de l'agent s'enfonçaient dans le sol humide en produisant un bruit de ventouse, et en soulevant une odeur de tourbe – une odeur terreuse, sombre et riche qui rappelait la laine mouillée et la pourriture. Au loin, il aperçut une clôture de barbelés, premier signe du camp de haute sécurité qui n'était pas censé se trouver là.

Tête baissée et dos courbé, l'agent continua de progresser en direction du camp ; mais soudain il se figea en entendant un crissement, puis un craquement, sous ses pieds. L'effroi l'envahit lorsqu'il comprit qu'il marchait sur des os d'enfants.

Encore une tombe creusée superficiellement autour du camp – ce camp que les gens avaient baptisé La Nouvelle Arcadie.

Malgré l'horreur de la situation, l'agent continua d'avancer.

Il n'entendit pas la balle du sniper qui se déplaçait à deux fois la vitesse du son avant de le percuter de plein fouet.

À cet instant, ce fut le noir complet.

Dans une salle insonorisée, à une quinzaine de mètres sous le poste militaire de Fort Meade, Doug Mason observait deux de ses spécialistes qui travaillaient sur un patient allongé sur un brancard d'hôpital.

L'un était un neuroscientifique qui surveillait un écran plat relié par un faisceau de fils au cuir chevelu du patient ; l'autre était un petit homme à lunettes qui avait été anesthésiste, avant que Mason ne le recrute dans l'Organisation.

L'Organisation était une agence gouvernementale clandestine. Elle n'avait pas d'existence officielle, et ses membres formaient un groupe exclusif, triés sur le volet pour leurs compétences particulières. Ces deux-là venaient du secteur privé, et servaient à présent une cause plus élevée... une cause qui impliquait un certain nombre de tâches inhabituelles, dans lesquelles la sécurité nationale était en jeu. Cette journée ne faisait pas exception à la règle.

Mason laissa glisser son regard vers la tête du brancard.

— Jerry, il pourra répondre aux questions, n'est-ce pas ?

— Oh, sans aucun doute.

Le neuroscientifique pointa un doigt vers le moniteur, qui affichait des tracés oscillatoires semblables à des gribouillis.

— Nous avons une signature EEG caractéristique de l'inconscience pour le moment, dit-il. Mahesh va immobiliser chimiquement l'agent Chen. Le sédatif qui agit sur lui actuellement devrait cesser son action ; il va se réveiller.

— Se réveiller sans être capable ne serait-ce que de cligner les yeux, ce doit être assez étrange, dit Mason, qui assistait pour la première fois à une séance de programmation.

Il faut dire qu'il y en avait eu très peu jusque-là, et chaque fois à un moment où il était absent.

— Il est primordial qu'il ne bouge pas, pour différentes raisons, la plus importante étant liée aux séquences de programmation auditives et visuelles.

Le neuroscientifique régla un des paramètres de ce qui ressemblait à un casque de réalité virtuelle que portait le patient.

— Lorsque nous avons commencé à expérimenter la neuro-programmation, les sujets n'arrivaient pas à la supporter. Les résultats étaient très mauvais.

— Que voulez-vous dire par « ils n'arrivaient pas à la supporter » ? C'était douloureux ?

L'homme aux cheveux grisonnants haussa les épaules.

— Difficile à dire. Avant que nous ne provoquions la paralysie des sujets, ils ont eu une réaction autonome ; ils ont commencé à s'agiter de manière incontrôlée, et même lorsque nous les avons attachés à leur lit d'hôpital, nous n'avons pas pu verrouiller complètement la programmation. C'est une technique de pointe. Généralement, les sujets ne se rendent même pas compte de ce qui se passe pendant qu'ils y sont soumis.

— Bon, commençons, intervint l'anesthésiste.

Il avait un accent indien prononcé. Il nettoya l'orifice d'injection de la perfusion avec un tampon d'alcool, puis y injecta un liquide transparent.

— C'est de la Quelicine, expliqua-t-il à Mason. D'une grande efficacité. Il sera complètement immobile. Je vais attacher une pompe à perfusion à l'intraveineuse pour qu'il reçoive quatre milligrammes par minute pendant toute la durée de la procédure.

Mason regarda les deux hommes travailler en équipe. Tout cela le mettait mal à l'aise. Il savait que c'était nécessaire – les nouvelles de Chine étaient très mauvaises, et l'agent Chen était requis pour une mission très spéciale – mais cela ne suffit pas à apaiser sa nervosité.

— Il a reçu de quoi inverser la sédation, dit l'anesthésiste. Il devrait se réveiller maintenant.

Il brisa une capsule sous le nez de l'homme, et une odeur d'ammoniaque se répandit dans l'air.

— Est-ce qu'il réagit ?

— Oui. Il est réveillé, dit le neuroscientifique, concentré sur le moniteur.

— Agent Chen, je suis le docteur Patel. Vous m'entendez ? dit l'anesthésiste en s'adressant à l'homme.

Mason ne comprenait rien à ce qui s'affichait sur le moniteur, ce qui n'était manifestement pas le cas de l'anesthésiste, qui dit :

— Il vous entend.

— Agent Chen, nous allons commencer la session. Détendez-vous. Vous ne vous souviendrez de rien quand tout sera terminé.

Le neuroscientifique fit apparaître un nouvel écran sur le moniteur. Celui-ci affichait une série de motifs.

— Envoi d'une première série de signaux de base…, dit-il.

Un bourdonnement léger se fit entendre, provenant du casque de l'agent. Une représentation en 3D du cerveau apparut à l'écran, pivotant sur elle-même, avec des parties en surbrillance.

— Est-ce que les parties en surbrillance indiquent les endroits où vous placez les souvenirs ? demanda Mason.

— Oui. Il s'agit de la première programmation d'un cycle de trois.

— Pourquoi faut-il que vous vous y repreniez à trois fois ?

— Nous nous sommes rendu compte que la répétition permettait aux souvenirs de mieux se fixer. Et il ne s'agit pas d'une répétition pure et simple. Lors de la troisième programmation, nous provoquons un sommeil lent qui va consolider la mémoire…

— Je croyais au contraire que c'était le sommeil paradoxal qui facilitait la consolidation de la mémoire, fit valoir Mason.

— Non. Le sommeil à ondes lentes qui vient juste après l'endormissement est le moment où l'intégration des nouveaux souvenirs se fait le mieux. J'induis donc cet état avec un générateur de fréquence à ondes lentes, puis je déclenche des ondes delta avec un courant d'environ dix milliampères à travers les électrodes fixées sur le front et la base du crâne de l'agent. Ce n'est peut-être pas une très bonne analogie, mais sur le plan conceptuel, c'est un peu comme lorsque votre ordinateur reçoit une mise à jour, et que vous devez le redémarrer avant qu'il ne puisse traiter les changements. Et parfois, vous devez le redémarrer à nouveau une fois la configuration faite. Pour le cerveau, c'est le même processus.

Le scientifique entra plusieurs commandes tactiles sur l'écran, et du texte se mit à défiler rapidement, ainsi que des images de lieux et de personnes. Tous les éléments pertinents en vue de la mission à venir.

— Okay, Mahesh, j'ai orienté les signaux. Je suis sur le point d'appuyer sur « Entrée». Il est prêt ?

— La tension artérielle est à 115/78, l'oxygène à 100 %, et la fréquence cardiaque à 45. Tous les signaux sont au vert.

— On y va.

Une partie de l'écran du neuroscientifique se brouilla et afficha des flux rapides de caractères qui paraissaient tout droit sortis du film *Matrix*. Mason regarda l'agent, et vit que le teint de Chen perdre sa pâleur et rosir, comme s'il avait une réaction allergique ou une bouffée de chaleur.

L'anesthésiste ajusta le respirateur ; sa fréquence cyclique augmenta, et du même coup le nombre de respirations par minute de l'agent.

— La tension artérielle est maintenant à 165/80, et la fréquence cardiaque à 115. On est toujours bon.

Tandis que la programmation se poursuivait, le teint de l'agent passa du rose au rouge, et des gouttelettes de transpiration se formèrent sur son visage.

— Combien de temps encore ? demanda Mahesh en ajustant

de nouveau le respirateur, l'air inquiet. La tension est passée à 205/84, et la fréquence cardiaque à 185.

Le regard de Mason, mâchoire crispée, allait des médecins à l'agent Chen, et vice versa.

— C'est bientôt terminé, dit Jerry. Cinq... quatre... trois... deux... un... c'est fait !

Le bruit blanc qui avait envahi la pièce cessa. Le seul son audible provenait du respirateur, qui essayait de répondre aux demandes vitales d'un patient qui venait de vivre une expérience éprouvante.

Mason expulsa un souffle qu'il n'avait pas conscience d'avoir retenu, et sentit en même temps une vague de culpabilité l'envahir. Pas étonnant que le sujet ait dû être immobilisé pour cette « programmation ». Quel genre d'enfer faisaient-ils vivre à ces gens ? Cela en valait-il vraiment la peine ?

— Les constantes du patient redeviennent normales. La tension est à 135/78, et le rythme cardiaque à 70. Et ça continue de baisser.

Mason se tourna vers le neuroscientifique.

— Est-ce qu'il m'entend ?

Jerry acquiesça d'un hochement de tête.

— Chris. Agent Chen, c'est le directeur Mason. Êtes-vous d'accord pour continuer ?

Le neuroscientifique fixait son écran.

— Pouvez-vous reposer votre question ? Je ne suis pas certain que l'agent l'ait entendue. Son cerveau est encore en train de traiter l'assaut qu'il a subi.

Mason se pencha plus près.

— Agent Chen, êtes-vous d'accord pour continuer ?

Cette fois, le neuroscientifique hocha la tête.

— Les ondes EEG correspondent aux réponses affirmatives que nous avons enregistrées avant le début des tests. Il est prêt à continuer.

Mason recula d'un pas, et fit signe aux médecins de poursuivre l'expérience. Aucune loi ne leur interdisait de faire ce qu'ils faisaient, mais si on lui avait posé la question, il aurait probablement répondu que c'était un tort.

Tout cela au nom de la sécurité nationale.

Les feux de l'enfer paraissaient une douce punition comparés à la brûlure qu'Alicia ressentait au niveau du visage, après qu'on l'avait aspergé de gaz irritant. Elle trottinait sur place en entendant les autres stagiaires tousser et lutter contre les effets du gaz lacrymogène au poivre. Cligner des yeux pour tenter de faire disparaître les composés chimiques n'était d'aucune aide ; elle avait l'impression d'avoir du papier de verre sous les paupières. Tout ce qu'elle pouvait faire, c'était serrer les dents et essayer d'ignorer la douleur en sautillant sur place sur la pointe des pieds.

— Allez, on bouge ! On bouge ! On bouge !

L'un des instructeurs la poussa vers la piste, et elle dut puiser dans le peu qu'il lui restait d'abnégation pour ne *pas* balancer son poing dans la figure du type.

Elle et une douzaine d'autres stagiaires de l'académie du FBI s'entraînaient dans une partie isolée de la base des Marines de Quantico. Elle avait été intégrée à cette classe de formation trois jours plus tôt seulement. Pourtant, en dépit de la poussière étouffante, du gaz irritant, de la douleur physique presque insoutenable, il y avait une chose qu'elle ne pouvait permettre, et cette chose, c'était laisser ces salopards prendre le meilleur d'elle-même.

— Plus vous transpirerez et souffrirez ici, moins vous en baverez en mission. Je veux maintenant que vous couriez tous deux kilomètres. Pour les moins futés d'entre vous, qui auraient du mal à compter, ça fait six tours.

Battant des paupières pour tenter d'y voir clair, Alicia commença à courir.

— Yoder, Sanchez et Smith !

Alicia et les deux autres agents se tournèrent vers l'instructeur. Il agita le doigt dans le sens inverse des aiguilles d'une montre et leur cria :

— Dans l'autre sens, bande d'idiots !

Alicia appuya sur une de ses narines, souffla une quantité impressionnante de morve en direction de l'instructeur, et courut pour rattraper le reste de la classe.

Alicia se sentait beaucoup mieux après la course, bien qu'elle éprouvât toujours une sensation de brûlure au fond de la gorge. Elle n'avait pas été la première à boucler les six tours, mais elle avait terminé dans le premier tiers des stagiaires ; cela suffisait probablement. Au milieu de la course, elle avait ressenti une douleur dans le bas-ventre. Probablement une crampe menstruelle, s'était-elle dit, bien que la sensation fût un peu différente. Pas question d'en faire mention en tout cas. Elle était la seule femme de cette classe ; elle aurait l'air de se chercher des excuses.

Elle n'avait jamais couru avec plus d'un kilo de poids sanglé autour des chevilles à l'université ; elle n'imaginait pas qu'il serait aussi éprouvant de courir avec un équipement tactique complet. Tous les stagiaires avaient dû le revêtir ; cela allait des bottes militaires au gilet de combat équipé de plaques balistiques, d'un système de répartition de charge, et de ce que les instructeurs appelaient SAPI et ASBI – des inserts de protection contre les armes légères, et des inserts balistiques latéraux améliorés. L'ensemble ne devait pas peser plus de sept à huit kilos, mais Alicia en avait senti chaque gramme.

Les deux derniers stagiaires terminèrent la course en marchant, épuisés. Leurs yeux étaient injectés de sang, et leurs visages et leurs cheveux étaient couverts de morve partiellement séchée et de Dieu sait quoi d'autre encore. Ils avaient l'air de revenir de l'enfer.

Alicia connaissait bien ce sentiment ; trop bien même.

Quand, la course terminée, tous les agents en herbe furent assis sur les bancs, un instructeur s'avança devant le groupe et prit la parole.

— Bon, très bien, tout le monde. Nous avons prévu quelque chose de spécial aujourd'hui.

Il désigna d'un geste du pouce le site d'entraînement derrière lui, une ville fantôme poussiéreuse qui se dressait à quatre cents mètres de là. Elle avait été bâtie selon un plan quadrillé, coupée en deux par une large rue principale orientée nord-sud. La veille encore, alors qu'ils étaient venus y passer en revue divers scénarios de combat rapproché, la rue était jonchée de carcasses de véhiculés calcinés ; mais elles avaient disparu, remplacées aujourd'hui par quelque chose de métallique, sans qu'Alicia puisse dire quoi au juste à cette distance.

L'instructeur sourit.

— Des chercheurs de la DARPA ont mis au point une nouvelle unité d'intelligence artificielle, et nous l'avons connectée à l'un de nos robots EOD.

La DARPA était une agence du département de la Défense des États-Unis, chargée de la recherche et du développement des nouvelles technologies destinées à un usage militaire. Quant à l'abréviation EOD, pour *Explosive Ordnance Disposal*, elle désignait l'unité chargée de la neutralisation des engins explosifs.

Alicia comprit alors ce qu'était l'objet métallique qui se trouvait dans la rue principale. Quelques semaines plus tôt, elle avait travaillé avec des membres du groupe EOD de l'armée, et elle avait eu l'occasion d'utiliser elle-même l'une de leurs unités de déminage à distance. L'engin était assez impressionnant ; il lui rappelait vaguement le robot du film WALL-E. Il était même doté de bras qu'elle avait pu manipuler à l'aide d'une console de télé-commande.

— Avec cette nouvelle amélioration de l'intelligence artificielle, le robot est censé détecter et identifier les combattants sur le terrain. Il a déjà fait l'objet de nombreux tests, mais avant qu'il puisse être jugé totalement opérationnel, il reste encore pas mal de travail. Aujourd'hui, c'est à vous d'essayer de tromper le robot. Tout ce que vous avez à faire, c'est de tenter de vous approcher de lui et de le toucher sans qu'il ne lève son drapeau rouge, signe qu'il vous a vu. Des questions ?

L'un des stagiaires leva la main.

— Monsieur ? À quelle distance peut-il voir ?

— Bonne question. Le robot est capable d'analyser tout ce qui se trouve dans un rayon de trois cents mètres.

Une voix se fit entendre, provenant de ce qui ressemblait à un talkie-walkie accroché à la ceinture de l'instructeur.

— *Nous sommes prêts.*

— Bien reçu, répondit l'instructeur dans le micro d'un émet-teur fixé à son épaule.

Il désigna ensuite l'homme qui avait posé la question.

— Smith, puisque vous êtes du genre curieux, à vous l'honneur.

Le stagiaire se leva du banc et se mit à courir au petit trot vers le nord, longeant la limite de la ville improvisée, avant de dispa-raître entre les bâtiments. Après quelques minutes, le robot se tourna vers l'est ; il l'avait senti, semblait-il.

Soudain, le stagiaire déboula, courant à toutes jambes, mais le bras du robot s'éleva aussitôt, arborant un tissu rouge.

— *Sujet détecté*, hurla la voix du talkie-walkie. *Envoyez l'agent suivant.*

L'instructeur désigna un autre stagiaire.

— Darby, c'est à vous.

Scott Darby, un géant blond, se leva et tapa sur l'épaule du gars qui était assis à côté de lui. Carl quelque chose.

— Hé, qu'est-ce que tu dirais de faire équipe pour marquer Robo-Grunt ?

— Mouais, pourquoi pas ?

Les deux hommes échangèrent à voix basse, puis partirent au pas de course. Ils se séparèrent, s'approchant de leur cible dans des directions opposées. L'un d'eux allait-il se sacrifier pour que l'autre puisse la marquer ?

Alors qu'ils convergeaient vers la ville, le robot parut nerveux, balayant le périmètre, sentant manifestement du mouvement. Mais les hommes s'abritèrent derrière les bâtiments avant qu'il ne les repère.

Carl lança alors une pierre derrière sa cible.

Mais au lieu de suivre le mouvement de la pierre, le robot se retourna, leva le bras, puis pivota, soulevant un nuage de poussière.

Alicia n'était pas certaine d'avoir bien vu de ce qui venait de se passer, mais la voix du talkie-walkie dit :

— *Les deux agents sont identifiés. Suivant.*

— Cortez, c'est à vous.

L'homme assis à côté d'Alicia se leva d'un bond et fonça à son tour. Comme les autres, il se cacha derrière les bâtiments, retardant ainsi son inévitable défaite. Sa tactique consistait à projeter un nuage de poussière pour distraire le robot. Mais dès qu'il sortit de son abri, le robot le repéra.

Bon sang, ce truc est rapide.

— Yoder, à vous de jouer.

Alicia se leva, puis pencha la tête en regardant le hangar de stockage.

— Je peux utiliser le tissu anti-moustique ? demanda-t-elle.

L'instructeur haussa les épaules.

— Vous pouvez utiliser tout ce qui se trouve ici.

Alicia déroula près de quinze mètres de tissu filet anti-moustique de la bobine et s'en enveloppa. Perplexes, l'instructeur et les stagiaires la regardèrent se composer une tenue de camouflage.

Lorsqu'elle eut terminé de la fixer autour d'elle, elle vérifia son ombre. Elle ne voyait presque rien à travers les couches de maille, mais elle avait créé l'effet désiré : son ombre était ronde ; elle n'avait plus du tout forme humaine. Elle espérait que l'IA ne saurait pas comment réagir.

Gardant ses mains à l'intérieur de la combinaison, elle repoussa latéralement les couches de tissu pour paraître encore plus ronde, tandis qu'elle se dirigeait vers le nord.

Elle ne prit pas la peine de contourner les bâtiments. Elle se dirigea droit vers le robot, son cœur battant à tout rompre tandis qu'elle avançait en titubant légèrement.

Le robot pivota légèrement lorsqu'elle arriva à sa portée.

Elle continua d'avancer.

Le robot se mit à s'agiter d'avant en arrière, comme s'il souffrait d'un tic nerveux. Il sentait clairement qu'elle s'approchait. Mais allait-il l'identifier comme combattante ?

Alicia entendit le bruit sifflant de l'hydraulique de l'engin. Elle vit le tissu rouge serré dans sa main robotique.

Il va lever le bras.

Trop tard. Elle le tamponna et s'écria triomphalement :

— Je l'ai marqué !

Deux hommes sortirent du bâtiment le plus proche. Ils étaient habillés en civil et portaient des badges avec leur photo d'identité accrochés à leur col. L'un d'eux avait l'air contrarié, mais l'autre riait.

— Comment avez-vous su que votre signature thermique ne serait pas détectée à travers ce tissu ?

Alicia haussa les épaules.

— Je n'avais aucune certitude du tout. Je me suis juste dit que le fait de ne pas présenter une silhouette humaine pourrait le tromper.

— Vous avez eu une sacrée veine, grommela l'autre homme.

— Non, c'était parfait, dit le premier homme.

Il adressa un pouce levé à Alicia.

— Je n'aurais jamais pensé à une telle approche.

Il ajouta dans le petit émetteur qu'il tenait à la main :

— Il semble que votre stagiaire ait trouvé un défaut dans notre cuirasse. On a du pain sur la planche.

— *Bien reçu. Je renvoie le reste des stagiaires pour la journée. Yoder, bon travail. Retour dans la salle de classe à 8 h.*

Alors que les scientifiques commençaient à dévisser l'un des panneaux du robot, Alicia s'extirpa des couches de tissu maille. Malgré sa petite victoire contre WALL-E le robot soldat, elle ne pouvait s'empêcher de ressentir un peu d'inquiétude en songeant aux séances d'entraînement à venir. Contrairement à ses cours à l'université, qui comportaient tous un programme précis, elle n'avait aucune idée de ce que l'Organisation lui réservait.

Elle n'était même pas tout à fait sûre de ce qu'impliquait exactement le fait d'être un agent de l'Organisation. La formation donnait l'impression d'une improvisation permanente. La semaine précédente, elle avait travaillé avec des Marines sur des exercices de conditionnement. Cette semaine, c'était l'entraînement à l'Académie du FBI. Et après ? Bien malin qui pouvait le dire ?

Elle aurait aimé avoir au moins quelques notes pour pouvoir apprécier son niveau, savoir si elle s'en sortait ou non. Mais tout pouvait changer d'un jour à l'autre. Et le lendemain en particulier, puisqu'elle avait une évaluation de mi-cycle avec Mason au QG de l'Organisation. Difficile pour elle de ne pas se demander ce que Mason aurait à dire de ses performances.

CHAPITRE

DEUX

Cela faisait trois mois qu'Alicia avait accepté de rejoindre l'Organisation – une décision lourde de conséquences. Cela ne signifiait pas seulement déménager dans un nouvel appartement à Washington, mais aussi quitter Princeton sans avoir terminé son master en neurosciences. Abandonner ainsi ses études ne lui plaisait pas. Tandis qu'elle passait en voiture devant Lincoln Park, traversait le National Mall, dépassait Foggy Bottom et entrait dans le vieux Georgetown, son esprit était en proie au doute. Avait-elle fait le bon choix ?

Elle composa un numéro sur son téléphone et transféra l'appel sur les haut-parleurs de la voiture.

— *Quoi de neuf, ma chérie ?*

Entendre la voix grave et apaisante de son père adoptif aurait dû l'aider à relâcher la pression, mais ce ne fut pas le cas.

— Papa, qu'est-ce qui m'a pris de dire oui ? Hier encore ou presque, je suivais tranquillement des cours à la fac, j'étais une étudiante comme les autres, et voilà qu'aujourd'hui je m'entraîne à être... bon sang, je ne sais *même pas* à quoi rime tout ça. Exercices de tir, entraînement au combat en milieu clos, et il y a quelques jours à peine, ils m'ont fait suivre une session entière sur les tactiques d'engagement des véhicules – apprendre à conduire et à tirer en même temps, les manœuvres d'évasion, les exercices anti-embuscade, et cetera... Papa, c'est de la folie.

Son père s'esclaffa.

— *Alicia, respire un grand coup. Où es-tu ?*

Elle prit une grande inspiration et expira lentement. Elle se sentit un peu mieux.

— Je me rends au QG pour mon évaluation des trois mois avec Mason. J'ai les nerfs en pelote. Pour le moment, j'essaie juste de m'empêcher de vomir.

— *Tu n'as aucune raison d'être nerveuse. Tu as tout ce qu'il faut pour réussir. Et puis, j'ai un peu suivi ce qui se passait ; tout le monde n'a eu que des bonnes choses à dire concernant tes progrès.*

— Si tu le dis. En même temps, je ne les vois pas *te* dire le contraire. Tu es Levi Yoder, non ? Le super espion. Et moi, je suis juste... moi.

Alicia sentit sa gorge se serrer.

— Papa, je... je ne me souviens même plus pourquoi j'ai dit oui à tout ça. Réellement. Il y a des blancs que je n'arrive pas à combler. Je crois que je suis en train de dérailler.

— *Non, crois-moi, tu ne dérailles pas. Il y a une raison à tout ce que tu peux ressentir.*

— Comment ça ?

— *C'est difficile à expliquer. Parfois, quand les gens subissent un traumatisme, certaines choses restent bloquées dans leur conscience. C'est tout à fait normal.*

Un frisson la parcourut ; la tête lui tournait.

— Inutile de m'expliquer comment fonctionne le cerveau, papa. La neuroscientifique, c'est moi, tu te souviens ? Enfin, c'est ce que *j'allais* devenir. Mais quel traumatisme au fait, papa ? Est-ce que j'ai... (elle déglutit péniblement)... est-ce que j'ai été... violée ou quelque chose comme ça ? Qu'est-ce que je « bloque » ?

— *Non, non, tu es loin de la vérité. Tu as juste... tu t'es juste retrouvée mêlée à quelque chose qui impliquait l'Organisation. Tu as assuré, Alicia. Mais ç'a été une épreuve pour toi. Mason et moi pensions que tu pourrais perdre certains de ces souvenirs de l'incident, et honnêtement, je suis content que ce soit le cas. Tu t'en sors bien, crois-moi. Et si tout ça t'inquiète plus que de raison, parles-en à Mason. Il comprendra parfaitement.*

— Peut-être.

— *C'est à toi de décider. Mais écoute, je suis à Washington aujourd'hui. J'ai une brève réunion. Tu pourrais peut-être me rejoindre en haut ; on irait manger un morceau ? Midi, ça te va ?*

— Oui, bonne idée, papa.

Elle essuya des larmes de frustration sur ses joues, prit une grande inspiration, puis expira lentement pour tenter de dissiper la peur, l'anxiété et la nervosité qui l'agitaient.

— Je suis désolée, s'excusa-t-elle. Je me comporte comme un bébé. Je suis juste nerveuse et... je panique un peu.

— Alicia, tu n'as pas à t'inquiéter, la rassura-t-il encore.

Et elle eut l'impression de le voir sourire.

Ils mirent fin à l'appel alors qu'elle se garait sur une place libre le long d'un trottoir du vieux Georgetown. La circulation avait été étonnamment fluide, et elle était en avance d'une heure sur son rendez-vous.

Même la musique de *Earth, Wind & Fire* ne parvenait pas à chasser les sentiments qui l'assaillaient. Au bout de trente minutes, elle renonça à essayer et descendit de voiture.

— Hé, ma belle, tu n'aurais pas quelque chose à manger par hasard ?

Elle se retourna et vit un vieil homme aux allures de SDF un peu plus loin dans la rue. Elle sourit et se dirigea vers lui. Elle reconnut le « mendiant » ; c'était un membre de l'Organisation, et ce qu'il lui criait était en fait un code destiné à avertir d'un éventuel danger toute personne s'approchant du quartier général.

Demander de la nourriture était le signe que tout était normal. S'il avait demandé à boire... alors, Alicia aurait dû quitter les lieux immédiatement.

Elle vit se profiler devant elle une enseigne familière. Elle représentait le profil d'un coq à gauche, et la tête d'un taureau « Longhorn » à droite. Ce quartier n'était pas vraiment huppé, mais Alicia avait fini par se prendre d'affection pour cette rue.

Elle entra au *Rooster & Bull,* et les relents de bière éventée et d'encaustique l'assaillirent. L'endroit était un bar clandestin... mais il était aussi l'entrée de l'une des organisations les plus secrètes au monde.

Sous l'éclairage tamisé comme toujours, les tables et les alcôves étaient vides à cette heure de la journée. Derrière le bar, un homme essuyait un verre avec un torchon. Il la salua d'un signe de tête alors qu'elle se dirigeait vers le fond de l'établissement.

Alicia entra dans les toilettes pour hommes. Un homme aux cheveux blancs, assis sur un tabouret près du lavabo, la regarda par-dessus ses lunettes à la John Lennon.

— Te voilà de retour, fillette ?

Elle sourit.

— Harold, combien de pantalons et de chemises à boutons écossais est-ce que vous possédez ? Je ne vous ai jamais vu habillé autrement.

— On croirait entendre ma femme. La sempiternelle remarque, dit Harold en lui tendant une serviette blanche. Ça frise le harcèlement.

Alicia prit la serviette. Elle avait l'air tout à fait ordinaire, mais elle savait qu'elle contenait une série de marqueurs RFID – des radio-étiquettes cousues à l'intérieur – et qu'elle servait en quelque sorte de clé.

— Je dirais que ça frise plutôt l'intelligence, répliqua-t-elle en faisant un clin d'œil au vieil homme.

L'espace d'un instant, le vieux grincheux se fendit d'un sourire, puis marmonna quelque chose d'inintelligible en lui faisant signe d'y aller.

Alicia laissa échapper un petit rire et entra dans la troisième et dernière cabine, sur laquelle était placardée l'inscription « Hors service ». Elle ferma la porte derrière elle, puis plaça la serviette spéciale sur le levier de la chasse d'eau et tira la chasse.

Aussitôt, le sol se déroba, entraînant avec lui Alicia et la cuvette des toilettes. Elle posa ses mains sur le réservoir pour garder l'équilibre, et descendit à une vitesse impressionnante dans un puits étonnamment profond. Elle avait emprunté ce chemin des dizaines de fois, et pourtant son estomac en était à chaque fois retourné.

Au bout de quelques secondes qui lui parurent interminables, l'ascenseur ralentit brusquement. Alicia s'efforça de rester stable tandis qu'elle arrivait dans une pièce banale, située sous le vieux Georgetown. La plate-forme se posa doucement dans un renfoncement du sol, et Alicia en descendit.

Aussi rapidement qu'il était descendu, l'ascenseur remonta, disparaissant dans le puits qui s'ouvrait au niveau du plafond.

Alicia jeta la petite serviette dans un panier à proximité, puis se dirigea vers l'unique issue de la pièce : une porte en acier avec un panneau de sécurité monté sur un côté. Elle apposa sa main sur le panneau, et une ligne bleue glissa de droite à gauche. Puis une diode verte clignota, et on entendit un déclic à l'intérieur du mur.

« *Écartez-vous* », avertit une voix de synthèse.

Trois énormes boulons de verrouillage glissèrent hors de leurs blocs de retenue sur le côté droit de la porte, et cette dernière s'ouvrit lentement vers l'extérieur.

Alicia se souvint de la première fois où son père et le directeur Mason l'avaient amenée ici. L'endroit lui avait fait penser à un abri antiatomique des années cinquante, sauf qu'aucun abri antiatomique à sa connaissance n'avait une porte d'entrée en alliage d'acier au tungstène d'un mètre vingt d'épaisseur et pesant dix-huit tonnes.

Elle la franchit, tourna à droite, puis longea un couloir au bout duquel se trouvait une autre porte, équipée celle-là d'un scanner rétinien. Alicia approcha son œil du boîtier mural, et, dans un éclair de lumière verte, la porte s'enclencha.

Elle la poussa et pénétra dans le saint des saints du siège américain de l'Organisation.

Elle se trouvait dans une pièce plus grande que la plupart des entrepôts. Depuis la passerelle métallique située à une vingtaine de mètres du sol sur laquelle elle se tenait, elle avait une vue dégagée sur les box disposés selon un plan quadrillé au-dessous d'elle, et s'étendant aussi loin qu'elle pouvait voir. Quelle que soit l'heure du jour ou de la nuit à laquelle elle arrivait, il y avait toujours des hommes et des femmes qui s'activaient ici comme si leur vie en dépendait. Il était fort probable au demeurant que, quelque part dans le monde, la vie de quelqu'un dépendait en temps réel du travail de ces personnes.

Quatre immenses écrans, dont la diagonale devait mesurer une quinzaine de mètres, étaient suspendus au plafond au centre de l'espace, affichant des informations, des cartes, des photographies, des signaux satellites et bien d'autres choses encore. La passerelle sur laquelle se trouvait Alicia faisait le tour de la gigantesque salle, et menait à des bureaux dont les fenêtres donnaient également sur l'espace de travail central.

Elle avait l'impression, et ce n'était pas la première fois, de visiter le quartier général des *Men in Black*, sauf qu'ici il n'y avait pas d'extraterrestres – du moins, pas à sa connaissance.

Elle descendit une volée d'escaliers métalliques, et traversa le complexe grand comme une caverne jusqu'à la salle de conférence C1, où elle avait rendez-vous avec Mason. Dire qu'elle avait des papillons dans l'estomac était au-dessous de la vérité.

Malgré l'heure matinale, le directeur l'attendait déjà, occupé à examiner une photographie. Alicia jeta un coup d'œil à l'horloge murale et constata avec stupeur qu'elle n'avait pas quinze minutes d'avance, mais quarante-cinq minutes de *retard*.

— Oh mon Dieu, je ne...

— L'heure d'été, hein ? dit Mason. Oublié de régler son réveil, c'est ça ?

Il la fixa de ses yeux clairs aux reflets argentés. Il avait une cinquantaine d'années, des cheveux châtains clairs et le front dégarni. La plupart des hommes ayant son physique auraient vite été rangé dans la catégorie banal ou ennuyeux. Pas Mason. Quelque chose dans sa façon de se tenir... sa présence captait l'attention. Cet homme était le plus ancien membre de l'Organisation aux États-Unis – du moins, à sa connaissance – et voilà qu'elle se présentait avec près d'une heure de retard pour son évaluation.

— Je suis vraiment désolée ! Voulez-vous que nous reportions ce rendez-vous ?

Mason balaya d'un geste la suggestion et fit glisser vers elle sur la table la photo qu'il regardait.

— Dites-moi ce que vous voyez.

Alicia s'assit en face de lui et prit la photo.

— Eh bien, je vois beaucoup de personnes d'origine asiatique, mais je suppose que vous n'avez pas besoin de moi pour savoir ça.

— Vous reconnaissez quelqu'un ?

Elle manqua acquiescer d'un hochement de tête, une femme attirant son attention. Elle était de profil et se trouvait à bonne distance de l'objectif, mais...

— Je ne suis pas sûre ; je crois que oui.

Elle ressentit une certaine appréhension. Son patron attendait une réponse, une réponse *honnête*, mais Alicia ne voulait pas trahir la confiance de cette femme. Elle était de ceux qui travaillent dans l'ombre.

— Je... je crois que mon père la connaît.

— Voilà une façon bien diplomatique de dire les choses, jeune fille.

L'expression impassible de Mason s'adoucit, et il eut un léger hochement de tête.

— Très bien, je verrai avec Levi tout à l'heure.

Il jeta un coup d'œil à l'horloge murale et se leva.

— Malheureusement, j'ai une autre réunion dans quelques minutes. Il va falloir que nous reportions notre examen. Je demanderai à ma secrétaire d'organiser ça.

Il se dirigea vers la porte, posa la main sur la poignée et regarda Alicia.

— La prochaine fois, ne soyez pas en retard.

Elle acquiesça.

Alors que Mason ouvrait la porte, son téléphone sonna. Il prit aussitôt l'appel.

— Salut, Levi. J'arrive tout de suite. Dans mon bureau, répondit-il en regardant à nouveau Alicia. Cette salle est libre pour les deux heures à venir, si tu veux l'utiliser.

Il referma la porte en silence derrière lui.

Alicia se prit la tête dans les mains. Toute sa vie, elle s'était fait un point d'honneur de donner le meilleur d'elle-même. Elle avait toujours veillé à être systématiquement en avance à chaque rendez-vous, réunion, cours, qu'elle pouvait avoir. Elle ne pouvait pas croire qu'elle avait fait une erreur aussi stupide. L'entraînement des dernières semaines avait été si intense qu'elle en avait complètement oublié le monde extérieur... et qu'il existait des choses aussi terre à terre que *l'heure d'été.*

Elle avait espéré que la réunion d'aujourd'hui lèverait en partie ses inquiétudes, que le fait d'avoir un retour – même négatif – sur son travail, ferait qu'elle serait moins angoissée. Au lieu de cela, elle était arrivée avec presque une heure de retard à une réunion avec l'un des hommes les plus importants de toute l'Organisation. Dire qu'elle avait perdu du temps à écouter de la musique dans la voiture ! Elle aurait pu arriver presque à l'heure.

Elle se souvint du conseil que lui avait donné son père : *Respire.* Elle prit une grande inspiration.

Mais cela ne servit à rien.

CHAPITRE
TROIS

— A*licia ?*

Alicia se réveilla en sursaut tandis qu'on lui tapait sur l'épaule.

— Allez, ma petite fille.

Son père lui fit signe de se lever.

— Partons d'ici.

Alicia se leva d'un bond, clignant des yeux pour en chasser le sommeil.

— Je n'arrive pas à croire que je me suis endormie.

Alors qu'elle suivait son père hors de la salle de réunion, puis vers l'une des sorties latérales du quartier général, elle se sentit rougir. Comme si arriver en retard à son évaluation n'était pas suffisant, voilà qu'elle s'était endormie dans la salle de réunion. Difficile d'imaginer une journée pire que celle-là.

— Le directeur Mason t'a-t-il dit que j'ai pratiquement manqué notre rendez-vous ?

— Il a dit que ton esprit paraissait avoir quitté ton corps quand tu t'es rendu compte de ce qui se passait, dit Levi en riant.

Il glissa un bras autour de ses épaules et la serra contre lui.

— Tu es une perfectionniste. Tu ne te fais pas de cadeau quand il s'agit d'évaluer tes performances. Je sais que tu essaies d'être toujours au top, mais parfois tu montres que tu es imparfaite, comme nous tous, et c'est bien.

Il emprunta les escaliers métalliques, grimpant les marches deux par deux. Alicia peinait à le suivre, alors qu'il était son aîné de plus de vingt ans.

De retour dans la rue, Alicia pointa du doigt sa voiture.

— Je conduis, dit-elle.

— Ton réservoir est plein ?

— Je crois que oui. Pourquoi ? Je croyais qu'on allait juste manger un morceau dans le coin.

Elle déverrouilla sa voiture et ils s'y engouffrèrent tous les deux.

— Il y a un petit changement de plan. On prendra quelque chose en chemin ; on a de la route à faire.

— Où va-t-on ?

— Chez moi, dit Levi.

Alicia se tourna vers son père, sourcils froncés.

— Chez toi ? Tu veux dire qu'on va rouler jusqu'à New York ? Papa, c'est à quatre heures de route d'ici ! On pourrait prendre le train, ou bien...

— Tu as quelque chose contre un voyage en voiture avec ton père ?

— Non, mais...

— Parfait. Dans ce cas, allons-y.

Alicia tourna la clé de contact et sa BMW orange se mit à rugir. Elle appuya sur une touche raccourci de son GPS, et s'engagea dans la circulation.

— Papa, dis-moi ce qui se passe.

— Mason a des projets qui pourraient m'obliger à quitter le pays pendant un certain temps, mais je veux m'assurer avant ça que ta formation se passe bien. Je veux être certain que tu es prête.

Voilà pourquoi on rentre à la maison ce week-end : j'ai l'intention de te mettre à l'épreuve.

Alicia fronça les sourcils.

— Me mettre à l'épreuve ? Comment ça ?

Le système de navigation de la voiture fit brusquement entendre ses instructions dans les haut-parleurs.

« Prenez la première sortie à droite dans M Street en direction du nord-ouest, puis tournez à gauche sur l'US-29 en direction du sud. »

— Il te reste trois mois d'entraînement avant de partir en mission. Au cas où je ne serais pas là au moment de la transition, je veux me rendre compte par moi-même où tu en es dans ta formation.

« Continuez vers le sud pendant huit cents mètres, puis tournez à gauche et suivez le boulevard Langston. »

Alicia coupa le son du GPS.

Son père passa ses doigts sur la capote qui servait de toit à la voiture.

— Tu sais, ça fait presque sept ans que je t'ai acheté cette voiture. Il serait peut-être temps de remplacer la toile de la capote, tu ne crois pas ?

— Papa, oublie l'entretien de ma voiture une seconde, d'accord ? De quoi avez-vous parlé avec Mason ? Que t'a-t-il dit à mon sujet ?

Levi tendit la main devant lui pour faire écran au soleil éblouissant, alors qu'Alicia tournait dans une autre rue.

— Chérie, crois-le ou non, nous avions d'autres choses à nous dire. Arrête de t'inquiéter et concentre-toi sur ton travail. C'est tout ce qu'on te demande.

— Et peut-être aussi d'arriver à l'heure aux réunions, marmonna Alicia pour elle-même.

— Oui, ça aussi. Personnellement, je n'aime pas qu'on me fasse attendre.

Il laissa échapper un bâillement sonore et fit basculer le dossier de son siège.

— Réveille-moi quand nous serons presque arrivés. Ça va faire trente-six heures que je n'ai pas dormi.

À la stupéfaction d'Alicia, il fallut moins d'une minute à son père pour s'endormir.

Me mettre à l'épreuve ? Un galop d'essai, quoi ? Il me prend pour un cheval, ou quoi ?

Elle s'engagea sur la I-395 en direction du nord, se demandant ce que son père lui réservait exactement.

— Papa, réveille-toi. On y est presque.

Son père se redressa sur son siège et cligna des yeux encore lourds de sommeil. Il saisit son téléphone et composa un numéro.

— Frankie, qui s'occupe de l'accueil aujourd'hui ?

Il s'interrompit un instant, observant les panneaux de signalisation qui défilaient.

— Nous serons là dans environ une minute. Dis à Tony de se tenir prêt. Et si tu peux, dis à Carlo que je suis avec Alicia, et qu'il faut s'occuper de la voiture.

Roulant le long de Park Avenue, Alicia ralentit en dépassant la 86ᵉ Rue Est. Elle s'arrêta devant un vieil immeuble majestueux dotée d'une splendide entrée soutenue par deux colonnes de marbre. Une inscription à la feuille d'or, « The Helmsley Arms », trônait au-dessus des portes hautes de trois mètres.

Au moment où elle arrêta la voiture, un petit homme qui lui fit penser à Joe Pesci jeune sortit en courant du bâtiment. Il jeta un coup d'œil à l'intérieur de la voiture et ouvrit la portière du côté passager.

Levi descendit, serra la main du petit homme, puis désigna Alicia d'un geste.

— Carlo, voici ma fille, Alicia. Elle a besoin qu'on gare sa voiture.

Fascinée, Alicia regarda l'homme fermer la portière, puis faire le tour de la voiture par l'avant en courant au petit trot. Il lui ouvrit sa portière à son tour, et lui tendit la main. Alicia fixa la main offerte pendant un moment, avant de consentir à laisser Carlo l'aider à descendre de la voiture.

— Enchanté, Mademoiselle. Je suis Carlo Moretti.

Il jeta un coup d'œil au levier de vitesse et hocha la tête d'un air approbateur.

— Ah, c'est une automatique. Très bien. Y a-t-il autre chose que je doive savoir ?

Alicia secoua négativement la tête.

— Euh, non. Allez-y doucement, c'est tout.

— Bien entendu.

Carlo sourit de toutes ses dents, se glissa au volant, et fit bondir la voiture en avant dans un crissement de pneus. Alicia le vit prendre un virage serré à droite au bout de la rue en faisant hurler le moteur.

S'efforçant d'oublier le traitement infligé par Carlo à son bébé, elle suivit son père dans le hall d'entrée du luxueux immeuble. Un agent de sécurité les salua d'un signe de tête alors qu'ils traversaient le sol en marbre en direction des ascenseurs.

— Viens, Alicia, dit son père. Tu vas changer de vêtements.

Au fil des ans, elle et plusieurs de ses sœurs avaient accumulé un grand nombre de vêtements, habillés ou décontractés, dans la chambre d'amis de son père. Qu'allait-il lui demander de porter aujourd'hui ?

— Pourquoi faut-il que je me change, au juste ? demanda-t-elle.

— Parce que je ne pense pas que tu veuilles te battre dans cette tenue.

— Me battre ? releva Alicia en arquant un sourcil.

— Oui, te battre. Toi et moi, on va s'entraîner un peu. Tu vas t'échauffer, et ensuite je verrai comment tu te débrouilles en situation réelle.

— Je n'ai pas de vêtements d'entraînement ici, papa. Et qu'est-ce que tu veux dire par « en situation réelle » ?

— Ne t'inquiète pas. J'ai un kimono de rechange que tu pourras utiliser. Pour ce qui est du combat, tu verras. Je ne sais pas quel genre d'entraînement Mason te fait subir, mais je veux m'assurer que certaines leçons sont bien ancrées dans cette boîte qui te sert de crâne.

Alicia roula de grands yeux, sachant pertinemment qu'il était inutile d'essayer de discuter avec son père. Quand il avait quelque chose en tête, rien ne pouvait le faire changer d'avis.

— Okay, contre qui vais-je me battre ? Parce que si c'est contre toi, ce n'est pas vraiment juste, vu que tu es mon sensei.

— Tu te souviens de Tony Montelaro ?

Alicia se souvenait d'un type, un grand costaud, qu'elle avait rencontré lors d'une de ses précédentes visites. Il était le chef de la sécurité de l'immeuble

— Papa ! Il fait deux fois ma taille !

Les portes de l'ascenseur s'ouvrirent. Ils s'engouffrèrent dans la cabine, et se retrouvèrent face à face. Levi peinait à dissimuler un sourire amusé.

— À moins que tu ne caches quelques kilos que je ne vois pas, je dirais qu'il fait même *plus* de deux fois ta taille. Considère ça comme un entraînement poussé, que Mason ne t'aurait peut-être pas fait subir, dit-il en lui faisant un clin d'œil tandis que les portes de l'ascenseur se refermaient.

Il ajouta :

— C'est pour ton bien, tu t'en doutes.

À cet instant, son téléphone vibra à l'intérieur de sa veste.

— Une seconde.

Il colla le téléphone à son oreille et parla à voix basse. Alicia le fixait du regard. Il était l'homme qui les avait sauvées de la rue, ses sœurs et elle, il y avait de cela des années. C'était un homme aux qualités très contrastées. Il menait une vie de célibataire à New York, mais sa famille adoptive, Alicia et ses sœurs, vivait avec Mamie Yoder dans une communauté agricole amish à Lancaster, en Pennsylvanie. Et bien qu'il se présentât au monde sous l'apparence d'un homme d'affaires à la mise impeccable, Alicia avait récemment appris qu'en réalité, il était un agent de l'Organisation.

Levi Yoder, super espion.

Avant même d'apprendre ce secret, elle connaissait sa réputation de dur à cuire. Elle l'avait déjà vu se mettre en colère... et quelque chose dans son expression à ce moment-là, peut-être aussi dans sa façon de se tenir, dissuadait généralement l'adversaire d'insister. Parce que, contrairement à beaucoup de gens qui avaient le verbe haut et rien d'autre, il lui suffisait parfois d'un seul regard pour que ses challengers tournent les talons.

Mais même maintenant, elle n'avait aucun mal à se représenter l'homme chaleureux qu'il était aussi, avec ce sourire qu'il réservait aux moments calmes, à l'abri des regards. Il avait toujours été un père aimant, même s'il n'était pas leur père biologique.

Il arrivait parfois que ces différentes facettes de sa personnalité se conjuguent. Lorsqu'il venait en visite à la ferme, il apprenait aux filles à se servir d'une arme à feu, à pratiquer les arts martiaux ou à connaître les bases de la survie. C'était comme s'il tenait à ce qu'elles soient prêtes à affronter toutes les situations. Père aimant, instructeur, super espion. Il était tout cela à la fois.

La sonnerie de l'ascenseur retentit et les portes s'ouvrirent.

Levi sortit de la cabine et lui fit signe de le suivre dans le couloir. Il était toujours au téléphone.

— Une réservation pour deux dimanche... oui, je sais qu'il est impossible d'entrer dans cet endroit. Vois avec Frankie, il te mettra en contact avec notre homme. Rappelle-moi dès que ce sera fait.

Quand il eut mis fin à l'appel, Alicia demanda :

— Est-ce qu'on va dans un endroit spécial ?

Son père s'arrêta devant la porte de son appartement et sourit.

— Chaque chose en son temps, jeune fille. Occupons-nous d'abord de ta tenue de combat.

Alicia sentit une goutte de sueur perler le long de sa nuque tandis que son père ajustait les sangles de son casque rembourré. Une vingtaine de minutes plus tôt, il avait fait sortir les quelques personnes qui se livraient à une séance de musculation dans le sous-sol de l'immeuble, leur permettant de rester seuls tous les deux pour s'entraîner.

Le sous-sol était une grande pièce ouverte aménagée en salle de sport, dotée d'un équipement ultramoderne qui allait des vélos stationnaires aux tapis roulants, en passant par une série de stations d'haltérophilie. Mais le centre de la salle était dégagé pour faire place à un carré de tapis d'entraînement de trois mètres de côté.

Levi la frappa légèrement sur le côté de la tête protégé par le casque.

— Tout ce que cet équipement pourra faire, c'est réduire les risques de coupures et d'ecchymoses. Il n'empêchera pas Tony de te mettre K.O. Alors, garde ton sang-froid et ne retiens pas tes coups, tu m'entends ? Je veux que tu te donnes à cent dix pour cent.

Puis il se dirigea vers son sac de sport, sortit son téléphone et passa un coup de fil.

— Tu peux descendre, on est prêts.

Alicia s'entraînait à rebondir sur ses avant-pieds. Elle sentait l'adrénaline monter en elle, frissonnait d'impatience.

La sonnerie de l'ascenseur retentit, et un grand costaud en sortit.

— Salut, Tony, dit son père.

Tandis que l'homme approchait, Alicia sentit sa confiance vaciller. Tony n'était pas seulement grand, il était *vraiment* grand. Un mètre quatre-vingt-dix, pour au moins cent trente kilos. Il était légèrement trapu, mais tout en muscles. Il avait beau avoir la cinquantaine, l'écart d'âge ne serait pas forcément un avantage pour Alicia, tant les bras du bonhomme étaient épais et son torse large. C'était le genre de gars qu'elle imaginait capable de soulever deux cents kilos.

Elle jeta un coup d'œil à son père, qui affichait un air impassible, les bras croisés sur la poitrine.

Tony étira ses grandes mains charnues.

— Levi, je sais ce que tu m'as dit... mais je veux juste être sûr d'avoir bien compris...

— Tony, c'est très simple. Le travail de ma fille va l'amener à se trouver dans des endroits où elle pourrait rencontrer des types peu recommandables. Elle sait se battre, mais je veux qu'elle entrevoie les limites de son entraînement. Tu es le gars parfait pour le lui montrer. Tu te souviens de notre première rencontre ?

Tony grimaça.

— Mouais. Tu as failli me casser le poignet.

— C'est vrai. Et je t'ai dit de ne jamais sous-estimer un adversaire, quelle que soit sa taille. Alors, voilà le scénario que je veux que tu imagines : tu es un voyou et tu as vu une fille exhiber de l'argent dans un bar. Maintenant, tu es dans la rue et tu as l'intention de lui voler cet argent. Tout ce que tu as à faire, c'est de retirer la ceinture de son *gi,* son kimono. Et comme la plupart des rencontres de ce genre, dans le monde réel, se passent très rapidement, tu as une minute pour réussir ça. Ne la sous-estime pas.

— Compris.

Tony s'avança sur le tapis d'entraînement et pencha la tête de gauche à droite, en faisant craquer son cou épais. Il balança ses bras d'avant en arrière, arrondit les épaules, et salua Alicia en s'inclinant légèrement. Elle lui retourna son salut.

Puis, à sa grande surprise, elle le vit adopter une posture de garde typique des arts martiaux.

— Hé, *stunad* ! s'écria Levi – « crétin » en argot italien. C'est quand la dernière fois que tu t'es mis en position d'attaque face à quelqu'un dans la rue ? Alors, je te le répète : tu es dans la rue. Elle est ta cible. Point barre. Prends cette ceinture.

Tony acquiesça, avant de foncer sur Alicia.

Elle bondit sur sa droite, attrapa deux doigts de la main qu'il tendait vers elle, et les tordit en arrière.

Tony parvint à arracher sa main du piège, et ouvrit et ferma rapidement les doigts, l'air surpris.

— *Yubi waza* ne marchera pas, aboya Levi à Alicia depuis le bord du tapis. Ses mains et ses doigts sont trop gros pour toi. Cinquante secondes, Tony.

Le grand gaillard tenta une frappe du revers de l'avant-bras. Elle la bloqua, mais l'impact la fit reculer de plusieurs pas. Il se précipita alors sur elle, mais elle parvint de justesse à bondir sur le côté.

— Les lois de la physique, c'est pas du vent, Tony.

Levi, accroupi maintenant, continuait de commenter le petit affrontement.

— Elle a moins d'élan que toi. Elle va...

Alicia décocha un coup de pied frontal dévastateur dans le

plexus solaire du gorille juste au moment où il se retournait pour lui faire face.

Tony grogna, mais elle rebondit sur lui, rien de plus ; ce fut à peine s'il recula d'un pas. Alicia réalisa qu'elle avait surestimé l'efficacité de ses attaques contre quelqu'un d'aussi grand.

— Trente secondes, cria Levi.

Tony fit un pas vers elle. Ses yeux brillaient ; il avait quelque chose d'un prédateur.

Alicia ne le quittait pas des yeux, consciente qu'elle risquait de finir la journée le nez sur le tapis, avec une commotion cérébrale.

Il s'élança de nouveau vers elle.

Elle bondit une fois de plus sur sa droite, mais cette fois Tony avait anticipé son mouvement. Il la percuta de plein fouet, la projetant au sol. Elle tomba sèchement sur le tapis, en même temps que Tony se jetait sur elle de tout son poids et lui coupait le souffle.

Sans qu'elle puisse rien y faire, Tony défit habilement le nœud de la ceinture et la lui arracha de la taille.

Levi dit quelque chose, sa voix résonna dans le gymnase, mais Alicia ne comprit pas un mot. Elle était trop occupée à tenter de réinsuffler un peu d'air dans ses poumons, tout en se demandant pourquoi elle voyait des étoiles dans toutes les directions où elle tournait la tête.

— Ça va ? lui demanda Tony.

Sa voix parut lointaine à Alicia ; des taches noires brouillaient sa vision. Lorsqu'elle leva les yeux, Tony se tenait au-dessus d'elle et lui tendait la main. Elle la saisit, et il l'aida à se relever doucement.

Détachant les sangles en Velcro de son casque, elle le jeta au sol et prit une grande inspiration.

— Je ne pensais pas que vous réagiriez aussi vite, dit-elle.

— Ça fait partie de la leçon, dit son père.

Il lui prit le visage, la regarda droit dans les yeux pendant quelques secondes, hocha la tête, puis la serra dans ses bras.

— Comme je l'ai dit à Tony, il ne faut jamais sous-estimer un adversaire, quelle que soit sa taille. Ne présume jamais qu'un grand costaud comme Tony manque d'agilité. Qu'as-tu appris d'autre encore aujourd'hui ? demanda Levi.

— Toujours être armé, répondit-elle en figurant un pistolet avec ses doigts, qu'elle pointa sur Tony avant de faire mine de tirer.

Tony rigola, et donna un petit coup de poing dans l'épaule de Levi.

— Ça, c'est typiquement quelque chose que tu aurais pu dire, *toi*.

— Non, sérieusement, insista Levi. Qu'as-tu appris d'autre ?

Il était en mode instructeur. Il voulait qu'elle tire un enseignement de ce qui s'était passé, et la légèreté n'avait pas sa place dans ses leçons.

Alicia lui répondit sérieusement cette fois-ci.

— Il y aura toujours quelqu'un contre qui mes méthodes habituelles échoueront.

— C'est vrai. Mais ce n'est pas toujours une question de technique. Combien pèses-tu ?

— Environ soixante kilos.

Il regarda Tony.

— Et toi ?

— Cent quarante. Je n'arrive pas à descendre en dessous de cent vingt. C'est à cause des cannolis. C'est trop bon.

Sans quitter Alicia des yeux, Levi désigna Tony d'un geste du pouce, et dit :

— Ne crois pas les films où le maître de karaté mince comme une baguette de tambour balance à travers la pièce son adversaire bâti comme une armoire à glace. Il y a des limites à ce que tu peux faire contre un adversaire aussi grand et costaud que

Tony. En plus du physique, *la* physique joue un rôle important dans les combats réels. Alors c'est vrai, Tony n'est pas Monsieur tout-le-monde. C'est une exception. Mais même l'Américain moyen fait un mètre quatre-vingt et pèse quatre-vingts-dix kilos.

— Papa, je sais. Ne t'inquiète pas, je ne sous-estimerai pas mes adversaires. Et qu'est-ce que tu penses des attaques aux genoux, entre les jambes, au cou ?

— Entre les jambes ? répéta Tony en blêmissant et en reculant d'un pas. Hé, Levi, je ne suis pas venu me prendre des coups dans les valseuses, d'accord ?

Levi sourit.

— Alicia, si tu es face à un combat inégal, alors d'accord – tu essaies de coucher le type qui est en face de toi de la manière que tu veux. Mais la sagesse consiste justement à éviter ce genre de combat chaque fois que c'est possible.

Tony leva la main.

— On a terminé ici ?

— Oui, dit Levi, merci, Tony. Je te rejoins plus tard. J'ai des choses à te dire.

— Tony, l'appela Alicia, merci pour la petite séance. C'était « fun ».

Tony éclata de rire et secoua la tête.

— Vous, les Yoder, êtes de sacrés numéros, je peux vous le dire.

Lorsqu'il fut parti, Levi glissa un bras autour des épaules d'Alicia.

— Assez de combat pour aujourd'hui. Pour demain, j'ai prévu quelque chose de complètement différent.

— Différent, hein ? C'est-à-dire ?

— Je vais tester ta vue.

— Ma vue va très bien.

— *Doveryay, no proveryay.*

Alicia ne parlait pas russe, mais son père lui avait appris cette maxime il y avait bien longtemps. Elle signifiait approximative-ment : « Aie confiance, mais vérifie ».

Il lui donna un baiser sur le dessus de la tête.

— Crois-moi, tu vas t'amuser. Tu as bien travaillé aujourd'hui. Je suis fier de toi.

Alicia fixa son père pendant un long moment ; elle n'avait pas le souvenir de l'avoir jamais entendu prononcer ces mots-là.

Je suis fier de toi.

Il était avare de compliments, alors quand il en faisait, c'était toujours un choc.

Alicia sentit sa gorge se serrer sous le coup de l'émotion. Et soudain, un souvenir oublié remonta du tréfond de sa mémoire. Téléphone collé à l'oreille, elle entendait sonner à l'autre bout de la ligne, jusqu'à ce que son père décroche...

— *Oui ?*

— *Papa, j'ai besoin de toi. Il s'est passé quelque chose de grave.*

CHAPITRE

QUATRE

Alicia, qui avait passé son adolescence dans une communauté rurale amish, tenait tout ce qu'elle savait de la Bible et de la prière, de sa grand-mère, Mamie Yoder ; et elle avait pris l'habitude de prier chaque jour avant de s'endormir. Lorsqu'elle traversait des moments difficiles, prier le Tout-Puissant lui paraissait toujours être la meilleure chose à faire. À présent, après une nuit de cauchemars, c'était le moment ou jamais de demander conseil. Des cauchemars, elle en avait toujours fait ; c'était quelque chose de banal, et ils ne la quittaient pas, même aujourd'hui, des années après avoir vécu dans la rue. Parfois, c'étaient d'obscures silhouettes qui s'agrippaient à elle, refermaient sur elle leurs doigts cruels. D'autres fois, comme ce soir, elle se réveillait hantée par les fantômes des souvenirs perdus. Ceux pour lesquels son père lui avait dit de ne pas s'inquiéter.

Elle s'agenouilla sur le côté de son lit, inclina la tête, et se mit à prier en néerlandais de Pennsylvanie, la langue amish lui revenant naturellement :

« *Seigneur, je m'adresse à toi en prière pour te demander de m'aider à retrouver les souvenirs oubliés qui me hantent pourtant. Il y a des moments de ma vie dont je n'arrive pas à me souvenir, et cela me trouble profondément. Des souvenirs que j'aimerais pouvoir me remémorer, mais qui, pour une raison qui m'échappe, restent insaisissables.*

« *Je sais que tu comprends la douleur d'oublier des choses importantes. C'est pourquoi j'implore ta grâce et ta miséricorde afin que tu m'aides à retrouver ces souvenirs perdus.*

« *Seigneur, je prie pour avoir la force d'affronter ces souvenirs oubliés qui m'empêchent d'avancer. Je sais que je ne peux pas changer le passé, mais j'ai confiance en ton pouvoir de guérir et de restaurer toutes choses. S'il te plaît, donne-moi le courage d'affronter ces souvenirs et de trouver la paix.*

« *Enfin, je prie pour que tes conseils et ta sagesse m'aident à créer de nouveaux souvenirs qui dureront toute la vie. Puissé-je chérir chaque instant et créer des souvenirs qui me seront toujours chers. Merci, Seigneur, d'écouter ma prière. Amen.* »

À cet instant, on frappa à la porte de la chambre ; elle entendit son père demander :

— Alicia, tu veux que je te rapporte quelque chose du marché ?

Elle ouvrit les yeux.

— Tu as du jus d'orange ?

— Il n'y en a presque plus, je vais en ramener. Je reviens tout de suite, et je prépare le petit-déjeuner.

Alicia referma les yeux, essayant de se remémorer le souvenir qui l'avait réveillée en sursaut la veille, mais une fois de plus, tout ce qui lui vint à l'esprit fut cet appel passé à son père. C'était comme un écran de fumée, quelque chose d'intangible, qui s'évanouissait, et la laissait à nouveau frustrée et vide. Mais la prière l'avait tout de même aidée à se débarrasser de ses sentiments négatifs.

Elle prit des vêtements et les emporta dans la salle de bains. Elle n'avait aucune idée de ce qu'était ce « test de vue» que son père avait prévu, mais elle avait bien d'autres questions plus importantes à lui poser. Elle les poserait et exigerait des réponses, même si cela signifiait verser des larmes – vraies ou fausses, elle avait eu des années pour perfectionner les deux – et supplier pour les obtenir.

Elle avait besoin de combler les vides de sa mémoire.

Alicia appela de la cuisine :

— Papa, où est ta râpe à fromage ?

Son père apparut dans l'embrasure de la porte.

— Pourquoi diable as-tu besoin d'une râpe ?

Elle brandit deux grosses pommes de terre roussâtres qu'elle avait trouvées dans l'un des placards.

— Je veux faire le gâteau de pommes de terre râpées de mamie.

Il secoua la tête.

— Je n'en ai pas mangé depuis des années. Malheureusement, je n'ai pas de râpe.

Elle le regarda d'un air déçu, qu'il ne remarqua pas, occupé qu'il était à se sécher les cheveux avec une serviette.

— C'est pourtant un des ustensiles incontournables dans une cuisine. Sérieusement, ça ne va pas du tout. Comment peux-tu avoir des pommes de terre et pas de... okay, ça ne fait rien, je vais faire une frittata à la place.

Elle coupa en dés les pommes de terre, un oignon blanc et d'autres légumes frais trouvés dans le réfrigérateur, avant de faire sauter le tout dans un mélange de beurre et d'huile d'olive. Levi jeta un coup d'œil par-dessus son épaule et hocha la tête d'un air approbateur.

— Tu sais ce qui irait bien avec ça ?

— Quoi ? demanda-t-elle.

— Du *guanciale*. J'en ai acheté ce matin.

Alicia remua habilement les légumes dans la poêle, tandis que son père sortait du réfrigérateur une tranche de viande grasse, qu'il se mit à découper ensuite sur une planche.

— On dirait du bacon, dit-elle.

Levi fit claquer sa langue, comme si elle avait dit une énormité.

— Du bacon ? Le jour où je confonds du bacon et du *guanciale*, c'est que ça ne tourne plus rond là-haut. C'est de la joue de porc assaisonnée et séchée. J'ai l'habitude de la hacher et de l'ajouter à mes pâtes à la carbonara, mais ça fera l'affaire.

Alicia utilisa une cuillère en bois pour écarter sur le côté les cubes de pommes de terre qui brunissaient, tandis que son père versait les dés de viande dans la poêle. Le *guanciale* se mit à grésiller presque immédiatement. Un délicieux arôme de viande de porc emplit l'air, pendant que Levi mettait la table pour deux. Alicia lui était reconnaissante de tout le temps qu'il avait passé à lui apprendre à tirer, à donner des coups de poing et à survivre dans la nature ; mais elle lui savait tout particulièrement gré de lui avoir appris à cuisiner. Elle plaisantait souvent sur le fait qu'il faisait preuve de snobisme s'agissant de la nourriture, mais ses goûts avaient en grande partie déteint sur elle.

Malgré les bonnes odeurs qui emplissaient la cuisine, Alicia sentit que son esprit était ailleurs.

— Papa, il faut que je te demande quelque chose, c'est sérieux, et j'ai besoin que tu sois honnête avec moi. Ça m'empêche de dormir la nuit.

Il attrapa deux verres dans un meuble haut, au-dessus d'elle, les posa, puis se tourna vers elle.

— Bien sûr. Qu'est-ce qui te préoccupe ?

— Je veux savoir ce qui s'est passé entre le moment où j'étais à l'université et celui où j'ai rejoint l'Organisation.

Elle versa une demi-douzaine d'œufs battus dans la poêle.

— Toute cette période, c'est le grand vide ou presque dans mon esprit.

Levi se renfrogna légèrement et secoua la tête en la regardant.

— Je n'ai pas cherché à éluder ta question la dernière fois que nous en avons parlé. C'est juste que je ne sais pas grand-chose à ce sujet ; j'en sais même d'autant moins que je me trouvais dans une autre partie du monde durant presque toute cette période. Voilà pourquoi je t'ai dit d'interroger Mason...

— Je sais, mais j'ai foiré mon rendez-vous avec lui, et je n'ai pas arrêté d'y repenser, dit-elle.

Elle se servit d'une spatule pour détacher la frittata des bords de la poêle, avant de placer celle-ci sans le manche sur la grille supérieure du four.

— Après qu'il a quitté la salle de conférence et que je me suis endormie, des fragments de souvenirs ont refait surface. Je pense qu'ils datent de cette période manquante. Je me suis vue te passer un appel.

Sa gorge se serra.

— Je suis désolée, ajouta-t-elle d'un voix tremblante, mais je fais des cauchemars, et c'est...

— Ce n'est rien, ma chérie.

Il se pencha vers elle, déposa un baiser sur sa tête, et fit un geste en direction du four.

— Mon gril chauffe beaucoup plus que celui de ta grand-mère, alors assure-toi que la frittata ne brûle pas. Laisse-moi terminer de mettre la table, et je te dirai le peu que je sais pendant qu'on mangera.

Il saisit une brique de jus d'orange, remplit leurs verres, et les déposa sur la table.

Alicia ouvrit de grands yeux quand son père lui annonça la nouvelle.

— J'ai *tué* quelqu'un ? répéta-t-elle, choquée et incrédule.

Levi avala une gorgée de jus d'orange et continua à manger sa frittata, presque indifférent à la bombe qu'il venait de lâcher.

Alors qu'Alicia, l'air affolé, cherchait à comprendre la situation, elle demanda :

— Est-ce que la police a dû intervenir ? Comment une telle chose a-t-elle pu se produire sans que je m'en souvienne ? Il devait y avoir une sorte de...

Les mots lui manquèrent. Elle en avait la chair de poule. Comment avait-elle pu tuer quelqu'un et ne pas se retrouver en prison, ni même être jugée, ou au moins qu'il se passe... *quelque chose* ?

Levi ajouta, exacerbant le désarroi de sa fille :

— Personne d'autre n'est au courant. L'organisation s'est occupée du problème. Chérie, tu n'as pas à t'en inquiéter.

Alicia s'appuya sur sa chaise. L'Organisation pouvait-elle vraiment étouffer la mort d'une personne ? Elle évalua un instant cette possibilité, puis acquiesça silencieusement en réponse à sa propre question. Ce qu'elle avait vu et savait de l'Organisation suffit à la convaincre qu'ils étaient capables de bien plus de choses qu'elle ne l'imaginait.

— Tu te souviens de ce que je t'ai dit lors de ce coup de téléphone ? demanda-t-elle.

— Oui, je m'en souviens très bien.

— Alors ?

Alicia prit une bouchée de sa frittata et mâcha rapidement,

oubliant les saveurs au profit de l'attente anxieuse de la réponse de son père.

— Tu m'as appelé au milieu de la nuit, visiblement désemparée, dit-il. Tu m'as dit que tu étais dans ta chambre, que deux hommes étaient entrés par effraction et t'avaient attaquée, et que l'un d'eux avait une sorte de spray qui, selon toi, était censé te faire perdre connaissance. Je t'ai alors demandé où ils se trouvaient et tu m'as répondu que tu avais tué l'un d'eux et assommé l'autre. Et tu m'as dit aussi dit que tu avais peur.

Son visage exprima une tension, comme si le danger était là, comme s'il revivait ce moment.

— Je t'ai mise en contact avec Brice, et l'Organisation t'a aidée à te sortir de cette situation en agissant tout de suite.

Alicia se pencha en avant, et fixa Levi d'un air concentré.

— Qui ai-je tué ?

Il haussa les épaules.

— C'est là qu'il serait bon que tu parles avec Mason. Tout ce que je sais, c'est que tu étais la cible de fripouilles sans scrupules. Je n'ai jamais eu de réponse claire et logique sur la façon dont tu t'es retrouvée la cible de ces types.

— Et c'est tout ? demanda Alicia. C'est tout ce que tu sais ?

— À peu de choses près.

Levi observa un silence, puis :

— Je suppose que tu ne te souviens pas de la fois où toi et moi étions ensemble dans une camionnette dans le cadre d'une mission ?

— Quoi ? fit Alicia, bouche bée. Tu plaisantes, n'est-ce pas ? Je *devrais* pourtant me souvenir de ça, non ?

— Je ne sais pas, chérie.

Son père saisit son assiette et son verre vides et se leva de table.

— À ce moment-là, Mason travaillait déjà avec toi, alors je

pense que c'est à lui de combler les manques. S'il en a envie, et s'il pense que c'est utile.

— Pourquoi n'ai-je aucun souvenir de tout ça, alors que toi si ?

— Je l'ignore. Tout ce que je peux dire, c'est que tu avais l'air de savoir exactement ce que tu faisais.

Il jeta un coup d'œil à l'horloge murale.

— Termine ton repas. Nous allons être en retard.

Encore sous le choc de la nouvelle qu'elle avait tué quelqu'un, Alicia enfourna un gros morceau de frittata dans sa bouche, attrapa son assiette et ses couverts, et suivit son père dans la cuisine, marmonnant entre deux bouchées :

— Où allons-nous ?

— Au stand de tir.

Alicia écarquilla les yeux.

— Bon, bah, au moins on devrait s'amuser un peu.

Son père laissa échapper un petit rire et secoua la tête.

— On verra si tu trouves toujours ça amusant quand on en aura terminé.

Le trajet en voiture jusqu'au stand de tir leur prit deux heures, durant lesquelles Levi en profita pour interroger sa fille sur tous les aspects du tir – l'utilisation d'une lunette, le réglage de la hausse et de la dérive, la « minute d'angle », tout ce qu'il lui avait appris au fil des ans. Au moins, cela aida Alicia à tuer le temps pendant le voyage, autrement banal, et à oublier les dernières révélations que son père lui avait faites.

Ils arrivaient à l'ouest de Poughkeepsie quand Levi lui dit de tourner à droite dans Samsonville Road.

Les arbres formaient une voûte au-dessus de la route. Alicia sentit son anxiété augmenter en même temps qu'un fort sentiment de claustrophobie. Ils traversaient une partie sous-développée de l'État de New York.

Elle se tourna vers Levi et demanda :

— On est bientôt arrivés ?

Il acquiesça d'un hochement de tête et continua de lui indiquer la direction à suivre.

— Cherche un portail métallique, sur la droite. Il devrait être déverrouillé.

Quelques minutes plus tard, Alicia vit quelque chose de métallique briller au soleil, et crut reconnaître le portail en question.

— C'est là, confirma Levi.

Le portail était ouvert. Il n'y avait pas de chaîne. Un chemin privé gravillonné s'étendait derrière. Il s'enfonçait dans les bois. Alicia y engagea la voiture, ignorant le panneau qui mettait en garde contre les intrus.

— J'espère que ce chemin ne sera pas trop boueux, papa. Ma voiture n'est pas une tout-terrain.

— Non, ne t'inquiète pas, la rassura Levi. Ça monte légèrement, et ensuite il y a un plateau. Même quand il pleut, l'eau s'évacue rapidement. Continue. Esther nous attend.

— Esther est ici ? fit-elle d'une voix aiguë.

— Oui.

Alors qu'Alicia franchissait un autre portail et débouchait sur une vaste clairière au sommet de la colline, son père lui fit signe de se diriger vers un abri à ossature de bois.

— La voilà.

Alicia ne put s'empêcher de sourire en se dirigeant vers la silhouette d'Esther, qui récupérait une caisse de munitions en métal à l'arrière d'un pick-up Ford argenté.

Elle se gara à côté du pick-up, descendit et s'écria :

— Esther !

La femme d'un certain âge et de forte corpulence posa les

munitions, puis écarta les bras.

— *Pitchoune !*

Alicia se précipita dans les bras de la femme, qui l'étreignit vivement.

Esther Rosen possédait un magasin d'articles de sport à « Little Italy », ou, comme son père aimait l'appeler, « l'ancien quartier ». Presque toutes les visites qu'Alicia rendait à son père impliquaient un passage par le magasin d'Esther. C'était pour Alicia l'occasion de parler avec elle, « entre filles ». C'est bien plus tard qu'elle avait appris qu'Esther avait un penchant pour les armes, et d'autres choses qui n'étaient peut-être pas tout à fait légales en ville. Pour Alicia, Esther était un peu une figure maternelle juive moderne, qui contrastait franchement avec Mamie Yoder, qui n'était jamais vraiment sortie d'un rayon de cent kilomètres autour de la ferme où elle avait grandi.

Esther tint Alicia à bout de bras et l'étudia de la tête aux pieds.

— Tu es maigre comme un clou !

Elle écarta du bout des doigts les longs cheveux noirs d'Alicia, et ses yeux s'embrumèrent lorsqu'elle murmura :

— Tu es si jolie. C'est bien que tu sois venue t'entraîner. Tu auras besoin de plus qu'une batte de baseball pour éloigner les garçons qui vont te tourner autour.

Elle lança un regard accusateur à Levi.

— Il va falloir que tu nourrisses un peu mieux ta fille ! Heureusement que j'ai de quoi la remplumer pendant qu'on travaillera son tir longue distance.

Elle désigna d'un geste la longue table en bois sur laquelle s'étalaient toutes sortes de fusils, mais où trônait surtout un grand panier de pique-nique.

Alicia regarda son père.

— Mon tir longue distance ?

— Esther était une tireuse olympique autrefois.

Il tapota le côté de sa poitrine, où Alicia savait qu'il avait un pistolet dans un étui d'épaule.

— Je t'ai appris à manier une arme de poing, et je suis sûr que nos amis communs se concentrent surtout sur la défense rapprochée

Il avait raison. L'entraînement que l'Organisation lui avait fait suivre comportait de nombreux combats au corps à corps, ainsi que des exercices de tir avec des armes de poing principalement.

— « Nos amis communs » ? releva Esther en haussant un sourcil. Ne me dis pas que tu as impliqué ta fille dans quelque chose que nous...

— Non, Esther.

Il secoua la tête, l'air parfaitement impassible. Personne n'était censé connaître l'existence de l'Organisation.

— Alicia travaille pour des amis à Washington, et je veux m'assurer qu'elle est prête à affronter toutes les situations. Elle maîtrise les bases du tir, mais je veux que tu l'évalues et que tu voies s'il y a quelque chose à améliorer. Après tout, c'est toi l'experte.

— À Washington, hein ?

Esther hocha la tête d'un air approbateur, puis se tourna vers Alicia.

— Tu maîtrises les bases du tir, c'est ça ? C'est ce qu'on va voir.

Elle désigna les fusils posés sur la table.

— Combien de fois as-tu tiré avec un fusil ?

Alicia haussa les épaules.

— J'ai abattu quelques cerfs avec la carabine de mon père, et quand il n'était pas là, je me suis servie d'un fusil de chasse pour me débarrasser des nuisibles qui menaçaient notre bétail, mais c'est à peu près tout. Ma grand-mère n'aime pas les fusils.

Elle balaya la table du regard et l'un des fusils attira son attention. Elle toucha la crosse et sourit.

— Joli, n'est-ce pas ? dit Esther. C'est l'un de mes modèles à longue portée préférés. Je l'ai équipé d'un mécanisme « Defiance Deviant », d'un canon Hawk Hill 6,5 Creedmoor et d'une crosse Foundation Centurion, avec une très belle lunette Vortex Razor Gen 3. Nous reviendrons à ce modèle un plus tard dans la journée, mais d'abord... Hé, ne commence pas à manger tous les gâteaux, espèce de vaurien !

Levi, un beignet glacé au chocolat à la main et la bouche pleine, referma le couvercle du panier de pique-nique. Il affichait un air penaud, comme si Mamie Yoder l'avait surpris la main dans la boîte à biscuits.

— Levi, as-tu déjà appris à ta fille à régler un fusil, à « zéroter » une lunette de visée – bref, à préparer un tir, quel qu'il soit ?

Il secoua négativement la tête.

— On en a parlé, mais tous les fusils que je lui ai fait utiliser étaient déjà réglés pour une distance de 100 mètres.

— Pfff !

Esther prit un fusil à verrou et chargeur amovible équipé d'une petite lunette de visée.

— Ok Alicia, revoyons les bases de la préparation d'un fusil pour le tir.

Elle se dirigea vers l'un des bancs de tir et désigna le siège à Alicia, qui s'assit docilement. Elle lui tendit ensuite le fusil.

— C'est un fusil à verrou Savage Arms, expliqua Esther d'un ton professoral. Il tire du calibre 308 et peut être utilisé pour la chasse, même avec une simple mire. C'est une configuration assez courante, et puisque nous avons une lunette sur ce fusil, dis-moi ce que tu sais du simbleautage.

— C'est le fait de viser un objet en veillant à ce que l'axe du canon et la lunette soient parfaitement alignés, expliqua Alicia.

— Et comment fait-on ?

Alicia étudia le fusil qu'elle avait entre les mains, jeta un coup d'œil dans la lunette et haussa les épaules.

— Sur ce fusil, je dirais qu'il faut tirer la culasse vers le haut, regarder dans l'âme du fusil pour voir la cible, et ajuster la lunette pour qu'elle soit également sur la cible.

— Vas-y, montre-moi comment tu t'y prends.

Alicia examina attentivement le fusil, n'ayant jamais utilisé ce modèle particulier.

— Ne t'inquiète pas, je te préviendrai si je te vois faire quelque chose de loufoque ou de dangereux. Explique-moi simplement ce que tu fais.

— D'accord, dit Alicia. D'abord, je dois désengager le chargeur.

Elle trouva un bouton près du magasin et appuya dessus. Le chargeur contenant les munitions fut éjecté dans sa main. Elle le posa sur la table et étudia le levier de la culasse.

— On dirait qu'il y a un bouton à l'arrière de la culasse. Je vais appuyer dessus et ouvrir la culasse.

Le levier bougea doucement. Alicia le tira aussi loin que possible. Elle repéra alors un bouton métallique avec des stries à l'arrière de l'arme.

— Je suppose que c'est le déverrouillage de la culasse.

Elle appuya sur le bouton métallique de gauche, et la culasse sortit sans trop de problème.

— Très bien.

Esther leva le pouce, puis lui désigna une silhouette métallique à cent mètres.

— Voilà ta cible, là-bas.

Alicia suivit du regard le sillon qui traversait le canon et plaça la crosse contre son épaule.

— J'essaie d'avoir un visuel...

Elle dirigea le bout du canon vers la silhouette.

— Je l'ai.

Elle regarda dans la lunette, mais Esther fit claquer sa langue d'un ton critique. Elle se pencha en avant et tapota l'un des sacs en toile de jute qui se trouvaient devant elles.

— Une fois que tu auras ta cible en vue, sers-toi de ces sacs de sable pour stabiliser ton fusil. Autrement, le simple fait de déplacer ta tête de l'alésage à la lunette va changer la position du canon.

Son père émit avec sa langue un cliquetis similaire à celui d'Esther, critique à l'égard de lui-même cette fois.

— J'aurais dû te montrer tout ça au lieu de me contenter de t'en parler.

Alicia plaça plusieurs des sacs remplis de sable sous l'avant du canon et en cala quelques-uns à l'arrière, formant ainsi une sorte de berceau pour le fusil.

— Ok, je pense que c'est stable.

Elle vérifia par l'alésage qu'elle était bien sur la cible et reporta prudemment son regard sur la lunette.

— Le réticule est sur la cible.

— C'est bien. Réassemble le fusil et voyons si tu as raison.

Pendant qu'Alicia remettait en place la culasse, Esther lui décrivit les étapes suivantes.

— Comme tu l'as dit, le processus de simbleautage consiste à placer la lunette de visée dans une direction approximative. Avec un peu de chance, lors de ton premier tir, tu atteindras la cible. Ensuite, nous commencerons à faire des ajustements pour que ta lunette soit parfaitement réglée pour toucher n'importe quelle cible à cent mètres.

Alicia remit le chargeur en place, tandis qu'Esther distribuait des protections pour les yeux et les oreilles.

— Tout le monde met ses protections, dit-elle.

Elle attendit que chacun soit équipé, avant de faire signe à Alicia qu'elle pouvait commencer à tirer.

Alicia chargea sa première cartouche, ajusta la carabine de façon à ce que la crosse s'adapte confortablement à son épaule et désactiva la sécurité. Elle jeta un coup d'œil dans la lunette et dit :

— Okay, c'est parti...

Elle appuya sur la gâchette. La carabine se cabra, et presque immédiatement elle entendit le bruit du métal touchant la cible.

— Touché ! s'écria Levi, qui surveillait la cible avec des jumelles.

Alicia se tourna vers Esther, fière d'avoir atteint la cible dès son premier tir.

Esther émit un petit bruit de succion entre ses dents, les yeux rivés à sa lunette d'observation.

— Vingt centimètres plus bas, et dix à gauche, conseilla-t-elle.

Puis :

— Tu vois ce drapeau orange qui pend mollement sur le poteau en bois, là-bas ? demanda-t-elle à Alicia.

Alicia acquiesça.

— Il n'y a pas de vent, les conditions sont idéales. Nous parlerons des réglages liés au vent et à la distance plus tard. Mais d'abord, essayons de faire le meilleur tir possible au centre de la cible. Est-ce que tu vois la tache sombre correspondant à l'impact de la balle que tu viens de tirer ?

Alicia regarda dans le viseur.

— Oui.

— Okay, cette lunette a deux boutons principaux pour ajuster son tir par rapport à la direction du vent. On règle gauche-droite, et haut et bas. Tu vises le centre de la cible. Garde le réticule pointé sur le centre et cale bien ton fusil avec les sacs pour qu'il ne bouge pas.

Alicia rétablit ses appuis sur les sacs de sable.

— C'est bon.

— Maintenant, sans rien toucher d'autre, règle les boutons de ta lunette de façon à ce que le réticule corresponde à l'endroit de l'impact de ta balle.

Concentrée pour maintenir son fusil en place, Alicia prêta l'oreille aux clics des boutons de la lunette tandis que le réticule se déplaçait lentement jusqu'à la position souhaitée.

— Okay. Je suis exactement sur l'endroit où ma balle a frappé.

— Dans ce cas, quand tu veux. Voyons ce que ça donne.

Alicia appuya sur la gâchette.

Le fusil se cabra à nouveau. Alicia entendit la voix d'Esther brailler :

— Tu as tremblé sur la gâchette.

— J'ai quoi ? demanda Alicia en regardant dans la lunette.

Elle ne voyait aucune nouvelle marque sur la surface peinte de la cible.

— Où est passée la balle ?

Esther secoua la tête.

— Tu as appuyé trop fort sur la détente. La balle est sûrement passée au-dessus de la cible. Tu dois appuyer lentement, de manière progressive, sur la gâchette ; autrement, tu as toutes les chances de manquer ta cible. Et on n'est qu'à cent mètres ! Fais la même chose avec une cible à mille mètres et on retrouvera ta balle dans l'État voisin. Le tir de précision exige de la patience et de la discipline ; il faut être extrêmement délicat avec la gâchette. Ton père aurait dû t'apprendre ça. Réessaie. Cette fois, lentement... et respire bien.

Alicia réajusta sa prise en main et se concentra sur le doigt qui allait presser la détente tout en regardant dans la lunette. Elle appuya lentement, progressivement, sur la gâchette. Le fusil recula, tandis que la balle filait à travers le champ de tir.

— Non ! cria Esther. Tu ne contrôlais pas ton fusil ; j'ai vu le canon remonter. Recommence.

Alicia se sentit rougir, embarrassée. Ce n'était pas aussi facile qu'elle l'avait imaginé. Elle inspira profondément et expira lentement. Elle cala la crosse du fusil contre son épaule, regarda dans la lunette, visa et se concentra pour exercer une pression lente et régulière sur la gâchette.

La carabine bascula contre elle et elle entendit un tintement métallique.

— Touché ! s'écria Esther. En plein centre. C'est un bon tir.

— Laisse-moi recommencer.

Alicia avait remarqué à quel point la sensation de tirer avec le fusil était différente cette fois-ci. L'arme était presque devenue une extension de son bras. Elle cala son fusil, visa et appuya lentement sur la gâchette.

— Touché ! cria de nouveau Esther. Bon tir. Tu m'en fais cinquante autres comme celui-là, et on passe à deux cents mètres.

Cinquante ? releva Alicia, les yeux écarquillés. La journée promettait d'être longue.

CHAPITRE

CINQ

Alicia fronça les sourcils en regardant la plaie oblongue qu'elle s'était faite sur l'avant-bras. Vers la fin du marathon de tir de la veille, qui s'était achevé en apprenant à toucher des cibles à plus de mille mètres, une douille en laiton brûlante avait été éjectée dans sa manche trois-quarts et s'est coincée contre son avant-bras, y laissant une vilaine marque de brûlure.

Assise à côté de son père à l'arrière d'une luxueuse berline, elle nota qu'ils prenaient la sortie 5 de FDR Drive. Les panneaux indiquaient qu'il s'agissait de la sortie Houston Street/Holland Tunnel, ce qui signifiait qu'ils se rendaient dans le New Jersey.

— Papa, où allons-nous exactement ?

• Paul's Casablanca, à SoHo, répondit son père.

Il se pencha en avant et tapa sur l'épaule du chauffeur.

— Vincenzo, où comptes-tu attendre ?

— J'ai trouvé *un posto*... euh, *parcheggiare*, dit l'homme dans un mélange d'anglais et d'italien approximatif.

Il leva deux doigts de sa main droite.

— *Due* rues *di distanza. Aspetterò* votre... ah, appel.

— Tu as trouvé une place de parking à deux pâtés de maisons, et tu attendras là mon appel, c'est ça ?

— *Sì*, acquiesça vigoureusement Vincenzo. Je suis désolé, mon anglais pas bon.

Le père d'Alicia sourit et tapota avec bienveillance l'épaule du chauffeur.

— *Non ti preoccupare*, Vincenzo. Tu n'es aux États-Unis que depuis deux mois. Il faut un peu de temps.

Le chauffeur tourna à gauche dans Washington Street, puis encore à gauche dans Spring Street, une rue étroite et bondée. Alicia aperçut le « McGovern's Bar », écrit en lettres de néon brillant au-dessus de la foule. Vincenzo se gara du mieux qu'il put, compte tenu de l'affluence.

Alicia regarda les gens bien habillés qui attendaient à l'extérieur de ce qui ressemblait à un bâtiment délabré.

— Tu es sûr que c'est ici ?

Levi laissa échapper un petit rire.

— Ne te fie pas aux apparences.

La foule nombreuse semblait suggérer que ce bar sans prétention était un incontournable – du moins si l'on était bien informé. Alicia ne l'était pas. Non seulement elle n'avait jamais entendu parler de cet endroit, mais visiter un lieu de vie nocturne branché de New York n'était pas particulièrement attrayant pour une fille qui avait passé une grande partie de sa vie récente les pieds dans la bouse de vache, ou pire.

Un homme vêtu d'un costume à la mode européenne sortit de la foule et se dirigea vers leur voiture. Levi ouvrit la portière, tandis que l'homme l'interpelait avec un léger accent italien :

— Monsieur Yoder, c'est si bon de vous voir !

Alicia les vit échanger une bise sur la joue, comme son père lui avait appris que c'était la coutume dans certaines régions d'Europe.

— Fabrizio, je te présente ma fille, Alicia.

Alicia descendit à son tour de la voiture. L' homme lui prit le bout des doigts, et lui fit un baise-main.

— *Incantato.*

Il ajouta avec un grand geste :

— Bienvenue au Paul's Casablanca.

Il se tourna vers Levi.

— Paul est en ce moment dans l'avion qui le ramène de Naples, expliqua-t-il. Il regrette profondément de ne pas être là ce soir.

Levi glissa son bras autour des épaules de Fabrizio.

— Alicia et moi aimerions être bien installés, avec une vue agréable, comme toujours.

— Bien sûr.

Fabrizio leur fit signe de le suivre. Il avait la démarche un peu raide. Un grand type à la peau sombre, probablement un videur, leur fraya un chemin jusqu'à l'entrée. Alicia ne vit nulle part le nom du club.

— Je me demande comment les gens arrivent à trouver cet endroit ? dit-elle.

— Ça fait partie du charme, dit Fabrizio en riant. Cet endroit n'est pas fait pour tout le monde. On préfère que ça reste comme ça.

On préfère que ça reste comme ça ? L'homme parlait comme si la boîte de nuit faisait partie d'une société secrète dont ils étaient tous les trois membres. Alors que Fabrizio ouvrait la porte à Levi, elle jeta un coup d'œil à la foule qui attendait de pouvoir franchir le cordon en velours. Elle, la fille des rues, faisait donc partie à présent en quelque sorte des VIP. Elle sentit une certaine inquiétude l'envahir ; dans quel genre d'endroit son père l'avait-il amenée ?

Tandis que Fabrizio ouvrait la marche, Alicia constata que l'intérieur du Paul's Casablanca n'avait rien à voir avec l'extérieur miteux. Il était bien aménagé, avec des arcades de style marocain, un long bar, et un espace ouvert sous une boule à facettes où une foule de fêtards de tous âges, au dress-code chic et glamour, se déhanchait sur la musique.

Fabrizio s'arrêta devant une alcôve vide avec un carton « Réservé » posé sur la table, qui offrait une vue dégagée sur la piste de danse.

— J'espère que cette table vous convient, dit-il en criant presque pour être entendu.

— Ce sera parfait, dit Levi. J'apprécie ton hospitalité, Fabrizio.

— Une eau de Seltz pour vous, je présume, Monsieur Yoder ?

Levi hocha la tête.

— Et pour vous, jeune fille ? Nous avons un bar très complet. Francisco peut préparer tout ce qui vous plaira ; vous n'avez qu'à demander.

Alicia sourit à l'idée de boire un verre. C'était peut-être ce qu'il lui fallait pour se calmer.

— Puis-je avoir un Amaretto Sour ?

— Bien sûr. Nous n'utilisons que de l'Amaretto Disaronno. Avez-vous une préférence pour le mélange ? Je crois que Francisco opte d'habitude pour une moitié de sirop simple et une moitié de jus de citron fraîchement pressé.

— Ça me convient, je lui fais confiance.

— Je vous fais apporter vos boissons tout de suite.

Fabrizio tourna les talons, se faufila dans la foule et disparut.

Alicia jeta un regard en coin à son père. Il était adossé à l'alcôve, observant les clients avec attention.

— Papa, je peux te poser une question ?

— Je t'écoute.

— Pourquoi ce type te lèche-t-il autant les bottes ? Ne te

méprends pas, je t'adore, mais comment se fait-il que tu sois connu ici ?

Levi haussa les épaules et sourit.

— Je connais le propriétaire parce que j'ai fait des affaires avec lui par le passé. C'est tout. Et ils savent que j'aime observer les gens. C'est pour ça que je t'ai amenée ici. En tant qu'agent, tu devras savoir te fondre dans des endroits plus ou moins insolites auxquels tu n'es pas habituée.

Une blonde sculpturale s'approcha de leur table. Alicia leva les yeux et en resta bouche bée. *Non, ça ne peut pas être elle. Si ?*

— Levi, quelle surprise de te voir ici.

La bombe sculpturale battit des cils en regardant Levi ; puis elle lui lança, à elle, un regard incertain.

Alicia, bouche bée, dut se faire violence pour dissimuler sa stupéfaction. Elle avait devant elle l'actrice qui jouait Veronica dans un feuilleton auquel sa colocataire à l'université l'avait rendue accro.

— Buzzie, dit Levi, je te présente ma fille, Alicia.

— Oh... ta fille !

Buzzie serra la main d'Alicia en la gratifiant d'un grand sourire.

— Je suis ravie de vous rencontrer, dit-elle. Vous découvrez New York ? ?

— Buzzie, on reparle de tout ça plus tard, d'accord ? dit Levi.

La femme vissa les poings sur ses hanches et afficha une moue boudeuse.

— Tu m'as dit que tu m'appellerais, mais j'attends toujours. Est-ce qu'au moins tu as encore mon numéro de téléphone ?

Levi fouilla dans sa mémoire, épela un numéro et dit :

— Je t'appelle, promis.

Buzzie lui envoya un baiser, puis sourit à Alicia.

— J'ai été ravie de vous rencontrer.

La starlette tourna les talons et disparut dans la foule.

Alicia regarda son père, l'air bluffé.

— Tu connais Buzzie Henderson ? Tu te rends compte qu'elle est en lice pour un Emmy ? Elle est... enfin, je veux dire... *célèbre !*

— Vraiment ? J'ignorais que les Emmy's existaient encore, dit Levi d'un ton détaché. C'est une fille sympa, mais un peu trop fougueuse, si tu vois ce que je veux dire.

— Beurk, papa, je n'ai pas besoin d'entendre ça.

Une serveuse apporta leurs boissons et disparut avant qu'Alicia ait pu dire merci.

Levi sirota son eau de seltz, puis se pencha vers sa fille.

— Je suppose que personne au sein de l'Organisation n'a abordé avec toi les techniques de collecte de renseignements humains ?

Alicia secoua la tête.

— Nous en sommes encore aux guépards et aux léopards. Les humains, c'est la semaine prochaine.

Son père roula de grands yeux.

— En tant qu'agent, tu devras entrer en contact avec une cible désignée, et obtenir des informations. C'est un bon endroit pour exercer ton savoir-être et tes compétences relationnelles. Venir ici me permet justement d'affiner ça. Toi et moi nous ressemblons beaucoup plus que tu ne le penses. Je ne suis pas naturellement ce qu'on peut appeler un papillon social, mais si je dois user de mon charme, je peux le faire. Ça s'apprend. Plus tu t'entraînes, plus tu t'améliores ; c'est comme pour tout. Tu serais surprise de la quantité d'informations que les gens sont capables de te donner de bonne grâce. Je vais te faire une démonstration.

Il posa son eau de seltz et se leva de table.

Alicia continua de siroter son Amaretto, qui était excellent, et regarda son père s'avancer sur la piste de danse, balayer la salle du regard, puis s'approcher d'une fille qui n'était guère plus âgée qu'elle, semblait-il.

Il lui sourit, se rapprocha et lui dit quelque chose.

La fille parut décontenancée pendant une seconde, puis elle lui sourit à son tour.

Alicia assistait bouche bée à la petite scène, regardant la jeune femme d'une vingtaine d'années toiser son père de haut en bas et passer sa main le long de son bras avec un sourire qui en disait long. Alicia savait à quoi la fille était en train de penser, et elle en était malade.

Son père était indéniablement un bel homme, et il s'habillait toujours avec élégance. Malgré son âge – il approchait de la cinquantaine – il pouvait facilement passer pour un trentenaire. Mais tout de même. C'était une chose de comprendre que les filles – et les garçons – pouvaient le trouver attirant ; c'en était une tout autre de rester assise là à regarder une jeune nana draguer aussi ouvertement son père.

Il se pencha à nouveau et dit quelque chose à l'oreille de la fille cette fois. Elle hocha vigoureusement la tête, sortit son téléphone et lui montra quelque chose. Elle dit ensuite quelques mots – Alicia crut voir ses lèvres mimer les mots « ton téléphone ». Levi secoua la tête et désigna leur table d'un geste du pouce

La fille hocha la tête et le suivit du regard en souriant pendant qu'il revenait s'asseoir à leur table.

— Voilà, j'ai obtenu le numéro de téléphone de cette fille, même si elle voulait me donner son Instagram à la place, ou je ne sais quoi. Maintenant, je veux que tu essaies de faire la même chose.

— Papa, tu es fou ou quoi ?

Alicia sentit sa gorge se serrer. L'idée d'approcher un inconnu pour lui demander son numéro la mettait totalement en panique.

— C'est facile pour toi, on dirait que tu sors d'une appli Photoshop. Je ne peux pas faire ça.

— Je n'ai aucune idée de ce qu'est une appli Photoshop, dit Levi, mais n'importe quel homme sauterait sur l'occasion de donner son numéro à une jolie fille comme toi.

Alicia sentit la peur la submerger. Elle secoua la tête et dit d'une voix tremblante :

— Papa, c'est au-dessus de mes forces.

Levi afficha alors une expression pleine de bienveillance. Il se pencha vers elle et la serra dans ses bras, tandis qu'elle s'obligeait à ne pas pleurer.

— D'accord, Alicia. Je vois bien qu'il y a de la panique dans ton regard. Et si on se détendait et qu'on regardait simplement les gens, d'accord ? Si tu crois que tu n'es pas être prête pour ça maintenant, ce n'est pas grave. Mais j'ai besoin que tu te rendes compte que tu devras apprendre à engager une cible à un moment donné. Même si ce n'est pas ce soir.

Alicia sentait son cœur cogner dans sa poitrine, et la sueur perler dans le creux de son dos. Elle prit une grande inspiration et expira lentement.

Elle ne se souvenait pas à quand remontait sa dernière crise de panique.

Au fond d'elle-même, elle savait ce qui la causait. Elle détestait juste admettre qu'elle était encore vulnérable à certains souvenirs. En tant que victime du trafic sexuel de mineurs, elle avait connu toutes les déviances imaginables qui pouvaient être infligées à un enfant.

Elle pensait avoir surmonté tout cela.

Peut-être qu'elle se trompait.

— *Salut, Levi, quoi de neuf ?*

La voix de Mason résonna dans son téléphone portable entre deux craquements. La connexion était mauvaise. Levi se tenait sur Park Avenue, regardant la voiture d'Alicia s'éloigner du trottoir.

— Alicia retourne à Washington.

— As-tu pu calmer un peu ses inquiétudes pendant le week-end ?

— En partie. C'est une dure à cuire, et je suis sûr qu'elle s'en sortira. Je veux simplement m'assurer qu'elle reçoive la bonne formation. Il y a juste une chose...

— Oui ?

— Il y a un aspect de sa formation pour lequel je me sens mal placé pour l'aider. L'aspect collecte de renseignements.

— Tu veux dire le côté relations interpersonnelles ?

— Mouais.

Mason se mit à rire.

— Oui, ça peut être un peu délicat entre un père et sa fille.

— Mason, c'est une vraie préoccupation pour moi. Tu connais ses antécédents. Je n'en suis pas certain, mais je ne pense pas qu'elle ait déjà eu un vrai rendez-vous amoureux. Sa vie dans la rue l'a marquée d'une manière que je ne peux même pas imaginer. *Elle-même* ne réalise peut-être pas à quel point. Elle doit dépasser tout ça et apprendre à engager une cible potentielle. Sinon, elle sera en danger sur le terrain.

Il y eut une longue pause, avant que Mason ne reprenne la parole.

— Et Annie ?

— La Veuve Noire ? Je croyais qu'elle était à la retraite.

— Ce n'est pas comme si on lui demandait de se lancer dans une nouvelle mission. Je suis à peu près sûr qu'elle serait prête à former Alicia.

Levi fit les cent pas sur le trottoir en se souvenant de la dernière fois qu'il avait travaillé avec cette femme...

Annie leva les yeux au ciel et secoua la tête.

— T'es cinglé. Mais ça te rend encore plus sexy. Je me demande de plus en plus si t'es une bonne affaire au lit.

Levi s'esclaffa.

— Tu es toujours comme ça ?

— Comme quoi ?

— Tu dragues toujours d'une manière aussi décomplexée ? Ça peut être un tue-l'amour, tu sais ?

Elle soupira.

— C'est un de mes défauts, mais j'ai appris à vivre avec. En tout cas, je suis à peu près certaine que je ne regretterais pas de baiser avec toi. Tu as quelqu'un en ce moment ?

— Et toi ?

— Disons qu'il y a un gars avec qui je ne flirte pas, parce que je me soucie de ce qu'il pense.

— Il ne s'agit sûrement pas de Doc Spears. Ce n'est pas vraiment ton plus grand fan.

Elle balaya la remarque d'un geste.

— Il est juste énervé de n'avoir été qu'un coup d'un soir.

— Les femmes n'aiment pas que les hommes leur fassent ce coup-là ; bah, c'est pareil dans l'autre sens. Normal, non ?

Annie secoua la tête.

— T'es vraiment naïf. La plupart des hommes aiment bien ne pas avoir à s'engager ; tout ce qu'ils veulent, c'est s'envoyer en l'air.

— C'était pas le cas de Spears apparemment. Et quoi qu'il en soit, c'est un peu un truc de trou du cul à faire.

— Un truc de trou du cul ? Je ne sais qu'une chose : la manière de Sodome, ça, c'est pas mon truc. Pourquoi, c'est le tien ?

Levi secoua la tête.

— Peut-être que tu devrais flirter un peu plus avec le gars qui te plait, et moins avec le reste de la population masculine. As-tu déjà envisagé cette stratégie ?

— Oh, la ferme. Tu m'as l'air finalement bien trop coincé pour être aussi amusant que je l'imagine.

Levi secoua la tête.

— Non, n'impliquons pas Annie. J'ai quelqu'un d'autre en tête.

Le grognement désapprobateur de Mason fit sourire Levi.

— *Je sais de qui tu parles, et ça pourrait être un choix brillant. Reste à la convaincre de coopérer.*

— Nous verrons bien. Quoi qu'il en soit, j'ai presque terminé mon travail de préparation pour le problème russe dont on a parlé. La prochaine fois que nous parlerons, je serai à Vladivostok.

— *Bien. Bonne chance. Je te rappelle quand même que nos ressources humaines sont limitées dans cette région, alors arrange-toi pour ne pas te faire tuer.*

Levi raccrocha et regarda dans la direction où Alicia était partie. Il éprouvait une inquiétude grandissante en se souvenant de la petite fille effrayée qu'il avait sauvée de la rue.

Il avait lu sur son visage la même expression de peur qu'il lui avait vue toutes ces années auparavant.

De toute évidence, Alicia n'avait pas encore réussi à exorciser ses démons personnels.

CHAPITRE

SIX

— Comment ça, mes souvenirs ont été altérés ? dit Alicia.

Le directeur Mason s'assit en face d'elle dans la salle de réunion.

— Je sais que cela va être difficile à comprendre, surtout venant de moi, qui ne suis pas physicien. Mais il y a environ un an, un projet gouvernemental a été mis en place, dont nous nous sommes aperçus qu'il allait conduire le monde tel que nous le connaissons à sa perte.

Il marqua une pause et se gratta le menton, et bien qu'il affichât un air impassible, Alicia savait qu'il en était autrement. L'esprit de cet homme était toujours en ébullition. D'une certaine manière, il lui rappelait son père.

— Connaissez-vous le terme « multivers » ? poursuivit-il.

Alicia acquiesça.

— Bien sûr. C'est l'idée que chaque choix que l'on fait crée un nouvel univers entier de possibilités – ce qui signifie essentiellement que d'autres univers existent pour chaque choix différent que l'on a pu faire au cours de sa vie. C'est un peu comme si des lignes d'histoire alternatives existaient toutes en même temps.

— C'est assez bien résumé, dit Mason, fixant Alicia de ses yeux aux reflets argentés. Et non seulement le multivers est réel, mais vous avez interagi avec lui, d'une certaine manière. Lorsque vous étiez à l'université, à peu près au moment où vous et moi nous sommes rencontrés, vous avez reçu des messages – des souvenirs – de l'un de nos futurs possibles. Ces messages vous mettaient en garde contre ce projet gouvernemental... ce qui a permis d'éviter ce futur que nous redoutions. Je sais que tout cela paraît fantastique, mais tel qu'on me l'a expliqué...

— Qui vous a expliqué quoi ? l'interrompit Alicia.

Mason balaya la question d'un revers de main.

— Peu importe. On m'a dit qu'il y avait une très forte probabilité pour que certains de ces nouveaux souvenirs que vous aviez reçus s'effacent, et qu'ils laissent dans ce cas des lacunes. C'est ce que vous expérimentez en ce moment. Comme je l'ai dit, des données corrompues. Je ne vous en ai pas parlé parce que je ne voulais pas risquer d'aggraver le problème. Et, pour être honnête, parce que je ne pensais pas que vous me croiriez.

Alicia ne savait pas si elle devait croire à cette histoire abracadabrante. Des messages du multivers ? Un projet gouvernemental clandestin ? Mais elle était tout de même soulagée d'avoir une explication, aussi farfelue soit-elle, à ses trous de mémoire.

— Croyez-moi, continua Mason, il vaudrait mieux que vous ne retrouviez pas certains de ces souvenirs. Concentrez-vous sur votre nouvelle vie. Jusqu'à présent, vous vous en sortez très bien.

Il sourit.

— J'ai suivi vos progrès. D'ailleurs, j'ai une mission d'entraînement pour vous. Vous serez associée à un agent expérimenté.

Il fit glisser une grande enveloppe sur la table, portant la mention « Top Secret. » Malgré l'excitation qu'elle ressentait à l'idée d'une mission d'entraînement, elle s'efforça de n'en rien laisser paraître.

— Un agent expérimenté ?

— Oui. C'est quelqu'un que vous avez déjà rencontré. Il va venir ; prenez le temps de discuter de tout ça. En attendant, je veux que vous restiez là et que vous examiniez tout ce qu'il y a dans cette enveloppe.

Il se leva, et soupira en s'étirant.

— Maintenant, si vous voulez bien m'excuser, j'ai encore *une autre* réunion qui m'attend.

Après que Mason soit sorti de la salle de conférence, Alicia déversa sur la table le contenu de l'enveloppe. Il y avait là un mélange de photographies, de documents rédigés en chinois et de rapports de renseignements de la CIA couvrant les activités récentes en Asie du Sud-Est.

Alicia eut à peine le temps de tout passer en revue que la porte de la salle de réunion s'ouvrit, et qu'une grande brune sculpturale de type asiatique entra dans la pièce.

Alicia écarquilla les yeux.

— Mademoiselle Lucy ? Que faites-vous ici ?

— Tu n'es plus une fillette de douze ans. Inutile d'être aussi formelle avec moi, ma petite gamine des rues, dit Lucy en s'exprimant dans un cantonais rapide.

— Mais...

Alicia cligna des yeux en regardant cette femme qu'elle avait connue à l'époque où elle était dans la rue. Lucy avait un parcours inhabituel ; lorsqu'elle parlait anglais, c'était avec un léger accent russe. Elle était la veuve du fondateur de l'une des plus grandes triades de Hong Kong – et Alicia la soupçonnait d'être encore impliquée dans des activités criminelles. Elle comprenait mieux la présence des données classifiées éparpillées sur la table.

— Que faites-vous ici ? demanda-t-elle en rassemblant fébrilement les documents éparpillés.

Lucy sourit et vint s'asseoir à côté d'elle.

— Je suis là pour t'aider à parfaire ton entraînement.

— Vous êtes là pour... quoi ?

— Je suis sûre que Doug t'a expliqué que tu allais travailler avec un agent expérimenté ? (Elle eut un grand sourire.) Eh bien, c'est moi.

Alicia tendit à Lucy une image satellite d'une zone boisée.

— C'est censé être le site de la Nouvelle Arcadie. C'est à environ cinq kilomètres à l'est du Temple du Dragon Véritable, dans le district de Shangzhi à Taïwan.

Lucy fronça les sourcils en étudiant l'image. Elle avait presque le nez collé dessus.

— On peine à distinguer quelque chose dans ces bois. Ce qui se trouve dans ce camp est soit là depuis des décennies et a été envahi par la végétation, soit quelqu'un a fait un excellent travail de camouflage.

Elle se tourna vers Alicia.

— Que sais-tu du complexe du temple ?

— Rien du tout. C'est la première fois aujourd'hui que j'en entend parler.

— C'est un cimetière. Plus précisément un columbarium, un bâtiment destiné à accueillir des urnes remplies de restes incinérés. Et que sais-tu de cette région en général ?

— Encore une fois, rien. Je ne suis même jamais allée à Taïwan. Le directeur Mason m'a balancé tous ces documents juste avant que vous n'arriviez. J'ai à peine eu le temps de les consulter.

— Résume-moi ce que tu as appris jusqu'à présent, demanda Lucy, qui affichait un air vaguement amusé, remarqua Alicia.

— On vous a déjà briefée sur ce sujet, n'est-ce pas ?

Lucy haussa les épaules.

— Je veux connaître *ton* interprétation. Ce que tu peux me dire de la Nouvelle Arcadie ?

Alicia secoua la tête. Lucy était comme son père : tout, absolument tout, était prétexte à apprendre.

Elle récupéra un des documents qu'elle avait eu le temps de lire, et répondit :

— Ce rapport des services de renseignement donne un aperçu de la situation. L'Arcadie est aujourd'hui surtout connue pour sa beauté pastorale et son relief montagneux accidenté. Mais dans la mythologie grecque, l'Arcadie était considérée comme le lieu de naissance du dieu Pan, qui était le dieu de la nature, des bergers et des troupeaux. La région était également connue pour son association avec le dieu Apollon, qui l'aurait visitée et y aurait eu un temple qui lui était dédié. La première mention historique de l'Arcadie remonte à l'époque d'Alexandre le Grand, en lien avec les routes commerciales qu'il avait établies – bien que les historiens pensent aujourd'hui que le commerce de la soie et des épices entre le monde occidental et les civilisations orientales a commencé au sixième siècle avant notre ère, si ce n'est plus tôt, bien avant Alexandre le Grand justement.

Elle mit le rapport de côté, et prit un autre des documents qu'elle venait de lire.

— L'Arcadie, poursuivit-elle, est apparue récemment dans une communication interceptée en provenance de Chine continentale. Le message contenait des coordonnées géographiques précises – la photo que vous tenez a été prise par l'un de nos satellites au-dessus de ces coordonnées. Le message parlait également des biens volés de Tchang Kaï-chek, et du fait qu'il était un traître.

Lucy renifla d'un air contrarié.

— Trop facile de le qualifier de « traître ». C'est ce qu'il est pour tout le monde en République populaire de Chine, mais c'est un héros pour les Chinois qui vivent à Taïwan. Et les rumeurs selon lesquelles il aurait volé des « trésors » à l'époque de la guerre civile chinoise, en 1949, ne sont que de la propagande. C'est typique des sociétés communistes. Mais continue.

— D'accord, dit Alicia, en prenant un autre document, écrit en chinois celui-là. Regardez ça. C'est un appel intercepté entre un général en Chine et un de ses agents sur le terrain. Le général confirme que la Nouvelle Arcadie se trouve à cinq kilomètres à l'est des terres du Temple du Dragon, et il dit (elle se mit à lire directement le document) : « Vous avez l'autorisation de mettre en œuvre le Protocole du Souffle du Dragon. »

Lucy acquiesça, mais resta impassible. Alicia se demandait si le fait d'avoir une maîtrise absolue de ses expressions faciales était une compétence enseignée par l'Organisation, ou simplement quelque chose de naturel chez elle.

La porte s'ouvrit et Mason entra. Il déposa sur la table un tas de documents d'identité délivrés par le gouvernement, dont deux passeports noirs.

— Ce sont des accréditations diplomatiques pour toutes les deux.

Il regarda Lucy.

— La situation s'est aggravée. Je vais avoir besoin de tes talents... sur le terrain.

Le visage de Lucy s'assombrit.

— Doug, je ne baiserai avec personne pour t'arranger. Va plutôt racoler ta Veuve Noire, ou je ne sais quelle autre pute que tu as en réserve pour ce genre de conneries.

— Je n'ai pas...

— Je me fous de ce que tu as à me dire. Je ne vais pas non plus tuer quelqu'un pour toi. Tout ça, c'est derrière moi. Je suis ici parce que Levi m'a demandé de parfaire l'entraînement d'Alicia. Rien d'autre. Tu m'entends ?

Alicia était bouche bée. Elle n'avait jamais entendu personne parler ainsi à Mason, pas même son père.

Elle se souvint que lorsqu'elle était petite, le surnom de Lucy dans la rue était « la femme dragon ». Elle n'avait peur de personne.

— Je peux dire un mot ? fit Mason.

À la grande surprise d'Alicia, il n'avait pas l'air fâché. Il paraissait même réprimer un sourire.

Lucy leva les yeux au ciel, et eut un geste agacé, qui voulait tout de même dire qu'elle consentait à écouter ce que Mason avait à lui dire.

— J'entends ce que tu me dis, Lucy. Pas d'infiltrations, ni d'opérations clandestines. Je te demande seulement de nous aider en parlant à des fonctionnaires taïwanais. Tu as un don avec ces gens-là, et ça profitera à Alicia. Il faut que nous puissions accéder à cette « Nouvelle Arcadie » et découvrir ce qui est caché dans ces bois.

— Pourquoi ? demanda Lucy sans détour.

Alicia crut percevoir une certaine irritation chez Mason.

— Le département d'État évite de parler de ça, mais nous assistons à des mouvements de troupes chinoises qui pourraient indiquer les premiers signes d'une invasion de Taïwan. L'Organisation a des éléments sur le continent, mais il se passe quelque chose entre de hauts responsables de l'APL et ce que nous pensons être des cellules dormantes à Taïwan.

— L'APL ? demande Alicia.

— L'Armée populaire de libération, expliqua Mason. Nous ne savons pas si les mouvements de troupes sont liés à ce qui se passe sur ce site, mais les Taïwanais ne veulent personne près de la Nouvelle Arcadie, et nous devons comprendre pourquoi des éléments de l'APL s'y intéressent tant. Ceci étant dit, ce voyage est purement diplomatique. Nous avons déjà perdu un agent en repérage sur les lieux ; je n'ai pas envie d'en perdre un autre. Je ne vois personne qui soit meilleur que toi pour cette mission – tout comme je ne vois pas de meilleure occasion pour Alicia de parfaire sa formation que de te regarder travailler. Alors, tu en es ?

Lucy se tourna vers Alicia et lui dit en cantonais :

— Ne crois jamais cet homme. Cette mission qui n'en est pas une, soi-disant, pourrait s'avérer dangereuse. Tu n'es pas obligée d'y aller.

Alicia sentit un frisson remonter le long de sa colonne vertébrale, et son cœur s'emballer. Elle puisa dans tout ce qu'elle avait de volonté pour garder son sang-froid.

— Je suis partante, décida-t-elle.

Lucy se retourna vers Mason.

— Des billets de première classe pour nous deux. Je n'ai pas l'intention de faire la queue, ni de me retrouver en classe éco cette fois-ci. C'est bien compris ?

Mason sourit.

— Je ferai mieux que ça encore pour vous deux. En attendant, préparez-vous. Il y a des chances pour que vous décolliez pas plus tard que ce soir.

Mason quitta la pièce. Lucy se leva et dit, en désignant les documents étalés sur la table.

— Rassemble tout ça ; nous allons mettre ces documents dans la poubelle confidentielle en sortant. Il faut qu'on aille à ton appartement pour faire ta valise. Te connaissant, tu n'as probablement rien de décent à te mettre pour cette mission. Nous ferons quelques achats avec la carte de crédit de Doug.

— J'ai *déjà* des vêtements décents, protesta Alicia.

Lucy la toisa du regard et secoua la tête.

— Leçon numéro un : un pantalon large et un pull-over te font ressembler à un grand sac poubelle, c'est tout. Si c'est un avant-goût de ce qu'il y a dans ton armoire, alors c'est une toute nouvelle garde-robe dont tu as besoin. Allons-y.

— *Un véhicule vous attend toutes les deux sur le parking pour vous conduire à la base Andrews.*

La voix dans le téléphone d'Alicia était celle de Brice, l'un des responsables des opérations de l'Organisation.

— *Avez-vous des questions de dernière minute ?*

Alicia faisait les cent pas dans son appartement.

— Et ce briefing qu'on m'a promis ?

— *J'ai deux paquets qui vous attendent, Lucy et vous. Ils contiennent les détails du briefing et deux ou trois autres bricoles que j'ai réussi à rassembler pour vous.*

— Bon, d'accord, je vais attendre de voir ce qu'il y a dans ces paquets.

— *Bon voyage.*

Lucy sortit de la salle de bain, vêtue d'une robe très chic. Elle avait tout d'une femme d'affaires. Alicia se regarda dans le miroir ; elle aurait bien voulu paraître à moitié aussi élégante. Lucy lui avait acheté six tenues complètes, toutes parfaitement ajustées et découvrant un peu trop ses jambes à son goût.

Elles prirent l'ascenseur. Un homme en uniforme de l'Armée de l'air les attendait à la sortie de l'immeuble. Il se tenait à côté d'un monospace sombre équipé d'un gyrophare de police. Sur la portière avant du véhicule, un logo indiquait *Police de sécurité* et *Département de l'Armée de l'air*.

— Madame Chen, le plein du jet est fait ; il est prêt à décoller, expliqua l'homme. Mademoiselle Yoder, je suis ravi de vous rencontrer.

Il lui tendit une pièce d'argent, qu'il tenait entre son pouce et son index. Sur la partie face de la pièce se trouvait une pyramide familière représentant l'Œil de la Providence, l'un des identifiants de l'Organisation. Il continuait à tenir une moitié de la pièce, tandis qu'Alicia tenait l'autre. Une seconde plus tard, l'œil s'alluma.

Il répéta le processus avec Lucy. Le résultat fut le même.

L'homme empocha la pièce et les deux femmes montèrent dans le véhicule – Lucy à l'avant, Alicia à l'arrière. L'homme prit le volant.

Alors qu'ils roulaient vers l'est, il jeta un coup d'œil à Alicia dans le rétroviseur.

— À côté de vous, sur le siège, se trouvent deux mallettes que vous êtes censées emporter. Elles ont été sécurisées par l'Organisation.

Il regarda ensuite Lucy.

— Avez-vous toutes les deux vos papiers d'identité délivrés par le département d'État ? Vous en aurez besoin pour passer la porte principale et monter dans l'avion.

— J'ai ma carte, dit Lucy en l'accrochant sur le devant de sa tenue. Alicia fit de même.

Le monospace tourna à droite dans Dower House Road, et ils passèrent devant un panneau indiquant *Porte d'embarquement de Pearl Harbor 05 :00 – 21 : 00*. Quelques instants plus tard, ils arrivèrent à un poste de sécurité bien éclairé.

Leur chauffeur baissa sa vitre et s'arrêta. Ils tendirent tous leur carte d'identité au garde qui, après un rapide contrôle, les leur rendit et leur fit signe de passer.

Ils pénétrèrent dans la base, dépassèrent East Perimeter Road et s'approchèrent d'un gros avion à réaction. Il portait le drapeau américain sur la queue, le logo de l'Armée de l'air sur le moteur, et l'inscription *États-Unis d'Amérique* était peinte juste au-dessus de la rangée de hublots passagers. Alicia n'était jamais montée dans un jet, qu'il soit militaire ou privé.

Lucy sourit.

— Ça, c'est un bel oiseau. Mais ne t'y habitue pas trop, Alicia.

Mason travaille à l'économie normalement. Il te fera voyager dans des transports militaires de fortune, ou bien il te collera en classe éco sur le premier vol public en partance.

Alors qu'elles sortaient du monospace, chacune avec une mallette dans une main et un sac de sport dans l'autre, un escalier s'ouvrit dans la carlingue de l'avion, révélant la silhouette d'un homme qui les attendait. Lucy commença à monter les marches ; Alicia lui emboîta le pas.

L'homme en haut de l'escalier portait un uniforme de l'Armée de l'air. Il leur demanda leurs pièces d'identité, les vérifia, puis les leur rendit et leur souhaita la bienvenue à bord.

— Veuillez vous attacher rapidement, nous allons décoller.

L'intérieur de la cabine ressemblait exactement à ce qu'Alicia attendait d'un avion d'affaires : confort et professionnalisme étaient de mise. Il y avait même une odeur de cuir neuf. Elle se demanda quelles personnalités importantes du gouvernement avaient pris cet avion avant elle.

Une voix se fit entendre dans les haut-parleurs de la cabine.

— *Bienvenue à bord du jet d'affaires Gulfstream G650. Pendant que vous vous familiarisez avec l'intérieur de cet avion...*

La voix s'interrompit inopinément, et un petit Asiatique bien habillé se leva d'un bond de son siège. Il y avait plus d'une douzaine de places assises, mais apparemment il était l'unique autre passager.

Il désigna vaguement les haut-parleurs, et dit :

— *Ils n'ont pas encore tout configuré aux normes militaires. Remarquez, je ne m'en plains pas. La norme militaire n'inclut pas les appuie-têtes en cuir souple.*

Il leur tendit la main.

— Je suis John Woo, chef de mission adjoint à l'IAT.

Ils se serrèrent la main, et Lucy et Woo s'assirent l'un en face de l'autre à une petite table laquée. Comme il n'y avait que deux sièges en vis-à-vis, Alicia s'installa de l'autre côté de l'allée centrale.

Pendant que Lucy parlait au diplomate en mandarin, Alicia remarqua un changement dans la façon dont la femme se tenait. Lucy semblait plus petite, plus réservée et se montrait particulièrement attentive à ce que l'homme disait. Alicia ne l'avait jamais vue ainsi.

L'homme parla de lui, et Alicia, en écoutant, apprit qu'il était le numéro deux de ce qui servait d'« ambassade américaine » officieuse à Taïwan. Bien sûr, les États-Unis n'ont pas d'ambassade officielle là-bas, car pour la Chine, Taïwan n'est pas un pays à part entière. Il s'agit plutôt d'une province chinoise dévoyée, mais qui constitue un élément clé de la vision du monde de Pékin d'une « Chine unique ». Les États-Unis savent pertinemment qu'ils ne peuvent pas reconnaître Taïwan comme un pays, pas s'ils veulent maintenir des relations diplomatiques avec la République populaire de Chine. Ils ont donc créé une organisation appelée « l'Institut américain de Taïwan », ou AIT, qui fait office d'ambassade américaine qui ne dit pas son nom.

La voix du capitaine retentit à nouveau dans les haut-parleurs de la cabine :

— *Ici le capitaine Roger Fleming, votre pilote pour ce vol à destination de Taipei. Nous sommes les premiers dans la file d'attente pour le décollage. Nous volerons à une altitude de quinze mille mètres et à une vitesse d'environ neuf cents kilomètres heure jusqu'à notre première escale de ravitaillement en carburant à Anchorage, en Alaska. Notre temps de vol devrait être d'environ six heures. Après le ravitaillement, nous nous rendrons directement à l'aéroport international de Taoyuan, à la même altitude et à la même vitesse. Nous y serons environ huit heures après notre départ d'Anchorage. L'heure locale de notre arrivée devrait donc être environ 03 : 00 mercredi matin. Ce sera la seule communication jusqu'à notre atterrissage à destination.*

Mercredi matin ? On était donc lundi soir, songea Alicia. Elle fronça les sourcils en additionnant les heures, puis elle réalisa qu'ils allaient franchir la ligne internationale de changement de date, sautant ainsi au jour suivant.

Alors que les moteurs commençaient à tourner, Lucy se leva de son siège et serra à nouveau la main de l'adjoint Woo.

— Je dois discuter de certaines choses avec ma collègue pendant le vol, dit-elle. J'espère que nous aurons l'occasion de reparler de votre maison d'été dans la banlieue de Taipei.

Lucy fit signe à Alicia de la suivre vers l'arrière du jet, où elles s'installèrent dans une paire de luxueux sièges en cuir.

— Une maison d'été ? s'enquit Alicia.

La femme dragon renifla d'un air amusé en bouclant sa ceinture.

— Oui. Il a l'air de tenir vraiment à nous inviter là-bas dès que nous aurons terminé notre mission auprès de l'ambassadeur taïwanais.

Alicia se sentit plaquée contre son siège comme le jet s'élançait sur la piste. En quelques secondes, l'avion fut dans les airs, prenant de l'altitude à une vitesse bien plus élevée que n'importe quel avion commercial.

Alicia se cala contre l'appui-tête. Woo avait raison. Le cuir était très doux.

Alicia examina la mallette posée sur ses genoux, mais ne vit aucun moyen de l'ouvrir. Elle regarda Lucy, qui avait déjà ouvert la sienne et fouillait dans son contenu.

— Comment est-ce qu'on ouvre ce machin ?

Lucy lui désigna une petite plaque sur le dessus de la mallette.

— Cette plaque est un scanner biométrique. Mets ton pouce dessus.

Alicia fixa la petite plaque de bronze. La pyramide avec l'Œil de la Providence y était gravée. Elle appuya avec son pouce sur le logo et sentit un déclic à l'intérieur de la mallette, qui s'ouvrit.

Elle contenait différents documents, des photos et des cartes. Sur le dessus de la pile se trouvait une feuille de papier rouge avec un message écrit en gras : *Avant de quitter l'avion, remettez tous les documents dans la mallette et verrouillez-la avec votre empreinte de pouce. Les documents seront incinérés. Vous pourrez alors vous débarrasser de la mallette en toute sécurité.*

— Ouah... nos mallettes ont un système d'autodestruction ?

Lucy acquiesça sans lever les yeux du rapport qu'elle lisait.

— C'est normal.

— Ça fait très *Mission Impossible*, non ?

Lucy sourit.

— À quoi est-ce que tu t'attendais ? Nous ne sommes pas montées dans cet avion pour distribuer des boissons ou faire des fellations à des politiciens, ironisa-t-elle en haussant un sourcil. Même si je ne doute pas une seconde que M. Woo aimerait bien qu'on déroge à la règle. Si ces mallettes capables de s'autodétruire t'impressionnent, attends de voir ce qui nous attend sur place.

— Qu'est-ce que vous voulez dire ?

Lucy secoua la tête.

— Plus tard. Pour l'instant, ta seule préoccupation doit être de mémoriser tout ce qui se trouve dans cette mallette. Ce dont tu te souviendras pourra faire toute la différence le moment venu, et décider de ton sort durant cette mission.

Le ton de sa voix, l'expression de son visage, les mots utilisés ; une chose était sûre : Lucy ne plaisantait pas.

Alicia prit le premier document. Il était intitulé : « Utilisation des candidats mandchous ». Cela lui rappela un vieux film qu'elle avait regardé avec son père. Il s'agissait de laver le cerveau d'un type pour en faire un assassin. En comparaison, ce document paraissait ennuyeux. Il parlait surtout de collectes de renseignements, de mission d'enquête s'appuyant sur des relations diplomatiques.

Il fallut arriver à un passage au bas de la première page pour que les choses deviennent intéressantes :

L'Organisation a capturé un officier chinois de haut rang et l'a soumis à des techniques d'implantation de mémoire. Sans que le fonctionnaire chinois ne s'en rende compte, nous avons réussi à le transformer en allié. Malheureusement, il a été tué en s'approchant de l'enceinte de la Nouvelle Arcadie.

Votre tâche consiste à rassembler des informations permettant de déterminer ce qui se cache exactement à l'est du Temple du dragon véritable, dans le district de Shangzhi, à Taïwan. Nous devons savoir ce que les Taïwanais cachent sur ce site, et pourquoi les Chinois prendraient le risque de déstabiliser les relations internationales pour s'en emparer.

Le temps presse.

Les renseignements que vous recueillerez seront utilisés pour faire avancer les missions de plusieurs agents infiltrés déployés dans des endroits critiques de cette partie du monde.

Le document parlait ensuite du ministère de la sécurité de l'État de la République populaire de Chine, ou MSS, l'équivalent chinois du KGB, dont le sceau officiel comportait l'image inquiétante de la faucille et du marteau au-dessus de ce qui ressemblait à un bâtiment chinois.

Alicia se rendit compte que cette mission ne serait pas une simple affaire d'accointances avec des politiciens. Quelqu'un avait déjà été tué à cause de la Nouvelle Arcadie.

Elle revint au début du document.

Candidats mandchous.

Techniques d'implantation de la mémoire.

Était-il possible que ce soit la véritable cause de ses trous de mémoire ? Qu'elle ait elle-même été soumise à cette procédure, lors d'une mission dont elle ne se souvenait plus, et que l'explication farfelue du multivers donnée par Mason ne soit qu'un enfumage ?

Elle se souvint de ce que Lucy lui avait dit au quartier général de l'Organisation.

« Ne crois jamais cet homme. Cela pourrait être dangereux. »

Alicia sentit le doute et la peur s'immiscer dans son esprit.

Dans quoi s'était-elle engagée ?

SEPT

C'était le petit matin dans le village de Zhaoli, et maintenant que Ping avait huit ans, sa mère la laissait enfin aller seule sur le rivage pour ramener toutes les créatures marines qu'elle pouvait trouver afin de les cuisiner pour le repas de midi. Ping espérait trouver des coquillages, ou peut-être un crabe poilu.

Elle ne s'attendait pas à rencontrer la créature marine qui se débattait à présent devant elle, sur la plage.

Elle était grande. Plus grande qu'elle. Et couverte d'un tapis d'algues géantes.

Alors que le monstre s'avançait, Ping recula de plusieurs pas. Elle s'apprêtait à aller chercher de l'aide auprès des pêcheurs près des quais lorsqu'une vague géante s'abattit sur le rivage, recouvrant la créature. Elle pensait – espérait – qu'elle serait emportée par la mer, mais ce ne fut pas le cas. Lorsque la vague se retira, la tête de la créature réapparut, à bout de souffle.

Le « monstre » n'en était pas un en réalité : c'était un homme.

Leurs regards se croisèrent et Ping surprit une expression de désespoir sur le visage de l'homme. Il était coincé, à moitié enterré dans le sable, alors que la marée montait.

Il appela faiblement à l'aide, sa voix couverte par le bruit des vagues et le criaillement des mouettes.

Ping portait les chaussures extra-larges que sa mère lui avait tressées pour qu'elle ne s'enlise pas dans le sable, mais l'homme était un peu trop loin pour qu'elle s'approche en toute sécurité.

Il appela de nouveau à l'aide, juste avant qu'une autre vague ne s'abatte sur lui.

Les pieds de Ping s'enfoncèrent dans le sable tandis qu'elle courait vers lui.

L'eau se retira à nouveau et elle put enfin voir l'étranger. Sous le tapis d'algues, sa chemise blanche trempée était en lambeaux.

— Recule, lui dit-il. Tu n'as pas assez de force pour m'aider.

— Bien sûr que si ! rétorqua Ping.

Elle tendit la planche de bois sur laquelle elle posait ses outils pour creuser.

L'homme la regarda, puis il vit la planche. Il la saisit, la planta dans le sable et s'en servit pour s'extraire partiellement du sable qui l'enserrait en faisant levier.

— Recule, dit-il. Les vagues pourraient t'emporter.

Ping recula précipitamment avant que la vague suivante ne s'écrase sur le sable. Cette fois, l'homme ne disparut pas complètement. Elle le vit se tortiller, l'eau écumant tout autour de lui, en même temps qu'il se servait de la planche pour se sortir de là.

L'eau se retira, et malgré son épuisement évident, il parvint à avancer, échappant à l'emprise mortelle du sable mouillé et se traînant jusqu'au sable plus sec un peu plus loin.

— Ping, que se passe-t-il ?

L'enfant se retourna et vit le vieux Pu arriver vers elle en boitant, l'inquiétude se lisant sur son visage aux moustaches blanches.

Elle lui montra du doigt l'homme qui tentait de s'extraire de la mer en rampant.

— Il est coincé dans les sables mouvants.

Le vieil homme plissa les yeux, puis tapota l'épaule de Ping.

— Cours jusqu'à la jetée et préviens tous les hommes que tu peux trouver.

— Mais...

— Vas-y, mon enfant ! Fais ce que je te dis.

Ping partit en courant, ne voulant pas s'attirer les foudres du vieux Pu. Elle jeta un coup d'œil par-dessus son épaule, et vit l'étranger continuer de se débattre pour s'extraire du sable et des vagues. Elle aurait aimé rester pour lui parler, mais lorsque celui qu'on appelait « l'ancien » donnait un ordre, on lui obéissait.

Le vieux Pu attendit que Ping soit hors de portée de voix, avant de crier en coréen à l'intention de l'étranger.

— Vous vous êtes échappé ?

L'homme tenta de se relever, mais il retomba à genoux.

— Quoi ? dit-il en mandarin.

Le vieux Pu secoua la tête, perplexe. Il n'était pas rare que des Nord-Coréens échouent ainsi sur les côtes chinoises. Beaucoup étaient à ce point désespérés qu'ils s'échappaient par la mer, pour finalement être rattrapés par les marées. Très peu survivaient. Mais cet homme n'avait pas l'air nord-coréen. Rien ne l'indiquait, à commencer par sa chemise en lambeaux et ses sous-vêtements — il ne portait pas de pantalon.

— Qui es-tu, étranger ?

À l'aide de la planche de bois, l'homme se releva à nouveau. Cette fois, il réussit à tenir debout. Il se dirigea en titubant vers le vieil homme.

— Lâchez cette planche ! s'écria ce dernier en agitant sa canne.

L'étranger cligna des yeux, cherchant à comprendre, avant de laisser tomber la planche sur le sable sec.

— Qui êtes-vous ? insista le vieux Pu. D'où venez-vous ?

L'homme était maintenant à moins d'un mètre de lui. Il était couvert d'égratignures et d'ecchymoses, et l'une de ses joues était horriblement enflée. Il était dans un état lamentable, mais c'est la question qui l'arrêta net.

— Je... je ne sais pas, répondit-il.

— Comment ça, vous ne savez pas ? Quel est votre nom ?

L'homme fronça les sourcils.

— Je... je ne m'en souviens pas.

C'est alors que Ping revint au pas de course avec deux pêcheurs.

— Qu'est-ce qui se passe ? demanda l'un des hommes.

— Il est arrivé par la mer, expliqua le vieux Pu. Emmenez-le au bâtiment du comité. On appellera la police.

Les pêcheurs saisirent l'homme par les bras ; il ne résista pas. En fait, il se laissa porter, presque avec gratitude tant il était épuisé, soulageant ainsi ses jambes faibles.

— Probablement un transfuge coréen, dit l'autre pêcheur.

Le vieux Pu ne rien dit, mais il secoua la tête. L'homme avait été battu ; il était à moitié nu et épuisé, mais il ne paraissait pas amaigri par le manque de nourriture. Ce n'était pas un transfuge nord-coréen.

Qui était-il alors ?

Celui qui n'a pas de nom : c'est ainsi que les villageois se mirent à l'appeler. Et il ne pouvait pas le leur reprocher. Il ne se souvenait réellement pas de son propre nom. Il ne se souvenait de rien avant que cette petite fille ne le trouve sur la plage, à moitié noyé et incapable d'opposer la moindre résistance. Un officier de la police populaire, une brute, l'avait battu parce qu'il ne révélait pas son identité – comment l'aurait-il pu ? – et il se retrouvait à présent assis dans une cellule de prison du poste de police du port.

Il entendit son estomac gargouiller. La faim le rongeait au plus profond de ses entrailles, mais il n'avait aucune idée du temps qui s'était écoulé depuis qu'il avait mangé ou bu pour la dernière fois. Lorsqu'il avait demandé à boire au policier, celui-ci s'était contenté de lui jeter une tasse de thé à la figure.

C'était assez perturbant de ne pas savoir ce qu'il avait fait, où il avait été, ni même qui il était. Et pourtant, il y avait certaines choses qu'il paraissait savoir instinctivement. Par exemple, un simple coup d'œil à l'insigne d'épaule et au col rouge du policier lui apprit qu'il s'agissait d'un sergent. Et malgré l'insistance du sergent à lui crier dessus dans un coréen approximatif, il savait que ledit sergent était chinois.

La police croyait manifestement qu'il était un transfuge de la nation paria de Kim Jong Un. Une femme portant un uniforme de caporal s'était présentée un peu plus tôt pour lui faire une prise de sang. Le sergent lui avait dit :

— Je vous autorise à vider de *tout son sang* cet esclave. Kim Jong le Gros n'a pas de soldats ; il n'a que des esclaves et des putes.

C'était en début de matinée ; depuis, on l'avait laissé mariner seul dans le bâtiment brûlant, fenêtres et portes fermées.

Il s'appuya contre le mur de parpaings, ferma les yeux et se concentra sur sa respiration. Peu à peu, il perçut de la vie à l'extérieur du bâtiment. Il sentit les vibrations d'un camion qui passait, et de temps en temps, il entendait des voix plus ou moins proches, qui passaient.

Il ne savait pas depuis combien de temps il méditait lorsqu'il entendit une portière de voiture claquer, puis la porte du poste de police s'ouvrir brusquement. Le sergent se précipita à l'intérieur. Son comportement avait changé du tout au tout. Il sortit ses clés, déverrouilla la cellule et lui tendit une bouteille d'eau.

— S'il te plaît, camarade, bois. Je vais te chercher quelque chose à manger.

Celui qui n'a pas de nom avala avidement le liquide chaud et transparent qui avait probablement dû rester toute la journée sur le tableau de bord de l'officier, en plein soleil. Malgré tout, il avait meilleur goût que tout ce dont il gardait le souvenir... c'est-à-dire pas grand-chose pour le moment.

Le sergent lui tendit la main.

— Laisse-moi t'aider à te relever.

L'homme accepta l'aide offerte et se leva. Ses jambes flageolaient et, l'espace d'un instant, la pièce se mit à tourner. Le policier l'aida à se stabiliser, et tenta de le rassurer en lui disant que tout allait bien se passer.

Quatre hommes entrèrent alors dans le minuscule poste de police ; tous portaient l'uniforme de l'Armée populaire de libération. Le prisonnier vit que l'un d'entre eux était un capitaine.

Le sergent se mit au garde-à-vous lorsque l'officier de l'APL inspecta du regard la cellule crasseuse et secoua la tête.

— Laissez-nous, maintenant !

Le sergent se précipita vers la porte.

Le capitaine tint une feuille de papier devant lui, et son regard oscilla entre le prisonnier et le document qu'il tenait à la main. Puis il demanda :

— Monsieur, est-il exact que vous ne savez plus qui vous êtes ?

Le prisonnier acquiesça d'un hochement de tête.

— Je ne me souviens de rien. Mes premiers souvenirs remontent à ce matin.

Le capitaine entra dans la cellule ouverte et regarda le prisonnier dans les yeux.

— Incroyable, murmura-t-il.

À la grande surprise du prisonnier, le capitaine recula d'un pas, et se mit au garde-à-vous pour le saluer. Les trois autres hommes firent de même.

— Colonel Xi, vous avez disparu depuis deux semaines. Nous sommes ici pour vous conduire dans un établissement adapté, où l'on vous aidera à vous rétablir.

Colonel Xi...

Oui, ce nom lui rappelait des souvenirs. Ses parents. L'entraînement pour entrer au MSS. Le passage du grade de lieutenant-colonel à celui de colonel. Une mission secrète.

Une forêt recouverte d'une épaisse couche de brume...

Le capitaine le soutint pendant qu'il sortait du poste de police miteux. Le soleil brillait. On l'aida à s'installer sur le siège avant d'un véhicule militaire.

Mais Xi était toujours dans cette forêt étouffante, même lorsqu'il boucla sa ceinture de sécurité. Et dans cette forêt, il sentit le coup de massue d'une balle qui perforait sa poitrine.

Et tandis que le chauffeur enclenchait la première et démarrait, Xi sentit un autre souvenir se faire jour dans sa mémoire ; celui-là portait un nom étrange : Nouvelle Arcadie.

CHAPITRE
HUIT

Le directeur Mason était en train de lire le rapport de renseignement du soir sur le secteur de l'Asie de l'Est, quand le téléphone sonna sur son bureau. Il jeta un coup d'œil à l'affichage du numéro, et décrocha le combiné de son socle.

— Oui, Brice, qu'y a-t-il ?

— *Nous avons des nouvelles de notre agent disparu.*

Mason se redressa. Le « traqueur » de l'agent était resté silencieux pendant deux jours, et il avait craint le pire.

— Je vous écoute, dit-il.

— *Monsieur, nous avons pu comprendre ce qui s'est passé en interceptant des communications entre un poste de police de niveau préfectoral et son avant-poste militaire provincial, mais il semble que l'agent Xiang ait été happé par les courants marins et qu'il ait dévié de sa trajectoire de plusieurs kilomètres. Il a été récupéré et on le transporte actuellement vers l'hôpital militaire du district.*

Mason poussa un soupir de soulagement.

— Que sait-on de son état de santé ?

— *Rien encore. Mais d'après l'horodatage des communications, l'agent est probablement arrivé à l'hôpital à l'heure où nous parlons.*

— Tenez-moi informé, dit Mason en tambourinant sur son bureau du bout des doigts. Oh, l'agent Chen et sa protégée sont-elles arrivées à destination ?

Mason entendit pianoter sur un clavier à l'autre bout de la ligne.

— *L'avion a atterri à Taipei il y a quinze minutes.*

— Bien. Prions pour que ces deux-là aient moins de problèmes que Chris Xiang.

— *Pardonnez mon cynisme, mais Lucy Chen a toujours posé des problèmes. Il n'y a qu'Annie peut-être pour laisser plus de cadavres dans son sillage, et obliger nos gars à nettoyer derrière elle.*

Mason bascula le buste contre le dossier de son fauteuil.

— Il ne nous reste qu'à espérer que les mauvaises habitudes de notre femme dragon ne déteignent pas sur Alicia. Tenez-moi au courant des progrès de Chen et de Xiang. À plus tard.

Mason raccrocha, jeta un coup d'œil à l'horloge murale et soupira. Il était bientôt l'heure d'y aller ; et cette fois, pas question de sauter la réunion – il savait déjà ce qui avait mis les bureaucrates de Washington dans tous leurs états.

Les rapports en provenance de Chine – qui annonçaient des centaines de Ouïghours morts à cause d'armes biologiques – étaient suffisants pour susciter des réactions irréfléchies. Les gars du Pentagone étaient systématiquement à cran dès que le sujet des armes biologiques revenait sur le tapis. Et bien qu'il disposât d'informations permettant de réfuter la thèse de l'utilisation d'armes biologiques, il ne pouvait les divulguer. Sa participation à cette réunion de hauts représentants des services de renseignements étrangers se faisait sous couvert et au nom de la CIA. L'Organisation n'existait pas...

La paix maintenue depuis plus de cinquante ans en Asie de l'Est menaçait d'être réduite à néant. Il fallait faire preuve de beaucoup d'habileté en ces temps troublés. Il était en tout cas déterminé à faire en sorte que rien ne vienne perturber les plans qu'il avait minutieusement élaborés.

Mais éviter une Troisième Guerre mondiale, tant qu'à faire, ne serait pas du luxe.

Après s'être garé du côté sud de Constitution Avenue, entre Delaware et Louisiana Avenue, Mason marcha rapidement dans la brume de fin de soirée en direction du Capitole. Il était agacé. Les apparatchiks de Washington avaient changé le lieu de la réunion. Au lieu du Pentagone, qui disposait d'un parking pratique, ils avaient choisi le seul endroit de Washington qui garantissait de marcher près d'un kilomètre pour atteindre l'entrée du bâtiment.

Heureusement, il avait accès à une voiture disposant d'un permis de stationnement du Congrès, et après avoir passé la sécurité, il fut autorisé à entrer dans le bâtiment, où, malgré l'heure tardive, quelques membres du Congrès se pressaient. La seule raison pour laquelle d'autres personnes que les agents de sécurité se précipitaient à l'intérieur du bâtiment était probablement que la Chambre était encore en session et travaillait sur un texte législatif inutile de plus.

Mason pénétra dans la rotonde du Capitole et s'arrêta pour admirer les peintures. Bien que faisant l'objet d'un nettoyage constant, le bâtiment dégageait une odeur de vieille bibliothèque. Une odeur ténue de renfermé, mais qui seyait après tout à ces murs vieux de près de deux cents ans. Penchant la tête pour observer le plafond du dôme, qui culminait à une cinquantaine de mètres, il s'imprégna des détails complexes de la construction du bâtiment. Sa conception rappelait l'architecture romaine antique et lui fit penser au Panthéon.

Les murs incurvés en grès étaient divisés par des pilastres doriques cannelés couronnés de branches d'olivier sculptées dans la frise supérieure. Le sol était constitué d'anneaux concentriques de grès rouge ciré disposés autour d'une dalle centrale circulaire en marbre blanc. Mason jeta un coup d'œil à sa droite et admira la statue en bronze de George Washington, debout sur un piédestal en pierre portant l'inscription « Virginie », l'État qu'il représentait.

Il se retourna juste au moment où quelqu'un traversait la rotonde de l'autre côté, se dirigeant vers lui.

— Doug, désolé pour ce changement de dernière minute, mais le sénateur Harkin, qui préside la commission des affaires étrangères du Sénat, a eu vent de la réunion d'information que vous deviez donner au Pentagone et a piqué une crise.

Mason fronça les sourcils en regardant le haut fonctionnaire, qui était aussi un membre de l'Organisation, et se demanda pour la millième fois s'il serait un jour possible de faire quelque chose dans la capitale de la nation, dont le secret pourrait être gardé plus d'une heure.

— D'accord, alors qui vais-je rencontrer exactement ? Je suppose que le général Metcalf n'est pas là ?

Le haut fonctionnaire grimaça.

— Je suis désolé, mais nous avons dû nous passer du général. Harkin menace de s'adresser à la presse à propos d'une communauté du renseignement qui ferait cavalier seul, s'il n'obtient pas « sur le champ » – c'est son expression – des infos sur ce qui se passe. Il a réuni une partie de la commission des affaires étrangères pour un briefing, donc...

— En d'autres termes, ils veulent que quelqu'un de la CIA se mette à danser pour les distraire.

Mason serra les dents, visualisant avec un sombre plaisir ce qu'il aimerait faire à l'arrogant sénateur de l'État du Massachusetts.

— Bon, très bien. Où avons-nous rendez-vous ?

— C'est du côté du Sénat, salle 116, au premier étage. Je vous y accompagne.

L'homme tourna les talons, et Mason le suivit en direction de l'extrémité nord de la rotonde. Quelques minutes plus tard, il se retrouva dans une pièce de six mètres sur six au sol recouvert d'une moquette rouge.

Il y avait là environ une douzaine de personnes, tranquillement assises à une longue table, regardant leurs téléphones ou griffonnant sur des blocs-notes, tandis que quelques sénateurs formaient des petits groupes et conversaient en privé çà et là dans la pièce.

Un petit sénateur rondouillard à la moustache fine comme un crayon jeta un coup d'œil dans sa direction, et interrompit immédiatement la conversation qu'il avait avec une grande femme pour s'approcher de lui.

— Directeur adjoint Mason ?

— C'est moi, dit Mason.

Il sourit, serra la main de l'homme et ajouta :

— Je suis heureux de vous rencontrer enfin, sénateur Harkin.

L'homme renifla et lui adressa un sourire qui paraissait forcé.

— Je m'excuse pour l'heure tardive, mais vous le savez, il n'y a pas d'heure pour ces affaires qui concernent les renseignements étrangers.

Là-dessus, il frappa bruyamment des mains pour attirer l'attention de toutes les personnes présentes, et les invita à prendre place autour de la grande table.

— Installons-nous, le briefing va commencer.

Harkin fit signe à Mason de s'asseoir à côté de lui, tandis que les autres sénateurs prenaient place et que les collaborateurs sortaient de la salle, refermant la porte derrière eux.

Mason balaya la salle du regard et ne reconnut pas beaucoup de visages. Il fut un temps où il se serait fait un devoir de se familiariser avec tous ces sénateurs, puisqu'ils avaient au moins un mandat de six ans et que sans le savoir, ils devenaient souvent utiles à l'Organisation, pour une raison ou une autre.

La plupart étaient un peu débraillés, comme si on les avait tirés de leur lit pour venir assister à cette réunion de fin de soirée. Le regard de Mason se posa sur un sénateur au visage rougeaud qui se trouvait en face de lui, et sur le sénateur Martinez, de l'État du Texas, qui lui adressa un petit salut de la tête. Martinez faisait partie des personnes qu'il pouvait approcher et utiliser, d'autant plus que l'homme avait été membre du Congrès pendant près de vingt ans avant de siéger au Sénat. C'était un politicien avisé qui se faisait un devoir de tout savoir de ce qui se passait à Washington.

Il pouvait donc compter Martinez parmi ses alliés a priori, tandis qu'Harkin était le serpent dans l'herbe, comme on dit, celui à qui il ne pouvait pas faire confiance. Pour les autres, il ne pouvait se prononcer.

Harkin donna un coup de marteau et se mit à parler haut et fort, sa voix résonnant dans la pièce.

— Je sais que cette réunion tardive ne fait plaisir à personne, mais certains des rapports émanant du secteur de l'Asie orientale étaient totalement incomplets et ne couvraient pas les dernières informations en provenance de Chine. Je rappelle à tout le monde qu'il s'agit d'une séance à huis clos. Nous allons aborder des sujets classifiés et, comme toujours, nous vous demandons d'éteindre vos téléphones portables et autres appareils électroniques.

Plusieurs sénateurs s'agitèrent sur leur siège, s'emparèrent de leur téléphone et les éteignirent de manière à ce que tout le monde les voit bien faire.

— Bon, commençons. Il y a quelques heures de cela, certains membres de notre commission ont appris qu'un protocole appelé « Souffle du dragon » avait été signalé en Chine.

Qui avait bien pu transmettre ce renseignement à ce type ?

Mason s'efforça de conserver une expression impassible, mais son esprit s'emballait. Cette réunion allait être un peu gênante pour lui, mais c'était le cadet de ses soucis. Quelqu'un avait divulgué des informations auxquelles seule une poignée de personnes avait accès, et la dernière chose dont il avait besoin était que la vérité éclate au grand jour.

Selon la quantité d'informations divulguées et à qui, certains des membres de l'Organisation étaient probablement en danger à présent.

— À ma connaissance, il n'existe pas de matériel classifié de ce nom, et je n'ai trouvé personne qui admette être au courant d'une telle chose. Avouez que c'est une situation étrange quand personne dans la communauté du renseignement ne semble être au courant de quelque chose qui est clairement en train de se produire, et qui a même un nom de code. J'ai fini par parler à quelqu'un qui m'a informé que notre invité de ce soir répondrait à nos questions.

D'un geste, Harkin désigna Mason à sa gauche, et dit :

— Directeur adjoint Mason, je sais que vous avez été convoqué ici à la dernière minute et que vous n'avez probablement pas préparé d'exposé. Pour être honnête, je préfère cela. Nous sommes plutôt informels ici, surtout lorsque les caméras sont absentes et que les paons n'ont personne pour qui se pavaner. Pouvez-vous vous présenter à la commission, nous faire part de vos responsabilités et nous dire ce qui se passe *réellement* en Asie orientale ?

Mason balaya à nouveau du regard la longue table ; les sénateurs assemblés lui retournèrent son regard avec des expressions qui allaient du plus vif intérêt à l'assoupissement pur et simple.

— Mesdames et Messieurs les Sénateurs et Sénatrices, je m'appelle Doug Mason, et je suis le directeur adjoint de la division des activités spéciales de la CIA. Nous sommes principalement responsables des actions secrètes et de certaines activités spéciales.

— Des actions secrètes ? releva une sénatrice avec un fort accent du Sud. S'agit-il d'actions secrètes menées uniquement en dehors de notre pays, et qu'entendez-vous exactement par « activités spéciales » ?

— Madame la sénatrice, l'ensemble de la communauté du renseignement, y compris la CIA, utilise l'ordre exécutif 12333 comme principe directeur pour toutes nos opérations. Il fixe les garde-fous de nos activités. À de rares exceptions près, la CIA n'opère qu'en dehors des États-Unis. Et comme le stipule la section 1.8a du décret 12333, toute collecte de renseignements étrangers ou de contre-espionnage à l'intérieur des États-Unis doit être coordonnée avec le FBI, conformément aux procédures convenues par le directeur du service central de renseignement et le procureur général. Quant aux activités dites « spéciales », elles sont définies de manière assez vague, mais elles sont également dictées par la section 1.8e du même décret, et doivent être directement approuvées par le président.

La femme, qui pouvait avoir une soixantaine d'années, parut mécontente de l'explication, et secoua la tête. Personne n'aime qu'on lui cite les règlements.

— Voilà une description de poste plutôt vague, si vous voulez mon avis, dit-elle.

— Je comprends. Sachez toutefois que nous relevons de la Direction des opérations de la CIA, et je peux vous assurer que nos activités sont essentielles au maintien de la sécurité nationale.

— Harriet, laisse cet homme parler, intervint un sénateur barbu à l'accent bostonien en s'adressant à la sénatrice à côté de lui. J'ai l'impression en tout cas qu'ils tiennent le croquemitaine à distance.

Mason s'adressa à l'homme de Boston.

— Monsieur, d'une certaine manière, c'est exactement ce que

nous faisons. Nos opérations se concentrent principalement sur la lutte contre le terrorisme.

Certains sénateurs se mirent à marmonner entre eux, et avant que quiconque ait pu dire quoi que ce soit d'autre, Harkin donna plusieurs coups de marteau et se racla la gorge.

— Je vous rappelle, chers collègues sénateurs, que nous ne sommes pas ici pour débattre du bien-fondé des missions de la CIA, mais pour comprendre ce qui se passe en Asie orientale. Laissez le directeur adjoint Mason s'exprimer avant de lui poser toutes sortes de questions, sinon nous n'y arriverons jamais.

Il se tourna vers Mason et hocha la tête

— Monsieur Mason, allez-y, s'il vous plaît.

Profitant du silence momentané qui régnait dans la salle, Mason s'éclaircit la gorge et reprit la parole.

— Président Harkin, distingués membres de cette commission, merci de me donner l'occasion de m'adresser à vous aujourd'hui. Pour ce qui est du sujet qui nous occupe – la République populaire de Chine et le protocole dit du « Souffle du dragon » – comme vous le savez tous, tout ce qui a trait à la RPC est un défi géopolitique et, très franchement, ce qui se passe va mettre à l'épreuve la diplomatie américaine comme peu d'autres questions ont pu le faire dans l'histoire récente.

« Tout d'abord, un peu d'histoire : la RPC est notre seul concurrent ayant l'intention et les moyens de remodeler l'ordre international : un fait confirmé par les provocations de la RPC en mer de Chine méridionale, ses violations des droits de l'homme, son recours à la coercition économique, son comportement menaçant à l'égard de Taïwan et, bien sûr, certaines des choses dont nous avons été témoins récemment et qui menacent notre pays.

« La semaine dernière, le peuple américain a vu le dernier exemple de cette réalité, après que le gouvernement américain a détecté, suivi de près et abattu le ballon de surveillance à haute altitude de la RPC qui avait pénétré dans notre espace aérien territorial, en violation flagrante de notre souveraineté et du droit international. Et ce n'est pas la première fois.

« L'administration actuelle a réagi rapidement pour protéger les Américains et empêcher le ballon de recueillir des informations sensibles. Nous avons clairement fait comprendre aux responsables de la RPC que la présence de cette série de ballons de surveillance était, en un mot, inacceptable. En cours de route, nous avons appris une ou deux choses, que je suis prêt à divulguer dans ce cadre classifié, sur l'utilisation que fait la RPC de ses ballons.

« Nous pensons que les ballons sont des essais de livraison contrôlée d'une certaine forme de substances toxiques. Ce que nous avons trouvé à l'intérieur des ballons, ce sont des capsules remplies d'une poudre qui ressemble à s'y méprendre à du talc...

— Pardonnez-moi, interrompit Harkin. Vous avez dit du *talc* ? Vous parlez de ce qu'on met sur les fesses des bébés ?

— Oui, monsieur, justement c'est là où je veux en venir : même si ce test a permis de livrer une substance *inoffensive* sur notre territoire, rien ne dit que ce sera le cas des incursions futures.

— Compris, dit Harkin. Serait-ce justement ce qui se cache derrière le nom de « Souffle du Dragon » ? Il s'agirait d'empoisonner nos concitoyens ? Du napalm sur nos terres ? Que pensez-vous qu'ils prévoient d'envoyer ?

— Nous ignorons encore quels sont leurs plans exacts, mais nous avons des agents sur le terrain, qui espèrent en apprendre davantage et renverser la vapeur. Nous ne sommes pas le seul pays visé par la RPC... Taïwan a été survolée à plusieurs reprises par ces mêmes ballons à haute altitude.

— Monsieur Mason, intervint un jeune sénateur à la coupe de cheveux militaire assis à sa gauche, et qui affichait un air préoccupé. Croyez-vous qu'ils organisent une campagne sur plusieurs fronts pour semer le chaos ?

— Sénateur, rien n'est certain à ce stade. Comme je l'ai dit, nous avons des agents qui se penchent sur la question. Entre-temps, des actions politiques sont prévues visant à mettre publiquement en garde la RPC contre d'autres actions du type de celles déjà menées. Vendredi dernier, le secrétaire d'État Horowitz a appelé le directeur Wang Yi pour lui dire qu'il était inapproprié de se rendre à Pékin en ce moment, comme l'ont fait les représentants de cinq autres pays de l'OTAN.

« Samedi, comme vous le savez tous, à la demande du président, l'armée américaine a réussi à abattre la demi-douzaine de ballons qui survolaient notre territoire. D'autres éléments gouvernementaux sont chargés d'intercepter tout autre objet qui s'approcherait de notre pays.

— Fiston, dit un sénateur âgé en s'adressant à Mason depuis l'autre bout de la table. Abattre ces ballons ne représente-t-il pas un danger pour la population ? Après tout, ça se passe sur notre territoire.

— Cette action défensive légale et délibérée a pu être menée sans faire prendre aucun risque à la population civile, ni même au personnel militaire. Quant aux risques futurs, ils dépendent vraiment de la charge utile prévue pour ces ballons et de notre capacité à les intercepter bien avant qu'ils n'atteignent nos côtes.

« Sachez que mon équipe est chargée de la collecte de renseignements dans le cadre de cet effort. Mes agents travaillent en coopération avec de nombreux autres services de notre gouvernement, y compris la sécurité intérieure, l'armée et d'autres membres de la communauté du renseignement. Notre réponse collective à cet incident a réaffirmé nos priorités fondamentales : toujours agir de manière décisive afin de protéger le peuple américain. Nous n'hésiterons jamais à défendre les intérêts des États-Unis et l'ordre international qui respecte les règles de droit. Nous ferons face aux dangers posés par la RPC avec détermination et nous continuerons à démontrer que les violations de la souveraineté de tout pays sont inacceptables.

« Cet acte irresponsable a mis en évidence le fait que la RPC est devenue plus répressive à l'intérieur de ses frontières, et plus agressive à l'extérieur. Il a aussi renforcé la nécessité de redoubler d'efforts dans le cadre de notre stratégie : investir, s'aligner, être compétitif. Nous nous alignons sur des alliés et des partenaires de même sensibilité à l'étranger : le G7 et l'UE.

— Qu'en est-il de Taïwan ? interrogea le sénateur Harkin.

— Nous avons du personnel dans ce secteur et, comme vous pouvez vous en douter, en raison de leur proximité géographique avec la RPC, le maintien d'un espace aérien sûr pour la nation insulaire présente certains défis bien spécifiques. Des défis sur lesquels nous travaillons activement.

« Nous avons fait un effort concerté pour partager des informations concernant les menaces posées par la RPC, et réaffirmer la nécessité d'être unis pour y faire face.

« Nous continuons à nous opposer aux actes illégaux de Pékin en mer de Chine méridionale et orientale, à demander des comptes à ceux qui sont impliqués dans les violations des droits de l'homme au Tibet et à Xianjiang, à soutenir le peuple de Hong Kong et à faire tout ce qui est en notre pouvoir pour ramener chez eux les Américains injustement détenus.

« Nous avons ainsi maintenu, et nous maintiendrons, des lignes de communication ouvertes afin de pouvoir gérer de manière responsable la concurrence entre nos deux pays.

« Nous ne cherchons pas à entrer en conflit avec la RPC. Nous croyons au pouvoir de la diplomatie pour prévenir les erreurs d'appréciation susceptibles de déboucher sur un conflit.

« Nous sommes prêts à travailler ensemble dans des domaines où notre coopération est vitale – le trafic d'êtres humains, la santé publique, la sécurité alimentaire, le trafic de stupéfiants et bien d'autres choses encore – partout où cette coopération pourra renforcer les intérêts américains ainsi que la paix et la sécurité mondiales.

« Avec votre soutien bipartisan, nous resterons unis face à ce défi. Je vous remercie de votre attention, Monsieur le Président, ainsi que tous les autres membres de la commission.

« Je suis prêt à répondre à toutes les questions, mais sachez que la situation évolue en temps réel, de sorte que je n'aurai peut-être pas encore toutes les réponses aux questions que vous pour-riez poser. Néanmoins, je ferai de mon mieux pour vous répondre aussi complètement que possible.

En entrant dans la salle, Harkin avait déclaré à la commission que Mason n'avait pas préparé son intervention. *C'est toute la différence entre ces gens et moi*, songea-t-il. *Moi, je suis toujours prêt.*

Il s'appuya contre le dossier de son siège, fixa Mason durant cinq bonnes secondes avant de laisser un sourire flotter sur ses lèvres.

— Je vais être honnête avec vous, dit-il. Je ne m'attendais pas à une répartie aussi franche et éloquente de votre part. Les gens qui travaillent dans votre domaine sont généralement aussi bavards qu'un sourd-muet dans le coma ; alors vous êtes soit très bon dans votre partie, soit totalement dépassé par les événements.

Harkin reporta son regard sur les autres personnes présentes autour de la table, et ajouta :

— Posez vos questions, je vous en prie. J'en aurai peut-être moi-même quelques-unes ensuite.

— Je vais commencer par un commentaire et une proposition.

C'était le sénateur Martinez dont la voix portait haut et fort dans la salle.

— Je connais Doug Mason depuis près de vingt ans et, en dépit de la réputation que certains membres de la CIA peuvent avoir, je sais qu'il est quelqu'un de franc et de direct. S'il dit que l'agence fait ce qu'elle peut, qu'elle communique avec d'autres agences directement concernées, et que la situation évolue et est suivie de près, c'est qu'il en est ainsi.

Il tourna son regard vers le président de la commission.

— Il ne sert à rien d'insister pour obtenir des informations si tout ce que nous obtenons, c'est du vent. Président Harkin, je propose que nous interrompions cette conversation pour l'instant, et que nous fassions revenir M. Mason dans une semaine pour faire le point sur la situation.

—Je soutiens la motion, approuva un autre sénateur.

Harkin écarquilla les yeux un instant, avant d'acquiescer.

— Très bien. Tout le monde est favorable à la motion du sénateur Martinez ?

La majorité des membres autour de la table acquiescèrent d'une même voix.

— Ceux qui sont contre ?

Quelques « non » fusèrent.

Harkin conclut le vote d'un coup de marteau.

— Le « oui » l'emporte.

Il regarda Mason avec un petit sourire en coin.

— Directeur adjoint Mason, la commission aimerait vous voir revenir dans une semaine pour faire le point sur la situation.

Mason acquiesça tandis que le président levait la séance. Il se fichait éperdument du rapport qu'il était censé revenir faire devant ce comité. La commission n'était rien pour lui. Il avait joué le jeu de l'exposé uniquement pour que certains de ses membres ne fassent pas de vagues auprès des médias.

Ce qui occupait son esprit pour le moment, c'était une question : qui donc avait mentionné le protocole du « Souffle du dragon » à l'un des membres de ce comité ?

Il y avait une fuite quelque part, et il devait la trouver très vite.

CHAPITRE

NEUF

Une sonnerie retentit et la voix du capitaine se fit entendre dans la cabine. « *Le personnel douanier est disponible à présent. Les passagers sont autorisés à débarquer.* »

Alicia ferma sa mallette et, suivant les instructions, appuya son pouce sur l'Œil de la Providence et entendit la serrure de la mallette s'enclencher.

En quelques secondes, elle sentit une légère odeur de brûlé. Bien que la mallette fût presque instantanément chaude au toucher, le contact était supportable.

Alicia prit son sac de sport et se dirigea avec Lucy vers l'avant de l'avion, tandis qu'un membre de l'équipage ouvrait la porte passager et dépliait l'escalier.

De l'air frais et une odeur de kérosène se répandirent dans la cabine en même temps qu'Alicia sortait de l'avion. Les marches de l'escalier étaient recouvertes d'une moquette rouge. Elle descendit sur le tarmac, balaya du regard l'étendue goudronnée qui la séparait du terminal, et laissa la brise fraîche du petit matin emplir ses poumons. Bien qu'elle ait voyagé dans l'avion le plus luxueux qu'elle ait jamais connu, elle ne considérait pas que traverser la moitié du monde coincée dans une boite volante constituait ce qu'on appelle un voyage d'agrément. Et comme si ce n'était pas assez amusant comme ça, la sécurité de l'aéroport les avait fait attendre près de deux heures après l'atterrissage, jusqu'à ce que les agents des douanes arrivent enfin au terminal dédié aux vols privés de l'aéroport international de Taoyuan.

Il était à présent cinq heures et demie du matin et l'aéroport se réveillait lentement.

Tout au long du voyage, Monsieur Woo avait tenté à plusieurs reprises de se joindre à Lucy et à elle pour discuter, mais Lucy avait repoussé toutes ses tentatives, pour finir par bannir complètement le chef de mission adjoint de la partie avant de la cabine.

L'homme, sac à l'épaule, descendit à son tour sur le tarmac, et passa devant elles deux sans leur accorder un seul regard.

Alicia regarda Lucy et sourit.

— Je crois que vous l'avez vexé.

— Oh, vraiment ? Il s'en remettra.

Elle pressa le pas en direction du bâtiment vers lequel se dirigeait le diplomate frustré, et ajouta :

— Allez, sortons d'ici.

Elles traversèrent le tarmac et entrèrent dans un bâtiment où un panneau en anglais et en chinois indiquait qu'il s'agissait de la zone de dédouanement du terminal privé.

L'endroit était pratiquement désert en raison de l'heure matinale, mais il était évident que cette zone douanière dédiée aux vols privés devait faire face à un trafic important en temps normal, ainsi que semblaient l'indiquer deux tracés au sol, l'un réservé aux visiteurs étrangers et nationaux, l'autre aux diplomates.

Alicia se contenta de suivre Lucy, qui la précéda jusqu'au comptoir de l'agent des douanes qui s'occupait de la file dédiée aux diplomates.

Monsieur Woo venait de faire tamponner son passeport ; il s'éloigna sans se retourner lorsqu'elles arrivèrent devant le douanier.

Lucy lui tendit son passeport diplomatique noir. Alicia voulut lui remettre également le sien, mais l'homme la repoussa d'un air agacé.

— Une personne à la fois, s'il vous plaît, dit-il dans un anglais correct. Reculez derrière la ligne jaune.

Alicia regarda derrière elle, recula de trois pas, et attendit son tour. Bien qu'elle soit née en Chine, elle n'avait jamais pris l'avion pour aller à l'étranger. Se remémorer son arrivée aux États-Unis lui rappela du même coup une période cauchemardesque de sa vie – son embarquement forcé et clandestin à bord d'un bateau, un trajet de nuit blottie au fond d'une camionnette, et la découverte traumatisante de la rue et de la prostitution. Arriver à présent à bord d'un jet privé dans le cadre d'une mission diplomatique, voilà qui était encore difficile à concilier avec la façon dont sa vie avait commencé.

— S'il vous plaît, avancez ! aboya finalement l'homme.

Alicia lui tendit son passeport.

— Quel est le but de votre voyage en République de Chine ?

La République de Chine était le nom officiel de Taïwan.

— Je suis ici au nom du Département d'État américain pour une visite officielle au consulat américain de Taïwan, expliqua-t-elle, suivant les instructions reçues.

Le douanier passa son passeport au scanner et fronça légèrement les sourcils.

— Combien de temps comptez-vous rester ?

— Environ une semaine.

L'agent jeta un coup d'œil au sac de sport qu'Alicia portait à l'épaule.

— Votre sac ?

— Il est scellé. C'est une « valise diplomatique ».

Alicia lui montra le logo de l'aigle américain. Les mots « Département d'État » et « États-Unis d'Amérique » étaient imprimés sur le pourtour du logo. En dessous, les mots « Valise diplomatique » étaient imprimés en anglais, en français, en russe et en chinois. En dessous, un message rédigé uniquement en anglais indiquait : « Propriété du consulat des États-Unis. Ne peut être ouvert que par des personnes habilitées ».

L'agent n'y regarda pas à deux fois. Il tamponna son passeport et le lui rendit.

— Bienvenue en République de Taïwan, mademoiselle Ting.

Alicia salua l'agent d'un signe de tête et se dirigea vers Lucy qui l'attendait d'un air amusé.

— Tu t'es bien débrouillée.

— Je ne suis pas stupide, vous savez.

Les documents qu'elle avait lus dans l'avion indiquaient clairement qu'elles devaient se familiariser avec les nouveaux noms figurant sur leur passeport, mais ils n'expliquaient pas vraiment pourquoi. Alors qu'elles suivaient les panneaux menant à la zone de transport, Alicia demanda à voix basse :

— Hé, mademoiselle Li.

Lucy lui jeta un regard en coin.

— Qu'y a-t-il ?

— Pourquoi ces nouveaux noms ?

Lucy haussa les épaules alors qu'elles franchissaient une série de portes automatiques, l'humidité de Taïwan les enveloppant et leur collant instantanément à la peau.

— Il est fréquent de changer de nom quand on voyage, autant t'y habituer. Qu'il s'agisse de s'enregistrer dans un hôtel, ou de franchir les douanes, tout cela laisse des traces que d'autres peuvent suivre. Le changement de nom, c'est pour notre sécurité.

Elle fit signe à un homme qui se tenait à côté d'une station de taxis, lequel s'approcha en courant et demanda en mandarin :

— Oui, quelle est votre destination ?

— L'Institut américain à Taïwan, répondit Lucy.

— Très bien.

L'homme souleva le sifflet qu'il portait autour du cou, et souffla dedans en faisant signe au taxi jaune en tête de file. Le véhicule arriva à leur hauteur en quelques secondes. Il s'arrêta le long du trottoir dans un léger crissement de pneus. Le préposé aux taxis ouvrit la portière arrière, passa la tête par la vitre avant, côté passager, et indiqua la destination au chauffeur.

Alicia grimpa sur la banquette arrière à côté de Lucy pendant que le chauffeur tapotait sur ce qui ressemblait à une console GPS.

Le préposé ferma la portière derrière Alicia pendant que le GPS donnait des instructions au chauffeur en mandarin.

« Veuillez prendre la route Hangqin en direction du nord, puis la route Hangzhan jusqu'à la Nationale 2. »

Le taxi se glissa dans la circulation. Alicia jeta un coup d'œil à l'écran du GPS. L'ordinateur estimait le trajet à une cinquantaine de kilomètres, et à plus d'une heure et vingt minutes de route.

Le téléphone de Lucy vibra à l'intérieur de sa veste de tailleur. Elle le récupéra et prit l'appel.

— Oui ?

Alicia ne parvint pas à distinguer quoi que ce soit d'intelligible dans le grésillement qui s'échappait du téléphone, mais elle vit Lucy afficher un air sombre.

— Quand arrive-t-il ?

Le téléphone grésilla à nouveau.

— D'accord, nous allons nous enregistrer à l'hôtel. Tenez-moi au courant s'il y a du nouveau.

Lucy rangea son téléphone, se pencha en avant et dit au chauffeur :

— Changement de programme. Nous devons nous rendre au Regent Taipei.

— Dans le district de Zhongshan ? demanda le chauffeur.

— Oui.

L'homme entra les nouvelles coordonnées sur sa console de navigation, et l'appareil émit des instructions actualisées.

« Restez sur la voie de gauche, puis continuez sur la Nationale 2. Suivez ensuite les panneaux pour Luzhu. Utilisez les deux voies de droite pour prendre la sortie 8 vers la Nationale 1 en direction de Taipei. »

Lucy se pencha vers Alicia et murmura en anglais :

— L'ambassadeur a été appelé ailleurs. Il ne sera pas à l'IAT avant ce soir.

Alicia acquiesça.

— On s'enregistre à l'hôtel, et après ?

Lucy lui tapote le genou.

— Après, je vais te faire visiter la ville. Je crois que tu trouveras ça intéressant.

Alicia tourna la tête, mais Lucy s'était calée au fond du siège et avait fermé les yeux. Elle doutait fortement d'avoir la même définition du mot « intéressant » que son amie et mentor.

Après tous les documents classifiés qu'elle avait lus dans l'avion, les techniques de lavage de cerveau, l'inquiétude suscitée par cet endroit secret appelé Nouvelle Arcadie, et l'instabilité provoquée par les bruits de botte de la Chine, elle se demandait avec inquiétude quel serait le sujet de la réunion prévue ce soir-là avec l'ambassadeur.

Officiellement, elles étaient toutes les deux à Taïwan en mission diplomatique, laquelle consistait à obtenir des renseignements des diplomates taïwanais qu'elles allaient rencontrer. En fait, ça, c'était le travail de Lucy. Alicia devait se contenter d'observer et d'apprendre, mais elle ne pouvait s'empêcher de se demander s'il ne se passait pas autre chose dont on ne lui avait pas parlé.

L'avertissement de Lucy à propos de Mason lui revint en mémoire : *« Ne crois jamais cet homme. Cela pourrait être dangereux. »*

. . .

Elle jeta un coup d'œil au GPS et soupira. L'hôtel était encore à une heure de route.

La respiration régulière et l'expression détendue de Lucy montraient qu'elle avait déjà réussi à s'endormir.

L'anxiété suintant par tous les pores de sa peau, Alicia secoua la tête et se demanda si elle parviendrait un jour à se détendre de la sorte.

Pour l'heure, dormir était la dernière chose qui la préoccupait.

Que cachaient les Taïwanais dans ces bois qui justifiait à leurs yeux de supprimer un agent de l'Organisation ?

Après avoir pris possession de leurs chambres au Regent Taipei, Alicia se retrouva à marcher le long de la rue Guangzhou, son mentor féminin lui servant de guide.

Lucy pointa du doigt un bâtiment chinois de style ancien sur la droite et expliqua en cantonais :

— C'est le temple bouddhiste de Longshan. Le bâtiment d'origine a été construit il y a près de trois cents ans par des personnes qui venaient de la province de Fujian, en Chine continentale.

Elle désigna du doigt le kiosque à touristes qui vendait des billets.

— Tu ne peux probablement pas les voir d'ici, mais si tu regardes les piliers devant le temple, tu remarqueras des images de limules, ces crabes qui ont une forme de fer à cheval. Ils servaient autrefois de nourriture et d'engrais ; ils occupaient donc une place importante dans la vie quotidienne.

Elles ralentirent le pas en se frayant un chemin parmi la foule de touristes massés devant le temple. Dans un murmure, Alicia demanda en anglais :

— Êtes-vous en train de me dire que ces gens vénèrent les crabes ?

— Tu es vraiment devenue une pure « twinkie », dit Lucy en riant.

— Une « twinkie » ?

— Quoi, tu ne connais pas le terme ? Il désigne les Sino-Américains, tellement intégrés à la culture américaine qu'ils ont perdu tous leurs repères culturels asiatiques.

— Une « twinkie », répéta Alicia en riant à son tour. Première fois que j'entends ça, mais je m'en souviendrai.

Lucy secoua la tête, puis :

— Non, reprit-elle, les gens qui viennent au temple ne vénèrent pas les crabes. Longshan est un temple... comment dire ?... non confessionnel. Les gens viennent prier pour ce qu'ils estiment nécessaire. Que ce soit pour rendre hommage à leurs ancêtres, avoir de bonnes récoltes, ou même honorer le modeste crabe.

Elle désigna à Alicia un bâtiment un peu plus loin, et dit :

— En fait, nous allons nous aussi honorer le crabe, mais d'une toute autre manière... Tu as faim ?

— Je meurs de faim.

— Alors, viens.

Alicia la suivit jusqu'à l'entrée du bâtiment, dont la porte était surmontée d'une enseigne peinte à la main. Elle s'efforça de déchiffrer la calligraphie fantaisiste.

— « Dragon bleu » ?

— Exact, acquiesça Lucy. Je suis heureuse de voir que tu es toujours capable de lire ta langue maternelle.

Elle poussa la porte, déclenchant un carillon.

Alicia entra derrière elle dans ce qui ressemblait à un grand vestibule. Des dizaines de photos étaient accrochées aux murs, la plupart montrant des images de crabes sur différentes plages. Chaque photo était accompagnée d'une fiche décrivant le crabe en question.

Elle s'approcha d'une des images et s'efforça de lire ce qui était inscrit en-dessous en chinois :

Port de Keelung - 1955

Elle se tourna vers Lucy et demanda :

— Est-ce que je lis bien ce qu'il y a d'écrit ? *« Une lumière vive illumine la colline du coq après la pluie ; un doux soleil brille sur la plage des limules ce matin. »* ?

Elle fixa les mots et secoua la tête.

— Ça n'a aucun sens.

Lucy regarda la photographie à son tour.

— C'est un poème.

— Vraiment ?

Alicia n'avait pas l'air impressionnée.

— Bien sûr que c'est un poème. Tu étais probablement trop jeune ; tu n'as sans doute pas étudié la poésie chinoise classique avant de quitter le continent. Il n'est pas surprenant dans ce cas que ça puisse te paraître plus ou moins farfelu.

— Mademoiselle Li ?

Elles se retournèrent toutes les deux. Une femme d'âge moyen vêtue d'une blouse blanche de laboratoire les fixait d'un air perplexe.

— Oui, dit Lucy. C'est moi qui ai appelé.

— Bien sûr. Tout est prêt, dit la femme en hochant vigoureusement la tête.

Puis elle leur fit signe de la suivre. Elle pivota sur ses talons et franchit une porte dans le fond, dissimulée derrière un rideau de perles.

— Qu'est-ce qui est prêt ? demanda Alicia en chuchotant, alors qu'elles franchissaient le rideau de perles et pénétraient dans un espace qui ressemblait plus à une sorte de laboratoire qu'à un commerce quelconque.

Ignorant la question d'Alicia, Lucy suivit la femme et passa devant une longue paillasse de laboratoire où des dizaines de limules étaient attachées à un dispositif incliné qui les maintenait en place. Juste en dessous de chacun des crabes se trouvait une fiole en verre contenant un liquide bleu.

— Excusez-moi, dit Alicia en désignant les crabes. Qu'est-ce qui se passe ici ?

La femme se retourna, affichant un air de surprise.

— Vous voulez le savoir ?

— Euh, oui.

Alicia jeta un coup d'œil à Lucy, masque impassible de nouveau.

— Si ça ne pose pas de problème.

La femme lui décocha un grand sourire.

— Bien sûr que non. Au Dragon Bleu, nous sommes, comment dire, un centre de conservation et de soins médicaux. Le liquide bleu que vous voyez est le sang de ces merveilleuses limules que nous élevons. Il est utilisé par l'industrie médicale pour produire et tester mille choses. Le virus Covid, entre autres.

Alicia fronça les sourcils.

— Le sang de crabe est un remède...

— Non, non, non, s'empressa de répondre la femme en agitant rapidement les mains, comme pour effacer la remarque d'Alicia. Le sang que vous voyez ici contient une protéine spéciale appelée lysat d'amébocyte de Limule, que l'on ne trouve que chez cette espèce de crabe. Cette protéine est utilisée par les entreprises pharmaceutiques et les fabricants d'appareils médicaux pour détecter les contaminations bactériennes. Il s'agit de s'assurer que ce que nous administrons aux patients n'est pas contaminé par des bactéries potentiellement mortelles – que ce soit un vaccin, ou même (elle se tapa sur la hanche) une prothèse, par exemple. Cela a permis de sauver d'innombrables vies.

Alicia échangea un regard avec Lucy, se demandant pourquoi elle l'avait amenée ici. Elle fixa les malheureux crabes alignés sur la paillasse avec une curiosité morbide grandissante. Un tube presque invisible sortait de chaque crabe, d'où s'écoulait parfois une goutte de sang bleu dans les fioles en verre.

— Si je comprends bien, ces créatures sont sacrifiées pour...

— Non, non, on ne les *tue* pas. Nous les renvoyons là où nous les élevons. C'est exactement comme lorsque nous donnons nous-mêmes notre sang pour le bénéfice des autres.

La femme leur fit signe de la suivre à nouveau, tandis qu'elle grimpait quelques marches étroites.

Alicia se retourna vers Lucy, qui la regarda d'un air amusé.

— Allez, avance, l'encouragea cette dernière. Ça risque de te plaire.

Alicia grimpa le petit escalier et se retrouva dans un étroit couloir flanqué de plusieurs portes, dont une ouverte tout au bout, où la femme les attendait patiemment.

En entrant dans la pièce, Alicia sentit une odeur agréable, et même alléchante. Au fond de la pièce, une table avait été dressée pour deux personnes. Sur la table se trouvait une plaque chauffante avec un chaudron contenant une sorte de liquide qui bouillonnait, et autour plusieurs assiettes sur lesquelles étaient empilés des ingrédients sans liens apparents les uns avec les autres.

C'est alors qu'Alicia se souvint que Lucy lui avait demandé si elle avait faim. Elle se tourna vers elle et lui demanda :

— Il est prévu qu'on mange ici, c'est ça ?

La femme les invita à s'asseoir

— S'il vous plaît, dit-elle. Mademoiselle Li, j'espère que tout est à votre goût.

Lucy s'approcha de la table, regarda le chaudron fumant et ses accessoires, hocha la tête et tendit à la femme quelques billets taïwanais roulés.

— C'est parfait, je vous remercie, dit-elle. Mon amie et moi aimerions avoir un peu d'intimité à présent.

— Bien entendu. Merci pour votre générosité.

La femme s'inclina de manière appuyée devant Lucy et empocha l'argent. Alors qu'Alicia s'approchait de la table, la femme la salua révérencieusement à son tour, avant de se diriger vers la sortie, sans manquer d'ajouter par-dessus son épaule :

— Je suis la seule personne présente dans le bâtiment durant les quatre prochaines heures. Si vous avez besoin de moi, je serai en bas.

Elle referma la porte derrière elle, laissant Lucy et Alicia seules dans la pièce plutôt spacieuse, mais aménagée de façon spartiate.

Lucy désigna une chaise à Alicia et dit :

— Je t'en prie, installe-toi. Commençons à manger, et puis nous parlerons un peu de ce qui nous attend.

Alicia s'assit et observa Lucy qui, à l'aide d'une longue paire de baguettes, transférait toutes sortes de légumes et de viandes tranchées dans un grand récipient de cuisson en métal divisé pour former le symbole du yin et du yang. D'un côté de la petite marmite, il y avait un bouillon jaune, et de l'autre, un bouillon différent d'une teinte rougeâtre.

Lucy désigna le bouillon qui ressemblait à de la lave avec ses baguettes et expliqua :

— C'est un bouillon épicé du Sichuan, à base de porc et d'huile de chili, le tout copieusement saupoudré de grains de poivre du Sichuan. C'est assez épicé, avec un effet anesthésiant. L'autre est un bouillon de poulet, disons plus américain. Il n'est pas du tout épicé, et il est très savoureux.

Elle regarda Alicia et sourit.

— As-tu déjà mangé ce genre de « fondue » ? Celle-ci s'appelle la fondue sichuanaise.

Alicia hocha la tête.

— Ça m'est arrivé, mais...

Elle prit une paire de baguettes et montra le bol de la taille d'un poing rempli de ce qui ressemblait à du caviar, sauf que cela n'avait pas la couleur noire ou vaguement dorée à laquelle elle était habituée.

— ... qu'est-ce que c'est que ces grains verts et bleus ? Ça se mange vraiment ?

Lucy laisse échapper un rire guttural en versant le contenu du bol dans le bouillon de poulet.

— Ce sont des œufs de limule.

Alicia ouvrit de grands yeux.

— Des quoi ? Vraiment, on peut les manger ? Je veux dire, ce n'est pas protégé ou quelque chose comme ça ?

Lucy secoua négativement la tête.

— Non, ne t'inquiète pas, les limules ne sont pas une espèce en voie de disparition. Au contraire, cet endroit travaille à sa préservation. Ces fossiles vivants sont très inhabituels et très difficiles à élever. Disons simplement que les limules se comportent un peu comme les saumons qui parviennent à retrouver leur lieu de naissance pour s'y reproduire. Elles ont besoin d'un grand nombre de zones dédiées pour favoriser leur croissance et leur reproduction. J'ai fait un don modeste à ces défenseurs de l'environnement afin qu'ils puissent acheter davantage de zones de plage pour que la population de crabes puisse se développer.

Elle désigna les assiettes de nourriture crue et la marmite bouillonnante, et ajouta :

— C'est leur façon de nous remercier.

À l'aide de ses propres baguettes, Alicia commença à déposer dans le bouillon des morceaux de bok choy, des carottes, des tranches de racine de lotus, différentes viandes et des crevettes finement tranchées.

— Alicia, nous sommes maintenant vraiment seules, peut-être pour la première fois. Tu dois avoir des questions à mon sujet ; des questions que tu te poses peut-être depuis des années. Je suis prête à y répondre autant que nécessaire.

— Même des questions personnelles ? demanda Alicia en haussant un sourcil.

— Tout ce que tu voudras, réitéra Lucy.

Alicia sentit un frisson courir le long de sa colonne vertébrale. Elle grimaça, puis demanda :

— Je peux te tutoyer ?

— Bien sûr. J'allais te le demander.

— Pourquoi mon père et toi ne vous êtes pas mis ensemble ? Je sais qu'il t'aime beaucoup.

— Qu'est-ce qui te fait penser qu'on ne s'est pas amusés, tous les deux ?

Alicia roula de grands yeux et grimaça.

— D'accord, d'accord... N'entre surtout pas dans les détails. Je ne veux rien savoir ! Ma question, c'était : pourquoi vous ne vous êtes pas mariés ?

— Oh.

Lucy soupira.

— Aïe, il fallait vraiment que tu me poses justement cette question, hein ?

Lucy se mit à jouer avec quelques légumes qui flottaient dans son bouillon.

— Je ne te dirai pas que je n'en aurais pas envie. C'est surtout que le choix ne m'appartient pas. Il sait que je suis à lui s'il me veut.

— Que tu es *à lui* ?

Alicia fut déconcertée par la formulation, et se demanda s'il ne s'agissait pas d'une erreur de traduction. Elle passa à l'anglais.

— Que veux-tu dire par « Je suis à lui s'il me veut » ? Comme une esclave ?

Lucy sourit et secoua la tête.

— Tu es probablement trop jeune pour comprendre. Disons que je ferais n'importe quoi pour ton père, et que je suis presque certaine qu'il ferait n'importe quoi pour moi. Je vais être honnête, ce sujet me rend un peu triste. Tu as d'autres questions ?

Alicia attrapa un morceau de saucisse chinoise du côté sichuanais de la petite marmite, souffla dessus et en prit une bouchée. Le goût savoureux de la saucisse était là, mais les grains de poivre du Sichuan lui procurèrent une étrange sensation d'engourdissement. Elle n'avait rien contre les plats épicés, mais elle n'avait pas l'habitude d'avoir la langue ainsi paralysée. Elle attrapa une tranche de racine de lotus qui baignait dans le bouillon le moins épicé de la marmite, mordit dedans et savoura le goût familier de ce légume riche en amidon. C'était presque un croisement entre une pomme de terre et une patate douce. Elle remarqua que Lucy se servait principalement du côté sichuanais de la marmite.

— Toute cette histoire avec l'Organisation est nouvelle pour moi. Depuis combien de temps es-tu avec eux ?

— Presque vingt ans, répondit Lucy d'un ton détaché en attrapant une crevette et en la plongeant dans un bol rempli de ce qui ressemblait à du chili à l'huile aux oignons croustillants. Mais je n'ai jamais été exactement dans ton cas.

— Qu'est-ce que tu veux dire ?

— Je n'ai jamais été travaillé à plein temps pour l'Organisation. J'ai toujours été en free-lance, en quelque sorte.

— Oh. Et qu'est-ce que tu fais d'autre quand tu ne travailles pas pour l'Organisation ? voulut savoir Alicia, dissimulant mal toutefois son embarras à poser une question aussi personnelle.

Elle connaissait Lucy depuis des années, mais parler de sa profession était quelque chose qui avait toujours été entouré d'interdits. Tout ce qu'elle savait d'elle, c'est qu'elle s'en sortait bien financièrement, et qu'elle entretenait des liens avec certaines personnes peu recommandables. Ce qu'elle faisait *exactement* pour vivre avait toujours été un mystère, un peu comme avec son père, jusqu'à ce qu'elle apprenne qu'il travaillait pour l'Organisation.

Lucy se pencha en arrière et la fixa avec cette expression de statue qui ne donnait aucun indice sur ce qu'elle pensait.

— Je vais te le dire, mais sache que cette information peut être dangereuse pour toi, et que tu auras tout intérêt à la garder secrète.

— Même pour mon père ?

Elle balaya la question d'un geste de la main.

— Non, ton père est déjà au courant... C'est presque dans une autre vie que j'ai été achetée par mon mari.

Alicia écarquilla les yeux, manquant sursauter en entendant cela.

— J'étais jeune, très jeune, et un homme important m'a achetée à mes parents qui n'avaient pas les moyens de nous nourrir tous.

Lucy sortit quelques légumes de la marmite et les posa lentement sur son assiette pour qu'ils refroidissent.

— Ces choses-là n'avaient rien d'exceptionnel autrefois dans la Chine rurale. Je suis sûre que cela arrive encore. L'homme qui m'a prise comme femme-enfant a été bon avec moi. Il m'a donné une bonne éducation, m'a appris tout ce que je sais, et je me suis rapidement mise à l'aimer. Il n'y avait qu'une seule complication : il était à la tête d'un des plus grands gangs mafieux chinois. Les fameuses triades.

Le cœur battant, Alicia buvait chacune des paroles de Lucy. Les triades formaient – et forment toujours – un syndicat du crime organisé tristement célèbre en Chine.

— Nous vivions à Hong Kong, quelque peu isolés de ce qui se passait dans d'autres parties du monde mafieux, pour ainsi dire. J'étais devenue en quelque sorte le bras droit de mon mari. Je savais tout de ses opérations. Les généraux qui dirigeaient les différents groupes de soldats rendaient tous compte de leurs activités à mon mari.

— Des « généraux » ? Des « soldats » ? Comme dans l'armée ?

— Plus ou moins, dit Lucy en secouant la tête. Les gangs des triades sont hiérarchisés, mais ils utilisent plutôt ces termes comme des titres. Mon mari était au sommet, les généraux lui rendaient des comptes, et chaque général avait ses propres hommes qu'il appelait ses soldats. Mon mari m'a même officiellement enrôlée comme membre de la triade.

— Qu'est-ce que cela implique d'être enrôlé en tant que membre ? demanda Alicia.

Lucy mit une crevette dans sa bouche, la mâcha un moment, puis se mit à sourire.

— Il a fallu que je me prête à un rituel un peu idiot. Il m'a donné du vin mélangé à son sang et me l'a fait boire. Ensuite, j'ai prêté serment à des dieux ou je ne sais trop quoi...

Elle leva les yeux au plafond, sourcils froncés, et ajouta :

— Je me souviens d'une phrase du genre : « Je fais le serment de vivre à Liu, Guan et Zhang. Je me consacre à la protection du pays... (Elle fronça le nez)... il y avait d'autres choses à propos d'une fraternité et de diverses règles, mais cela se terminait par « ceci est un serment que je fais sous les auspices du Saint Empereur Guan ». Alors, il y avait ce rituel démodé d'un côté, mais de l'autre mon mari était très progressiste pour l'époque. Il pensait que j'étais plus douée que lui pour certaines choses, alors pendant qu'il se concentrait sur le commerce de la drogue, le racket et autres, il m'a demandé de m'occuper du commerce de la prostitution.

Alicia en resta bouche bée. Elle avait du mal à croire à ce qu'elle entendait, à ces aveux faits d'une manière aussi factuelle et détachée. Enfin, qui raconte ce genre de choses sur ce ton ?

Lucy leva la main, comme si elle devinait les pensées qui agitaient l'esprit d'Alicia.

— Tu dois comprendre que si ça n'avait pas été moi qui

m'étais occupée des filles, ç'aurait été quelqu'un d'autre, qui se serait certainement beaucoup moins soucié d'elles que moi. Tu es mieux placée que quiconque pour comprendre cela ; tu sais ce dont sont capables certaines personnes. Tu te souviens sans doute que j'ai essayé d'aider plusieurs de tes sœurs lorsqu'elles travaillaient dans la rue.

Les souvenirs d'Alicia la ramenèrent une décennie en arrière, peu après que son père ait commencé à sauver des enfants de la rue. Elle avait été la première, mais certainement pas la dernière. Elle ne connaissait pas Lucy à l'époque où elle vivait dans la rue, mais certaines de ses sœurs avaient croisé sa route. Comme la plupart des filles qui se prostituaient, elles avaient toutes été victimes d'hommes odieux qui avaient abusé d'elles. Mais elle se souvenait qu'elle entendait toujours parler d'une certaine « Mademoiselle Lucy ». C'est ainsi que ses sœurs l'appelaient. Elles parlaient d'une femme qui leur apportait des bonbons quand les proxénètes regardaient ailleurs, qui avait toujours des petites attentions pour elles, ce qui était quelque chose qui n'existait pratiquement pas dans ce quartier chinois de New York.

— Et puis, mon mari a été tué et je suis devenue une cible, ajouta Lucy en baissant les yeux, l'esprit visiblement agité de souvenirs douloureux. J'étais une menace pour les généraux qui avaient travaillé sous les ordres de mon mari. Ils ne voulaient pas travailler pour quelqu'un comme moi.

— Quelqu'un comme toi ? Tu veux dire une femme ?

Lucy hocha la tête.

— La mort de mon mari a été une aubaine pour les chefs des autres gangs. Je devais fuir Hong Kong, et c'est ce que j'ai fait... mais il m'a fallu beaucoup de temps pour me sentir en sécurité, pour avoir l'impression de contrôler de nouveau ma vie.

Elle fixa Alicia, les lèvres pincées.

— Ton père m'a aidée d'une manière que je ne peux même pas

décrire, et c'est à ce moment-là que j'ai su qu'il était celui qu'il me fallait, même s'il ne voulait pas prendre ce que j'avais à lui offrir.

Alicia sentit toute la tristesse, tout le désir contrarié, qu'il y avait derrière ces paroles. Son père était le genre de personne qui pouvait tout comprendre, mais était-il capable de tolérer quelqu'un qui était encore activement impliqué dans le crime organisé ? Elle en doutait.

— Es-tu toujours impliquée dans cette vie-là ?

Lucy sourit.

— Avec l'aide de ton père, j'ai presque complètement laissé tout ça derrière moi. Comme tu le sais, les petites filles et les petits garçons seront toujours victimes de trafic tant qu'il y aura des pervers prêts à payer pour ça. Mais comme je l'ai dit à ton père il y a des années, on ne peut pas sauver tout le monde, et en fin de compte, la seule personne que l'on peut vraiment sauver, c'est soi-même.

Elle plongea ses baguettes dans le bouillon, en sortit un petit agglomérat de grains jaunâtres, et le déposa dans l'assiette d'Alicia.

— Goûte ça. Tu vas voir, c'est une expérience unique.

Alicia la dévisagea, s'efforçant de digérer tout ce que son amie et mentor venait de lui raconter. Elle n'était pas certaine d'avoir obtenu une vraie réponse à la question de savoir si sa complice était toujours impliquée dans les gangs. Avec ses baguettes, elle saisit l'amas jaunâtre, le sentit, mais ne décela rien de plus que l'odeur du bouillon. Elle souffla plusieurs fois sur les œufs encore fumants, les porta à sa bouche et les mâcha.

Elle haussa exagérément les sourcils.

— C'est vraiment ferme, commenta-t-elle.

Lucy acquiesça d'un air amusé.

Alicia continua de mâcher ; puis, secouant la tête, elle dit :

— Je n'aime pas ça. J'ai l'impression de manger des billes de caoutchouc salées.

Au même instant, son téléphone sonna. Elle sursauta. Puis, elle le prit, jeta un coup d'œil à l'écran, et colla l'appareil à son oreille.

— Oui ?

— *Alicia, tu es avec Lucy ?*

C'était Brice.

— Qui est-ce ? articula silencieusement Lucy.

— Oui, pourquoi ? Qu'y-a-t-il, Brice ?

— *Je vous ai géolocalisées. Une équipe est en route pour vous rejoindre. Le téléphone de Lucy ne répond pas.*

Alicia sentit son cœur battre plus fort. Elle se pencha en avant et murmura :

— Vérifie ton téléphone. Il dit qu'il est déconnecté.

Lucy prit son portable et fronça les sourcils.

— Je n'ai pas de signal, dit-elle.

— *D'accord. Est-ce que tu peux passer ton téléphone à Lucy une seconde ?*

Brice s'exprimait d'un ton calme, mais Alicia sentait une grande tension dans sa voix.

Elle tendit son téléphone à Lucy.

— Salut Brice. Je ne sais pas trop ce qui se passe avec mon téléphone, Je n'ai aucun signal.

Alicia se rapprocha et capta des bribes de conversation à l'autre bout du fil.

— *Ils savent... localisation... compromis. Marines... AIC. »*

— Merde. Tu en es sûr ? demanda Lucy d'un air préoccupé.

Soudain, Alicia entendit une femme crier. Elle se leva d'un bond, frissonnant de la tête aux pieds. Il se passait quelque chose en bas.

La porte s'ouvrit brutalement ; la femme en blouse blanche hurlait des injures aux hommes qui entraient avec fracas dans la pièce. Lucy se leva également et dit :

— Ils sont là. On se reparle dès que nous serons sur place.

Elle rendit son téléphone à Alicia, prit le sien, le laissa tomber, et l'écrasa violemment à coups de talon aiguille.

Alicia la regarda faire avec stupeur, rangea son téléphone, et se tourna vers le groupe de six hommes de type asiatique qui venait de débarquer, ne sachant trop comment réagir. Ils étaient vêtus de costumes sombres ; cinq d'entre eux reculèrent vers la porte, tandis que le sixième s'approchait d'elles. Il leur adressa un petit signe de tête, tandis que la technicienne du laboratoire Blue Dragon le frappait sur les bras et les épaules, criant aux hommes de sortir.

Lucy regarda Alicia et dit en anglais :

— Allons-y.

Alicia ouvrit la bouche pour dire quelque chose, mais elle y renonça, comprenant que ce n'était pas le moment de discuter ou de poser des questions.

Lucy passa un bras autour des épaules de la technicienne en colère, et lui murmura quelque chose à l'oreille. Quoi que ce fût, la femme se calma presque instantanément. Lucy lui donna quelques billets taïwanais, et tous sortirent de la pièce du deuxième étage.

L'un des hommes parla dans un émetteur fixé à son poignet. Alicia l'entendit dire en mandarin :

— On descend.

Elle suivit précipitamment Lucy et chuchota :

— Pourquoi as-tu cassé ton téléphone ?

— Apparemment, je suis suivie, répondit Lucy d'un air sombre.

— Suivie ? Par qui ?

Lucy balaya la question d'un revers de main.

— Nous serons à l'abri à l'ambassade.

Alicia sentit son sang se glacer dans ses veines.

À l'abri ? À l'abri de quoi ?

CHAPITRE
DIX

Installée à l'arrière d'une camionnette sans fenêtre, Alicia était assise à côté de Lucy sur un banc en métal soudé au sol. L'équipe de sécurité qui les avait escortées jusqu'au fourgon banalisé passa le relais à une équipe de Marines en uniforme. À présent, le véhicule se frayait un chemin dans la circulation de midi de Taipei. La seule autre personne à l'arrière avec elles était un Marine en tenue de combat intégrale, fusil d'assaut prêt à l'emploi.

Alicia pointa du doigt l'arme du soldat et dit :

— Ce n'est pas un M4, qu'est-ce que c'est ?

— Non madame, ce n'est pas un M4. C'est un M27. La base est identique, mais le M27 est un peu plus lourd, plus précis, et entièrement automatique.

Alicia avait utilisé un M4 au centre de formation du FBI.

— Le M4 sur lequel je me suis entraînée était entièrement automatique.

— Probablement un M4A1 alors.

Le marine tapota son fusil d'une manière presque affectueuse.

— Avant qu'on nous équipe avec ces petits bijoux, on m'avait assigné un M4 ordinaire, uniquement semi-automatique, avec une rafale contrôlée de trois coups.

— *Nous sommes sur la route de Jinhu, en approche de l'IAT,* annonça la voix du chauffeur dans un haut-parleur intégré au toit de la camionnette. *Nous contournons l'entrée sud. Contrôle du trafic de l'IAT, la Libellule rentre au nid. »*

La camionnette opéra un virage à droite et rebondit légèrement en franchissant deux bosses sur la route.

Alicia cligna des yeux lorsque les portes arrières s'ouvrirent et que la lumière d'un garage souterrain pénétra dans la cabine du véhicule.

Flanqué de deux marines, un homme en costume les accueillit avec un sourire.

— Mademoiselle Chen, Mademoiselle Yoder, bienvenue à l'Institut Américain de Taïwan. Je suis Charles Han, l'un des « facilitateurs » de l'IAT. Je viens tout juste d'être informé de votre situation ; nous sommes donc en train de faire le nécessaire pour vous accueillir ici.

L'homme tendit la main. Lucy la lui serra en descendant du véhicule.

Alicia descendit à son tour en refusant qu'on l'aide, et jeta un coup d'œil autour d'elle.

Le garage souterrain comptait près de trente places de stationnement, dont seulement la moitié était occupée.

— Charles, sauriez-vous par hasard où sont nos affaires qui étaient à l'hôtel ? J'aimerais bien pouvoir me changer dès que possible.

L'homme se tourna vers elle, la toisa brièvement, avant de faire un pas vers elle.

— Je suis désolé. J'aurais pris sur moi de m'assurer que vos affaires vous soient apportées au plus tôt, mais la sécurité de Washington a prévenu qu'ils s'en occupaient.

Il désigna les portes vitrées derrière lui.

— En fait, on m'a demandé de vous conduire à notre CICS dès votre arrivée.

Le CICS était le Centre d'informations compartimentées sensibles. En langage gouvernemental, il s'agissait d'un lieu sécurisé où des informations classifiées pouvaient être consultées et discutées.

— Y a-t-il autre chose que je puisse faire pour vous en attendant ?

L'homme se tourna en même temps vers Lucy qui avait commencé à se diriger vers les portes vitrées.

— Pour l'une ou l'autre, précisa-t-il.

— Oui, dit Lucy en poussant une des portes vitrées. Commencez par arrêter de flirter avec mademoiselle Yoder, et conduisez-nous au CICS.

Alicia en resta bouche bée et se sentit rougir, tandis que l'homme bafouillait des excuses et s'engouffrait dans l'entrée souterraine de l'ambassade non officielle de Taïwan.

Comme elle se rapprochait de Lucy, qui lui tenait la porte ouverte, elle vit celle-ci lui faire un clin d'œil et murmurer :

— Tu lui plais. Tu devrais peut-être en profiter après la réunion de ce soir avec l'ambassadeur.

— Qu'est-ce qui peut bien te faire croire que j'en ai le moins du monde envie ? lui répondit Alicia, alors qu'elles pressaient le pas l'une et l'autre pour rattraper le soi-disant « facilitateur », comme on appelait à la CIA notamment les personnes chargées d'animer la démarche d'intelligence collective.

Lucy posa sa main sur l'épaule d'Alicia et exerça une pression légère.

— Je te trouve bien tendue. Ça pourrait te détendre.

Alicia la vit hausser les sourcils à deux reprises, signe évident qu'elle plaisantait.

— Mesdames, nous y voilà.

Han passa son badge sur le lecteur situé à côté d'une porte. L'appareil émit un petit bruit aigu, et la porte massive s'ouvrit lentement. Il entra ensuite une série de chiffres sur l'écran tactile situé au-dessus du lecteur de badge, désigna la porte d'un geste, et dit :

— La connexion avec l'équipe de sécurité externe sera activée dès que la porte se fermera.

Alicia suivit Lucy dans la pièce, tandis que la porte se refermait automatiquement sur ses gonds bien huilés.

Une table de salle de conférence dominait l'espace. Elle pouvait facilement accueillir une douzaine de personnes. Au fond de la pièce, trois grands moniteurs dominaient le mur, ainsi que plusieurs caméras vidéo qui semblaient suivre automatiquement les mouvements d'Alicia et Lucy tandis qu'elles prenaient place à la table dans de confortables fauteuils en cuir.

Aussitôt, l'écran central s'alluma, affichant le logo de l'aigle du Département d'État.

Alicia montra du doigt l'écran tactile situé au milieu de la table et regarda Lucy.

— Est-ce qu'on est censées faire quelque chose ?

— On dirait que non, répondit Lucy en lui désignant à son tour le moniteur qui affichait le message « *Connexion sécurisée établie* ».

Le directeur Mason apparut alors à l'écran. Les cheveux ébouriffés, la cravate légèrement de travers, il avait l'air d'avoir été tiré du lit, ce qui n'avait rien d'étonnant compte tenu du fait qu'il était minuit passé sur la côte Est.

— *Je vois que vous êtes arrivées saines et sauves à l'IAT. Tant mieux*, dit-il.

Lucy se recala au fond de sa chaise, l'air renfrogné.

— Doug, que s'est-il passé exactement ?

— *D'après Brice, il semble que certains de vos amis aient des relations à l'aéroport de Taipei.*

Mason se trouvait apparemment dans le même genre de salle de réunion, pareillement équipée, car la caméra réussit à le maintenir au centre de l'écran alors qu'il attrapait des documents imprimés devant lui.

— Doug, dit Lucy, Alicia est au courant de mon histoire ; vous pouvez donc parler librement. Est-ce que ça signifie que la Triade a infiltré le gouvernement taïwanais ?

— *Non, du moins pas à notre connaissance. Les logiciels de reconnaissance faciale ne sont plus l'apanage du gouvernement. Nous allons rechercher comment les informations relayées par les caméras de sécurité des douanes ont été détournées, mais à l'évidence non seulement Sun Yee On est impliqué, mais nous avons aussi intercepté des communications entre des soldats du Shui Fong.*

Alicia reconnut ces noms. Sun Yee On et Shui Fong faisaient partie des plus importantes triades chinoises.

— Les salopards ! lâcha Lucy, rouge de colère.

Elle prit une grande inspiration et dit :

— Ces deux gangs se disputaient déjà le même territoire quand j'étais à Hong Kong. Que font-ils à Taïwan ?

Mason se gratta le menton.

— *Vous connaissez probablement déjà la réponse à cette question. En 2020, la Chine a commencé à réprimer la révolte citoyenne à Hong Kong...*

Lucy écarquilla les yeux et abattit la paume de sa main sur la table.

— Mais oui, bien sûr... Pékin en a profité pour réprimer du même coup les membres des triades, qui se sont mis à chercher un endroit plus propice à leurs affaires.

— *C'est à peu près ça. Et manifestement, ils ne vous ont pas oubliée. J'ai parlé à l'ambassadeur il y a environ une heure. Une réunion informelle est prévue ; vous y participerez. Nous nous chargeons d'en assurer la sécurité. Brice fera ce qu'il faut sur le plan infor-*

matique pour que votre visage ne déclenche pas d'alarme au niveau des caméras de vidéosurveillance de l'immeuble.

— Une réunion informelle avec qui ? voulut savoir Alicia.

Mason sourit.

— *Croyez-le ou non, le ministre de la Culture de Taïwan et plusieurs de ses collaborateurs seront présents. Il est en charge de tous les éléments historiques et culturels de l'île ; ce devrait être un bon début pour obtenir des informations sur la Nouvelle Arcadie. D'après ce que j'ai compris, il y aura un grand nombre de hauts fonctionnaires. Je vois que même le commandant de l'armée de Taïwan a été invité. L'un des nôtres informera l'ambassadeur des problèmes de sécurité liés à votre présence, Lucy. Vous savez ce qu'il faut faire. Et, Alicia, suivez simplement ses directives. Vous n'aurez pas de meilleur mentor pour ce qui est de traiter avec certains de ces politiciens. Des questions, l'une ou l'autre ?*

Alicia leva la main.

— Oui. Est-ce qu'on a ramené nos affaires de l'hôtel ?

— *Oui,* confirma Mason.

Il regarda son téléphone, puis :

— *En fait, je viens de recevoir un message il y a une minute à peine m'indiquant que vos sacs se trouvent à présent à l'IAT. D'autres questions ?*

— Oui, dit Lucy en se tournant vers le moniteur. Qu'est-ce qui se passe avec mon téléphone ?

— *Je suppose que Brice n'a pas eu le temps de vous mettre au courant. De toute évidence, la triade a réussi à se procurer le numéro IMEI de votre téléphone portable, et l'a bloqué en agissant au niveau des relais de téléphonie mobile pour que vous ne puissiez pas l'utiliser sur l'île. Brice vous expliquerait sûrement ça mieux que moi, mais vous avez toutes les deux des téléphones de rechange qui vous attendent avec vos valises. Autre chose ?*

Lucy secoua négativement la tête.

— Doug, allez dormir un peu. Vous avez une mine de déterré.

Mason s'esclaffa.

— *Et toi, Alicia ? Des questions ?*

Elle secoua la tête également.

— *D'accord, bonne chance, et rapportez-nous les données dont nous avons besoin.*

L'écran devint noir. Lucy se leva de son fauteuil et se dirigea vers la sortie. Alicia suivit le mouvement. En sortant du CICS, elle remarqua Charles Han, qui la fixa du regard et lui sourit.

— Hé, Casanova, ça suffit, lâcha Lucy en s'adressant à Han qui les attendait. Nos affaires sont arrivées de l'hôtel apparemment. Conduisez-nous à nos chambres, ou du moins à ce qui sert de chambre ici.

Surpris, le facilitateur colla un téléphone à son oreille et parla rapidement en mandarin à quelqu'un au sujet de leurs bagages.

Lucy se pencha vers Alicia et murmura :

— Ne calcule pas ce type. C'est un mou. Il est pathétique. Tu n'as pas besoin de quelqu'un comme ça dans ton lit, même pour une nuit.

Alicia secoua la tête et rit nerveusement. Elle faillit répliquer qu'elle n'avait jamais eu personne dans son lit et qu'elle n'allait pas commencer avec un inconnu, mais des images du passé envahirent de nouveau son esprit, et elle sut que c'était un mensonge éhonté. L'idée d'être à nouveau aussi proche physiquement de quelqu'un lui serra soudain la poitrine, et elle dut mobiliser toute sa concentration pour ne pas faire une crise de panique.

Han rangea son téléphone dans sa poche et leur fit signe de le suivre.

— Bon. Vos affaires se trouvent dans les suites réservées aux invités. Je vous y conduits.

Lucy donna un petit coup de coude à Alicia, la sortant du même coup de sa stupeur.

— Allons-y.

Charles se retourna, puis les précéda sans attendre le long d'un couloir au sol de marbre.

Alicia serra les poings en suivant Lucy dans le couloir, non pas parce qu'elle était en colère, mais parce qu'elle ne voulait pas que l'on voie ses mains trembler.

Après avoir récupéré leurs affaires, il serait très vite l'heure de se rendre à l'événement dont Mason avait parlé.

Le fait de savoir qu'elle était surtout là pour observer Lucy et apprendre avait quelque chose de rassurant, mais la perspective d'aller à cette soirée à laquelle était attendus un tas de gens importants la rendait nerveuse.

Elle n'avait aucune expérience de ce genre de soirée. Tout ce qu'elle connaissait, c'étaient les fêtes organisées au sein des fraternités, où la moitié des étudiants étaient complètement ivres, tandis que l'autre moitié guettait l'arrivée possible de la police du campus.

Le plus difficile, ce soir, serait d'essayer d'avoir l'air d'être à sa place. Elle sortait à peine de l'université ; elle n'était pas censée être ici.

— Votre suite se trouve au quatrième étage, dit Charles Han en appuyant sur le bouton d'appel des ascenseurs.

Elle n'était qu'une fille de ferme amish ; que faisait-elle dans un film à la 007 ? Non, ce n'était pas la vie à laquelle elle était prédestinée, mais et alors ? Elle était là maintenant, et elle s'intima l'ordre d'arrêter de se poser trop de questions.

Une sonnerie retentit, et les portes de l'ascenseur s'ouvrirent.

Elle prit une grande inspiration, et ordonna à la fille de ferme de garder ses pensées pour elle ; puis elle entra dans l'ascenseur.

Assise sur un tabouret devant le miroir de la salle de bain, Alicia observait son reflet tandis que Lucy continuait de lui coller un tas de produits cosmétiques sur le visage.

— C'est quoi ce truc que tu me mets maintenant ?

À l'aide d'un applicateur doux chargé de poudre de maquillage, Lucy lui tamponnait le visage d'un air concentré.

— C'est du fond de teint. C'est pour unifier ton teint.

— C'est toujours mieux que le crayon. Tu as failli me crever un œil tout à l'heure.

— Arrête de faire le bébé, ce n'était que de l'eye-liner. Je n'arrive toujours pas à croire que tu ne saches même pas te maquiller.

— Tu te moques de moi ? se défendit Alicia en fronça les sourcils, tout en s'efforçant de ne pas bouger la tête. J'ai passé les dix dernières années dans une ferme Amish. On n'est pas très porté sur le maquillage dans la communauté, si tu vois ce que je veux dire.

À cet instant, une image lui revint en mémoire.

Elle revit son père en train de se maquiller de la même manière. Elle ignorait d'où lui venait ce souvenir, mais il était très clair.

— J'ai l'impression que papa s'y connaît aussi en maquillage. C'est moi qui délire, ou ça ne te paraît pas si fou que ça ?

Lucy sourit, tout en continuant d'appliquer du fond de teint sur son menton et dans son cou.

— Pourquoi tu me demandes ça ?

— Je ne sais pas, mais il me semble me souvenir que papa m'a maquillée. Je ne me souviens pas quand c'était...

— Ton père a beaucoup de talents cachés.

Lucy se pencha en arrière pour observer le résultat de son travail.

— Ton père est très doué pour le déguisement, et ses talents de maquilleur m'ont plus d'une fois bluffée. Je suis à peu près certaine qu'il pourrait apparaître là, à côté de nous, sans même qu'on le reconnaisse, s'il le voulait.

L'air concentré au point d'en être comique, elle appliquait maintenant sur la peau d'Alicia un petit bâton à l'embout humide.

— Qu'est-ce que c'est ?

— C'est de l'anticerne. Partout où tu as des imperfections, tu peux appliquer ça ; ça aide à les faire disparaître. Et ç'a aussi l'avantage de permettre que des gens mal intentionnés ne se souviennent pas trop clairement de certaines imperfections qui pourraient nous trahir.

Alicia la regarda procéder aux étapes suivantes : poudre, contouring, highlighter et blush.

Lucy fouilla dans sa trousse de maquillage et en sortit ce qui ressemblait à un crayon de couleur.

— Tu as déjà maquillé tes lèvres ?

Alicia fronce les sourcils.

— Pas avec ça, non. J'ai utilisé du baume à lèvres, c'est tout. Qu'est-ce que c'est ?

— C'est un crayon à lèvres. Détends-toi. Tu vas voir, ça permet une belle définition.

Elle poursuivit après cela avec du rouge à lèvres, et finit par tendre à Alicia un mouchoir en papier.

— Vas-y, tamponne.

— Que je tamponne ? Comment ça ?

Lucy se mit à rire.

— Fais comme si tu embrassais doucement le mouchoir. C'est juste pour enlever l'excès de rouge à lèvres.

Alicia s'exécuta et regarda les traces laissées par ses lèvres sur le mouchoir.

Lucy brandit ensuite ce qui ressemblait à un minuscule flacon pulvérisateur et dit :

— Ferme les yeux, c'est un spray fixant qui va aider à ce que ton maquillage ne bouge pas de la soirée. Ça fait comme une brume sur le visage. Ne respire plus.

Alicia entendit plus qu'elle ne sentit le spray.

— Voilà, c'est terminé.

Alicia se leva du tabouret et observa son reflet dans le miroir. Elle se reconnut à peine. C'était une tout autre Alicia Yoder qui la fixait d'un air ravi.

— Alors, c'est à ça que je ressemble avec du maquillage ?

Lucy entreprit de se maquiller à son tour. Elle lui jeta un regard en coin, et grogna :

— Maudites soyez-vous, toi et ta jeunesse. Tu es superbe. Quant à moi, plus les années passent, plus j'ai besoin de camoufler les affronts du temps. Alors, qu'est-ce que tu en dis ? Tu crois que tu sauras te maquiller toute seule la prochaine fois ?

Alicia ressentit un étrange sentiment d'émerveillement en se voyant aussi jolie. Ce n'était pourtant pas faute de s'être entendue dire qu'elle l'était, jolie, que ce soit par sa famille ou tel étudiant empressé de Princeton, mais ce n'était que maintenant qu'elle se voyait dans ce miroir qu'elle comprenait que c'était peut-être vrai.

— Oui, c'est chouette. Je pense être capable de me débrouiller en m'entraînant un peu, mais il va falloir que tu me laisses une liste de toutes les cochonneries que tu viens d'utiliser. Je n'aurais pas la moindre idée de ce qu'il faut acheter.

— Je te donnerai la liste complète, mais laisse-moi d'abord te regarder encore une fois.

Lucy se leva, recula d'un pas et la toisa lentement. Elle tendit la main vers le décolleté d'Alicia et prit entre ses doigts le collier qu'elle portait.

— Ce collier ne va pas du tout, décida-t-elle.

— Je l'aime bien, moi, plaida Alicia en portant la main aux breloques de son collier d'un air un peu gêné. Il y a des années que je le porte. Le pendentif Hello Kitty vient d'un ami de papa, et l'Ânkh, c'est papa qui me l'a offerte.

Lucy fronça les sourcils.

— C'est joli, ce n'est pas le problème, mais ça ne va pas avec ta tenue de croqueuse d'hommes. Je veux dire, sérieusement ? Hello Kitty ? Enlève-moi ces machins, je vais te donner autre chose.

Alicia ouvrit le fermoir de son collier, et l'ôta. Elle ressentit une émotion profonde en fixant du regard les breloques ; elle détestait avoir à les enlever. La breloque Hello Kitty lui avait été envoyée par un ami japonais de son père pour ses dix-huit ans, afin d'éloigner le mal. Quant à la croix de vie, l'Ânkh, son père en avait offert une à toutes ses filles. Elle déposa le collier et les breloques dans sa pochette à strass ; elle tenait à les avoir tout de même avec elle ce soir.

Lucy revint dans la salle de bain et lui tendit un collier de perles.

— Tiens, mets ça, c'est élégant et ça va parfaitement avec ta robe de soirée.

Alicia mit le collier. Lucy observa le résultat et approuva d'un hochement de tête.

— C'est parfait. Tu vas attirer tous les regards.

Alicia se tourna vers le miroir et se tint aussi loin que possible pour voir ce que Lucy voyait. Elle peinait sincèrement à reconnaître la jeune amish à laquelle elle s'était toujours identifiée.

La robe noire épousait ses courbes sensuelles et accentuait sa taille. Le collier de perles était presque un tour de cou, et sa couleur blanche brillante contrastait joliment avec le noir de sa robe et de ses cheveux.

Elle passa le bout de ses doigts sur les perles et hocha la tête d'un air approbateur.

— C'est joli, tu ne trouves pas ?

À contrecœur, Alicia dut admettre que le platine, le rose et l'or de son collier précédent auraient certainement détonné avec ce qu'elle portait.

—Je crois bien n'avoir jamais pensé à associer des accessoires différents en fonction de la tenue que je porte. C'est juste que... ça n'a jamais été une priorité.

À cet instant, quelqu'un frappa à la porte de la suite que l'ambassade leur avait réservée.

— C'est l'heure.

Lucy prit sa pochette et dit :

— Allons soutirer à ces politiciens autant de renseignements que possible.

CHAPITRE

ONZE

À peine descendue de la limousine qui venait de les déposer devant la Taipei 101, et tandis qu'elle s'engouffrait avec Lucy et le directeur de l'IAT dans l'un des ascenseurs de la plus haute tour de Taipei, Alicia sentait déjà ses nerfs lui jouer des tours.

— Mesdames, vous êtes superbes, les complimenta Mark Simpson, tout sourire, en appuyant sur le bouton du 89ᵉ étage. Belles à damner un saint.

Alicia fixa l'homme sans répondre ; elle se sentait un peu stupide. C'était probablement la plus belle personne qu'elle ait jamais vue. Il avait une quarantaine d'années, les cheveux légèrement grisonnants sur les tempes, et il portait un costume sur mesure qui mettait en valeur sa silhouette élancée et ses larges épaules. Même le ton de sa voix se déversait dans l'ascenseur comme un miel doux et chaud.

Lucy fit un clin d'œil à Simpson, et répondit :

— Ne vous inquiétez pas, Mark, nous ne sommes pas là pour condamner qui que ce soit aux peines éternelles.

Alicia, que la présence du haut fonctionnaire avait rendu

muette, envia à Lucy cette aisance dans la répartie, cette familiarité naturelle. On aurait pu croire que ces deux-là étaient amis depuis longtemps, et pourtant c'était la première fois qu'ils se rencontraient.

— Vous êtes déjà venues à la Taipei 101 ?

Alicia secoua la tête, tout comme Lucy.

L'homme sourit. Il avait les dents si blanches qu'Alicia eut l'impression qu'elles illuminaient la cabine.

— Eh bien, la construction de ce gratte-ciel s'est achevée en 2004. Pendant quelques années, il a été le plus haut gratte-ciel du monde, jusqu'à ce que les Arabes s'emparent de la couronne avec le Burj Khalifa.

L'ascenseur monta à une telle vitesse qu'Alicia eut presque aussitôt une sensation d'oreilles bouchées.

— La tour comprend un grand centre commercial, de nombreux bureaux, un excellent restaurant, et une bonne dizaine d'étages abritant des dispositifs de télécommunication et de diffusion.

Une sonnerie retentit et les portes de l'ascenseur s'ouvrirent.

Simpson les bloqua en appuyant sur un bouton, et se mit en retrait.

— Honneur aux dames.

Alicia et Lucy sortirent de la cabine. Le diplomate leur emboîta le pas, puis se précipita dans le couloir vers une autre rangée d'ascenseurs.

Il glissa une carte dans une sorte de lecteur, et appuya sur le bouton à flèche montante.

— Nous aurons encore un transfert d'ascenseur après celui-ci.

Ils pénétrèrent dans le nouvel ascenseur. Simpson appuya sur le bouton du 93e étage.

— Certains de ces étages sont réservés à la maintenance. Le public ne s'y arrête pas.

Ils changèrent une dernière fois d'ascenseur. Lorsque les

portes se refermèrent, Simpson appuya sur le bouton marqué 101F.

— L'endroit où nous allons est connu sous le nom de Sommet 101. C'est une sorte de club VIP, le plus souvent utilisé pour accueillir des fêtes spéciales, et parfois des dignitaires étrangers.

— J'imagine que vous êtes déjà venu ici ? dit Lucy en arquant un sourcil intrigué.

— Oui, en de rares occasions, à l'invitation de responsables politiques taïwanais.

Il sourit.

— Mais je n'ai jamais rien organisé ici. Notre gouvernement n'accepterait pas un tel budget.

Les portes s'ouvrirent, et ils furent aussitôt assaillis par une multitude d'images et de sons. Rires et conversations en tous genres, verres qui s'entrechoquent, et un ou une pianiste invisible, jouant quelque part dans la salle.

Un homme à l'air pressé en smoking, une tablette à la main, s'approcha d'eux, et demanda en mandarin :

— S'il vous plaît, puis-je avoir vos noms ?

L'ambassadeur officieux des États-Unis répondit dans un mandarin parfait :

— Mark Simpson, de l'Institut américain de Taïwan.

Il ajouta en désignant Alicia et Lucy :

— Ces dames sont mes deux collaboratrices. Vous n'avez pas besoin de leurs noms.

L'homme fit défiler sa liste d'invités sur sa tablette PC, puis jeta un coup d'œil en direction d'Alicia et de Lucy. Il hocha la tête d'un air approbateur en regardant Simpson, puis, désignant d'un grand geste le reste de l'étage, il enchaîna :

— Tout est en ordre. Monsieur, mesdames, passez une excellente soirée.

Il s'inclina encore comme Alicia et Lucy passaient devant lui. Au même instant, la sonnerie de l'ascenseur retentit, annonçant l'arrivée de nouveaux invités. Il pivota instantanément sur ses talons, et s'empressa d'aller les accueillir.

Alicia observa ce qui se passait devant elle. Il y avait là au moins une trentaine de personnes, des hommes pour la plupart, presque tous vêtus de costumes chics de style occidental. Rares étaient ceux qui portaient le costume chinois traditionnel, avec le fameux col Mao – ce qui était assez étrange, songea-t-elle, étant donné qu'ils se trouvaient à Taïwan. La plupart des invités bavardaient un verre à la main, répartis en petits groupes de deux à cinq personnes.

— Mesdames..., dit Simpson en les invitant à le suivre. Laissez-moi vous présenter la personne que, je crois, vous êtes venues voir.

Alicia emboîta le pas à Lucy qui traversait la foule, et suivait elle-même l'ambassadeur qui se dirigeait vers un groupe d'hommes entre deux âges. Il salua l'un d'entre eux d'un sourire chaleureux, échangea une poignée de main, puis une rapide accolade.

L'homme portait à la boutonnière un autocollant aux couleurs de l'arc-en-ciel sur lequel était écrit en chinois l'équivalent de « Bonjour, je m'appelle », suivi du nom griffonné au stylo, mais indéchiffrable en l'occurrence en raison d'une tache d'encre.

Simpson posa sa main sur l'épaule de l'homme, et la serra amicalement.

— Martin, vous avez l'air en pleine forme, mon ami. Comment allez-vous ?

— Tout va très bien, monsieur l'ambassadeur.

Le sourire contagieux de Simpson s'étendit aux autres membres du groupe.

— Non, non, non..., dit-il en agitant un doigt, feignant de réprimander l'homme. Les États-Unis n'ont pas d'ambassadeur officiel en République de Chine. Vous le savez bien. Je suis le directeur de l'IAT, rien de plus.

Il se tourna vers les deux autres hommes, qui se présentèrent rapidement.

Martin se tourna vers Alicia et Lucy et se racla la gorge.

— Mark, est-ce que ces dames sont celles dont vous m'avez parlé tout à l'heure ?

— Oh mon Dieu, quelle impolitesse de ma part, fit mine de s'excuser Simpson. Oui, ce sont...

— Tut... tut..., l'interrompit Martin en levant la main. Donnez-moi un tout petit instant.

Il se tourna vers les deux autres hommes et leur dit :

— Messieurs, veuillez nous excuser.

Puis il fit signe à Alicia, Lucy et Simpson de le suivre. Ils s'arrêtèrent près d'une des jardinières décoratives, à l'écart des autres invités. L'homme se tourna alors vers Lucy et Alicia, s'inclina et dit :

— Je suis Martin Lu, ministre de la Culture.

Simpson adressa un petit salut de la main à quelqu'un qui se trouvait à l'autre bout de la pièce ; puis il demanda à Lucy :

— Tout va bien ?

Lucy lui fit signe qu'il pouvait les laisser à présent.

— Merci, Mark. Allez vous amuser.

Lu regarda Simpson s'éloigner, avant de reprendre dans un murmure :

— Mark a dit que le Département d'État américain avait des questions qu'il souhaitait poser de manière non officielle ?

Lucy se rapprocha du ministre. Ils étaient si proches qu'ils pouvaient probablement sentir l'haleine l'un de l'autre.

— Effectivement. Connaissez-vous le Temple du dragon véritable ?

— Bien sûr, il se trouve dans le district de Shangzhi, au nord de la ville.

L'homme au visage rond afficha un air inquiet.

— Il y a un problème là-bas ? Vous savez qu'on y trouve des cendres de défunts... Ne me dites pas que...

— Non, il n'y a pas de problème avec le temple lui-même. C'est une zone boisée située à l'est du temple qui nous préoccupe.

Le ministre de la Culture fronça les sourcils et demanda :

— Que se passe-t-il, au juste ?

— Il y a eu un problème à environ cinq kilomètres à l'est du Temple du dragon véritable.

Lucy continua de parler, mais Alicia avait noté que le ministre avait écarquillé les yeux en entendant évoquer la zone en question.

Martin Lu s'éventa avec sa main et secoua la tête.

— Je suis désolé, mais j'ignore tout d'un incident qui serait survenu dans cette zone.

— Vous connaissez probablement quelqu'un qui pourrait avoir des informations à ce sujet, insista Lucy, sûre de son fait.

— Sans doute, mais...

Le ministre balaya la grande salle du regard et ouvrit soudain de grands yeux.

— Vous avez de la chance. Il participe rarement à ce genre d'événements, mais j'aperçois là-bas Cheng Shin-Lung. Personnellement, j'ignore ce qu'il y a dans ces bois, mais lui devrait être au courant.

— Pourriez-vous nous présenter ? demanda Lucy.

— Venez. Voyons s'il est d'humeur sociable ou non.

Le ministre se dirigea vers un homme au bar, qui attendait son verre. Il portait un uniforme de l'armée taïwanaise.

Martin Lu s'approcha de lui et lui donna une tape légère sur l'épaule.

— Général, puis-je vous dire un mot ?

L'homme eut un mouvement de recul, et son regard en disait long sur ce qu'il pensait de cette idée. Il n'était pas intéressé.

Alicia, les yeux écarquillés, nota l'impressionnante quantité de médailles et de rubans accrochés à son uniforme. De toute évidence, l'homme n'était pas un sous-fifre quelconque.

Ignorant le regard de dédain que lui lançait le général, Martin Lu désigna d'un geste Alicia et Lucy, et dit :

— Permettez-moi de vous présenter deux charmantes personnes qui ont quelques questions à vous poser – questions auxquelles vous pourrez, je l'espère, répondre utilement.

Lucy s'approcha du général et lui tendit la main. Ce dernier répondit à son geste et inclina révérencieusement la tête. Alicia s'approcha à son tour et imita Lucy, tandis que Martin Lu faisait les présentations.

— Mesdames, voici le général Cheng Shin-Lung, chef d'état-major des forces armées de mon pays.

Il se tourna vers le général et précisa :

— Ces dames sont envoyées par le Département d'État des États-Unis, et elles ont des questions auxquelles je n'ai pas pu répondre.

— Je me ferais un plaisir de vous aider, si je le peux, leur assura le général dans un anglais hésitant, tandis que Martin Lu s'éclipsait discrètement.

— Général, je vous en prie, l'anglais n'est pas nécessaire. Nous parlons toutes les deux le mandarin, dit Lucy, tout sourire, la voix chaude et rauque, en se rapprochant du général et en s'adressant à lui dans sa langue maternelle.

Un barman déposa un grand verre de bière sur le comptoir à côté du général.

— Excellent, approuva Shin-Lung.

Il prit son verre et demanda, en désignant le bar :

— L'une d'entre vous désirerait-elle commander quelque chose ? C'est la République de Chine qui paie, bien entendu.

Lucy acquiesça et demanda :

— Que buvez-vous ?

— Une bière blonde au miel, une Sunmai. C'est une bière très populaire à Taïwan.

— Ça a l'air délicieux, se réjouit Lucy.

Elle adressa un signe de tête au barman et dit :

— Je prendrai la même chose que le général.

— Je vous en prie, dit Shin-Lung en lui tendant sa bière. Prenez la mienne.

Il regarda Alicia.

— Et vous, mademoiselle ? lui demanda-t-il. Que voulez-vous boire ?

Alicia s'étonna de voir l'homme dans les meilleures dispositions à présent.

— Eh bien, peut-être... avez-vous de l'Amaretto ? s'enquit-elle en s'adressant au barman.

Ce dernier, un grand maigre au regard vif, acquiesça.

— Oui. Disaronno, d'Italie.

— Si vous pouvez faire un Amaretto Sour, j'en veux bien un.

— Tout de suite, répondit le barman. Et une autre Sunmai au miel pour vous, général ?

— Oui, merci.

Le général se tourna de nouveau vers Lucy et Alicia.

— Depuis combien de temps êtes-vous à Taïwan ? interrogea-t-il.

— Nous sommes arrivées ce matin.

— Oh, c'est un long vol. Êtes-vous parties de la côte Est ?

Les deux femmes acquiescèrent.

— Vous devez souffrir terriblement du décalage horaire, j'imagine. À l'heure qu'il est, c'est le matin sur la côte Est. Enfin, je suppose que si vous avez fait tout ce chemin, c'est pour une bonne raison.

Il désigna d'un petit signe de tête le barman qui préparait leurs boissons.

— Récupérons d'abord nos rafraîchissements, et ensuite je

répondrai à vos questions. J'espère sincèrement pouvoir vous aider. Combien de temps comptez-vous rester en ville ?

— Eh bien, ça dépend de plusieurs facteurs, répondit Lucy avec un sourire.

Elle but une gorgée de bière et émit un bruit presque indécent en s'exclamant :

— C'est merveilleux. Comme vous l'avez dit, c'est très rafraîchissant.

Alicia la regarda s'appuyer lascivement contre le bar, tout en se rapprochant un peu plus encore du général. Il était évident que tout dans son attitude était calculé, de son enthousiasme excessif à sa posture engageante. Alicia se demanda si elle serait capable de faire la même chose sans trembler de partout. Le simple fait de se tenir aussi près physiquement d'une personne du sexe opposé, la mettait mal à l'aise.

Le barman posa leurs boissons sur le comptoir. Alicia prit le verre de liqueur à la jolie couleur ambrée que lui tendait le général.

—J'espère que cela vous plaira, lui dit ce dernier.

Alicia écarta la fine tranche d'orange posée à cheval sur le bord de son verre, et but une gorgée. Aussitôt, des notes chaudes d'amande flattèrent ses papilles, suivies d'une sensation aigre-douce qui tentait de rivaliser avec les premières pour capter son attention. Elle approuva d'un hochement de tête.

— C'est merveilleux, dit-elle.

— Vous m'en voyez ravi.

Le général les invita à le suivre dans un coin de la salle, jusqu'à une alcôve où se trouvaient plusieurs fauteuils en cuir inoccupés.

— Asseyons-nous, dit-il.

Chacun prit un fauteuil, Lucy faisant en sorte de se rapprocher du général. Elle le regarda d'un air minaudier et dit :

—J'espère que cela ne vous dérange pas que je rapproche mon

fauteuil. Je tiens à ce que personne ne profite malencontreusement de notre discussion.

Le général balaya la salle du regard et lui sourit d'un air approbateur.

— Il y a du monde ce soir. Je comprends ce que vous voulez dire. À présent, dites-moi, comment puis-je vous aider ?

Alicia remarqua que les genoux de Lucy et ceux du général se touchaient presque. Pendant un instant, elle se demanda si Lucy s'attendait à ce qu'elle se rapproche elle aussi, mais elle choisit d'attendre et d'observer. Après tout, c'était pour cela qu'elle était ici. Laisser Lucy mener la danse, et apprendre en la regardant faire.

Lucy se pencha en avant et demanda :

— Nous sommes venues de Washington parce que nous avons reçu des informations concernant certaines activités dans cette zone du district de Shangzhi, à l'est du Temple du dragon véritable.

Le général écarquilla doucement les yeux. Alicia y vit le signe qu'il savait quelque chose à ce sujet.

— De quel genre d'activités parlez-vous ? demanda-t-il.

Lucy fit mine d'hésiter un instant, certainement pour accroître le degré de tension et de gravité de l'échange ; puis, ses genoux touchant cette fois ceux du général, elle murmura :

— Je ne suis pas censée en parler, mais nous savons qu'il y a eu des morts dans la zone en question.

Alicia parut soudain désorientée. Des morts dans la zone en question ? À part cet agent qui avait été tué, elle n'était au courant de rien d'autre. Lucy en savait-elle plus qu'elle n'avait bien voulu le lui dire, ou était-elle en pleine improvisation ?

— Des morts, vous dites ? releva le général d'un air sinistre. Comment pouvez...

Il s'interrompit, ferma la bouche et fronça les sourcils.

— Nous savons également que vos soldats surveillent cette

zone, ajouta Lucy. Plusieurs membres de mon gouvernement s'inquiètent des attaques provenant de notre voisin de l'ouest. Nous aimerions comprendre ce qui les intéresse tant dans cette zone.

Le général se recala dans son fauteuil, et les fixa toutes les deux en silence durant cinq bonnes secondes. Puis :

— Vous n'êtes pas de simples envoyées politiques de votre département d'État, n'est-ce pas ? reprit-il. Ce n'est pas possible. Puis-je voir vos pièces d'identité ?

Alicia imita Lucy et ouvrit sa pochette en strass. Elles présentèrent leur pièces d'identité au général, lesquelles paraissaient confirmer leur histoire.

— Je suis désolé mesdames, mais cette conversation a pris une tournure à laquelle je ne m'attendais pas, avoua le haut gradé.

Il avala une grande gorgée de bière et secoua la tête.

— Qu'attendez-vous que je vous dise, au juste ?

— Qu'est-ce que votre pays cache dans ces bois qui intéresse tant votre voisin de l'ouest ?

La question ne pouvait pas être plus directe. Le général laissa échapper un petit rire inattendu et haussa les épaules.

— Je vais vous répondre sans violer les serments que j'ai prêtés : vos informations sont un peu dépassées. Ce que je peux vous dire, c'est que j'ignore ce qui se trouve ou non dans ces bois.

Lucy déplaça son siège de manière à se trouver juste à côté du général. On pouvait presque croire qu'elle allait se pencher et l'embrasser tant elle était proche.

— Quelqu'un doit bien le savoir, insista-t-elle en posant sa main sur la cuisse du militaire.

Alicia trouva le geste si direct qu'il en était obscène à ses yeux. Elle sentit son estomac se soulever ; elle savait que c'était quelque chose qu'elle ne pourrait jamais faire. L'idée qu'un type puisse flirter avec elle de la sorte lui donnait déjà l'envie de disparaître sous terre, alors se coller à lui pour l'exciter comme le faisait Lucy... non, c'était impensable.

Le général fixait Lucy, qui attendait une réponse. Son regard se porta un instant un peu plus loin dans la salle ; puis il sourit et dit :

— Madame, vous êtes une femme étonnamment volontaire, et chanceuse aussi ; car si je n'étais pas marié, un engagement aussi féroce pour une cause m'eût attiré comme aucun autre.

Il se tourna vers Alicia et ajouta :

— Sans vouloir aucunement vous offenser, jeune fille. Vous êtes aussi une très belle fleur.

Il retira doucement la main de Lucy de sa cuisse, se leva et orienta son regard en direction du bar.

— Vous voyez cet homme là-bas, en costume sombre ?

Lucy et Alicia tournèrent la tête vers le bar.

L'homme en question n'avait rien d'inhabituel, rien qui l'identifiât en particulier. C'était un Asiatique d'âge moyen, vêtu d'un costume chic qui lui donnait des allures d'homme d'affaires.

— Vous avez posé des questions très précises, reprit le général en se dirigeant lentement vers le bar, là où se trouvait l'homme. Mesdames, s'il y a bien quelqu'un qui connaît les motivations de nos amis de l'ouest, et de la région dont vous avez parlé en particulier, c'est cet homme, Tsai Shih-Ming. Il est à la tête du NSB, le Bureau de la sécurité nationale.

Alicia avait lu un rapport sur le NSB, qui était l'équivalent taïwanais de la CIA.

— Pouvez-vous nous présenter ? demanda Lucy.

Le général secoua la tête.

— Je suis désolé, mais Tsai Shih-Ming et moi sommes en froid. Quoi qu'il en soit, ce ne serait guère approprié. Je vous prie de m'excuser à présent. Je dois y aller.

Le général passa doucement devant Lucy, traversa la foule et disparut.

Alicia regarda Lucy, qui observait son reflet dans le miroir.

— Est-ce que ça s'est passé comme prévu ?

— Nous avons au moins la confirmation qu'il se passe quelque chose, répondit Lucy en haussant les épaules. Mais nous avons aussi une nouvelle piste à présent ; alors continuons à tirer sur le fil, et voyons où ça nous mène.

Alicia la suivit qui se dirigeait vers le bar, sa pièce d'identité à la main.

— Monsieur Tsai ? fit Lucy, tout sourire, en s'approchant de l'homme.

Ce dernier se retourna et la dévisagea d'un air suspicieux.

— Oui ?

Lucy lui présenta ses papiers et lui tendit la main.

— Je suis Ruth Li, du département d'État américain. Je me demandais si nous pourrions bavarder un moment.

Alicia avait longuement étudié le langage corporel, et passé beaucoup de temps avec son père à observer les gens. C'était un petit jeu auquel ils s'adonnaient souvent quand elle était plus jeune, et, forte de ces années de pratique, elle était capable d'interpréter assez facilement les réactions de l'homme. Les sourcils froncés, la tension dans les épaules, le mouvement de recul subreptice devant la main tendue de Lucy, tout cela disait assez clairement que Monsieur Tsai n'était pas d'humeur à bavarder.

Il ignora la main tendue, et, respirant bruyamment, il secoua doucement la tête.

— Pourquoi une représentante du gouvernement américain choisit-elle de s'adresser à moi dans le cadre d'un événement public comme celui-ci ? Il existe des canaux appropriés pour ce genre de choses ; vous devriez le savoir, Mademoiselle Li.

La note d'ironie était perceptible dans la manière dont il avait prononcé son nom, comme s'il savait que c'était un nom d'emprunt.

Loin de paraître offusquée, Lucy sourit de plus belle en s'approchant un peu plus du haut fonctionnaire.

Alicia grimaça. Soit Lucy était aveugle aux signaux envoyés

par cet homme, soit elle s'en moquait éperdument, convaincue de pouvoir vaincre la résistance du patron du NSB.

— Monsieur Tsai, ma collègue et moi sommes arrivées ce matin. Nous n'avons pas eu le temps de communiquer avec le NSB par la voie officielle.

Elle ajouta d'un ton rauque et enjôleur, en faisant encore un pas vers Tsai :

— Mais quand j'ai remarqué votre présence ici, j'ai tout de suite pensé que cette rencontre fortuite était l'occasion toute trouvée de vous aborder.

Le verre de Tsai était vide. Lucy tourna la tête vers le bar, et dit :

— Voulez-vous reprendre un verre ?

L'homme jeta un regard à Alicia, qui frissonna en le voyant froncer légèrement les sourcils. Puis, souriant froidement à Lucy, il dit dans un anglais parfait :

— Je vous ai vue faire du rentre dedans au général Cheng. Le vieux peut bien salir son honneur pour une paire de seins et un cul de quatrième catégorie, mais je ne le ferai pas. Éloignez-vous de moi.

Il se tourna vers le barman et tapota son verre.

— Une autre eau de Seltz.

Lucy s'éloigna d'un pas raide, la colère suintant par tous ses pores. Les propos du chef de l'agence de renseignement taïwanaise l'avaient clairement secouée. Elle était fumasse.

— Je vais devoir appeler Mason pour qu'il nous facilite les choses, murmura-t-elle.

— Tu t'attendais à ce que ce soit plus facile ?

Elle haussa les épaules.

— Ces choses-là prennent du temps. Le problème, c'est que je ne suis pas sûre que nous en ayons beaucoup.

— Tu as parlé de nombreux morts dans cette zone forestière

quand tu discutais avec le général. Tu improvisais, ou c'est réellement le cas ? voulut savoir Alicia.

— Non, c'est la vérité.

Un pli inquiet barrant son front pâle, Lucy sortit son téléphone portable et écrivit un message.

— D'après Mason, le gouvernement taïwanais a supprimé, et même fait disparaître, de nombreuses personnes habitant un village voisin. Plusieurs villageois affirment que le gouvernement a tué et incinéré des familles entières qui s'étaient rendues dans ces bois. Nous ignorons encore si ces faits sont avérés, ou s'il s'agit de simples rumeurs, mais les informations qui nous parviennent semblent extrêmement précises.

— En tout cas, j'ai vu le général changer de tête quand tu as parlé de ça.

Alicia se retourna vers le bar. Monsieur Tsai était toujours là, sirotant son eau de Seltz. La situation était extrêmement frustrante. Elle réfléchit à plusieurs scénarios, tandis que Lucy continuait d'écrire son message sur son téléphone, vraisemblablement à l'intention de Mason ou de quelqu'un de l'Organisation.

— Laisse-moi essayer.

— Essayer quoi… ?

Alicia ne répondit pas, et se dirigea droit vers l'homme au bar.

Ce dernier se tourna vers elle au moment où elle arrivait à côté de lui. Il secoua la tête et soupira :

— Jeune fille, vous n'écoutez pas ce qu'on vous dit…

— Monsieur Tsai, je ne suis pas ici pour essayer de vous séduire.

Alicia se mit à parler rapidement en anglais, ne laissant pas le temps au chef du renseignement taïwanais de s'exprimer.

— J'ai été envoyée par mon gouvernement pour essayer d'obtenir des informations qui pourraient sauver d'innombrables vies ; le problème est que le temps nous est compté. Mon amie a tenté une approche que je réprouve personnellement ; j'imagine

que cela fonctionne avec la plupart des hommes, mais je préfère-
rais de loin essayer de vous parler franchement. Voulez-vous au
moins essayer ? Peut-être pourrions-nous échanger des informations utiles à l'un et à l'autre ?

Du coin de l'œil, elle remarqua que Lucy tentait de se rapprocher ; elle lui fit signe aussitôt de n'en rien faire. Étonnamment,
Lucy obéit ; elle se dirigea de l'autre côté de la salle, et se mit à
picorer des amuse-gueules sur une desserte.

Alicia sentit que Tsai la dévisageait d'un air distant, presque
indifférent.

— Vous êtes très jeune, n'est-ce pas ?

— Si vous considérez que vingt-trois ans, c'est jeune,
alors oui...

— Eh bien, je vais vous donner un conseil, ou plutôt une info :
sachez que les gens comme nous ne parlent jamais franchement.
Nous gardons toujours quelque chose par devers nous, car nous
ne savons jamais quand nous pourrons en avoir besoin.

— Je vous propose de tout reprendre à zéro, dit Alicia.

Elle tendit la main.

— Je m'appelle Alicia Yo...der, bredouilla-t-elle en se rendant
compte qu'elle avait parlé trop vite, et prononcé sans le vouloir
son vrai nom.

Étonnamment, Tsai lui serra la main et la fixa d'un air
perplexe cette fois.

— C'est un nom de famille inhabituel pour une jeune femme
d'origine asiatique.

Hormis un léger accent étranger, l'anglais du chef du renseignement était excellent.

— Vous ne connaîtriez pas par hasard un certain Levi Yoder ?

Alicia eut un mouvement de recul involontaire, et un frisson
lui parcourut le bas du dos. Comment cet homme avait-il pu
trouver aussi rapidement le nom de son père ? S'il le connaissait –
ce qui paraissait évident – ce pouvait être soit une bonne chose,

soit une très mauvaise. Mais la question, c'était surtout : comment se pouvait-il qu'elle tombe ici, littéralement à l'autre bout de la planète, sur quelqu'un qui connaissait son père. Elle n'avait pas la réponse à cette question.

— À votre réaction, je vois que c'est le cas, reprit Tsai, sans qu'elle ait besoin de lui répondre. Qui est-il pour vous, au juste ?

— C'est mon père, dit Alicia.

Le haut fonctionnaire arqua un sourcil, étonné.

— J'ai été adoptée quand j'étais enfant.

— Intéressant.

Il leva un doigt et dit :

— Ne bougez pas. Donnez-moi un instant.

Il sortit son téléphone, passa un appel, et colla l'appareil à son oreille.

Quelques secondes plus tard, il hocha la tête et se mit à échanger avec quelqu'un en japonais.

Alicia reconnut facilement la langue, mais elle n'avait aucune idée de ce qu'il racontait.

Il se tourna vers elle et lui demanda :

— Levi Yoder, de New York ?

Elle acquiesça d'un hochement de tête. À ce stade, mentir ne servait plus à rien. Le mal était fait. Mais qu'est-ce que son père avait à voir avec cet homme, et comment se faisait-il qu'il discute avec un interlocuteur japonais ?

Monsieur Tsai hocha sèchement la tête et dit « *haï* » à la personne au téléphone. Puis il regarda de nouveau Alicia et lui demanda :

— Avez-vous reçu un cadeau pour votre dix-huitième anniversaire de la part de quelqu'un au Japon ?

Alicia réfléchit à la question et écarquilla les yeux.

— Oui. Comment pouvez-vous savoir ça ? C'était un collier avec une breloque.

Elle ouvrit sa pochette, en sortit son collier avec le pendentif Hello Kitty, et le montra à l'homme.

— C'était ça. Je le porte presque toujours. Il est censé éloigner le mal.

Tsai écarta le téléphone de son oreille, dirigea l'objectif vers le collier, et prit une photo. Il y eut un long silence, et soudain le chef de l'agence de renseignement taïwanaise acquiesça d'un hochement de tête, dit quelque chose en japonais en activant la fonction de vidéoconférence, puis tendit son téléphone à Alicia.

— Tanaka-san veut vous voir.

Alicia tint le téléphone devant elle, et vit à l'écran un vieil homme ridé qui la fixait.

— Bonjour, dit-elle en anglais. Je suis désolée, je ne parle pas japonais.

— *Ainsi... vous êtes celle dont votre père m'a tant parlé.*

L'homme s'exprimait en anglais avec un fort accent japonais.

— *Je me souviens l'avoir entendu prononcer votre prénom : Alicia. Je suis heureux de vous voir, jeune fille. J'espère que mon modeste présent vous a apporté un peu de paix et de sécurité. Transmettez, je vous prie, mes salutations à votre père, et dites-lui que Tanaka-san lui est à jamais redevable. Je parle de ce qu'il a fait pour ma petite-fille.*

L'homme sourit et inclina la tête.

— *C'est un privilège de vous avoir vue, jolie fleur de lotus. À présent, je vous prie de rendre le téléphone à l'homme qui vous l'a donné.*

Alicia rendit le téléphone à Monsieur Tsai. Son cœur battait à tout rompre. Qui était cet homme ? se demanda-t-elle. Et qu'est-ce que son père avait bien pu faire pour lui ? Sauver sa petite-fille en l'arrachant aux griffes d'un groupe de criminels ? A moins qu'il n'ait aidé à payer une intervention médicale quelconque ? Elle n'en avait aucune idée. Levi ne lui n'avait pas dit grand-chose de l'homme qui lui avait envoyé le collier Hello Kitty pour son anniversaire, si ce n'est qu'il était japonais. En soi, cela ne lui avait pas paru étrange, puisqu'elle savait qu'il avait passé plusieurs années dans ce pays, bien avant de les adopter, ses sœurs et elle.

Tsai Chih-Ming continua d'échanger en japonais avec le vieil homme. Alicia ne distinguait que des « *iie* » et des « *haï* » qui ne permettaient pas de comprendre ce qui se disait, mais à chaque fois, le chef de l'agence de renseignement acquiesçait avec de petits hochements de tête dans le vide, ce qui n'était pas sans paraître un peu étrange étant donné qu'il avait éteint la vidéo.

Finalement, il mit fin à la conversation et rangea le téléphone dans sa poche. Puis il se tourna vers Alicia, pressa ses mains l'une contre l'autre devant son visage, comme s'il s'apprêtait à prier, et s'inclina rapidement devant elle.

—Je vous prie de m'excuser pour mon impolitesse.

Il paraissait sincère. Alors, sans qu'Alicia comprenne bien pourquoi, son comportement changea du tout au tout après avoir raccroché avec le mystérieux vieil homme.

— Mademoiselle Yoder, vous vouliez me parler de quelque chose, il me semble ?

— Oui, j'ai quelques questions auxquelles vous pourriez peut-être répondre. Mais d'abord, qui est Tanaka-san ?

Tsai sourit et secoua la tête.

— Peu importe. Ce qui compte, c'est que j'ai promis à Tanaka-san de vous aider autant que possible dans vos recherches.

Alicia ressentit des picotements dans le bas du dos, qui remontèrent jusque dans sa nuque, envahie qu'elle était par un grand sentiment d'exaltation. Elle prit une grande inspiration, puis exhala un souffle tremblant, s'efforçant de tempérer son excitation de voir que sa tentative de rapprochement ne s'était pas soldée par un fiasco ; bien au contraire.

— Très bien, dit-elle. Où voulez-vous que nous parlions ?

Le chef du renseignement lui désigna d'un geste les baies vitrées coulissantes qui bordaient un côté de la salle.

— Sur le balcon, si vous voulez.

Il jeta un regard à Lucy, qui l'observait de loin.

— Ma promesse de vous aider ne concerne que vous. Je ne veux pas que votre amie entende notre discussion. Les informations que je vais être amené à vous communiquer sont pour vous, et pour vous seule. Si vous choisissez de les partager, vous en porterez l'entière responsabilité. Je dégage d'ores et déjà la mienne.

— Très bien. Laissez-moi lui parler un instant. Je vous rejoins sur le balcon.

Monsieur Tsai inclina la tête, avant de se diriger vers les baies vitrées coulissantes.

Alicia rejoignit rapidement Lucy pour lui expliquer la situation. Lorsqu'elle mentionna sa conversation avec un certain Tanaka-san, son amie et mentor écarquilla les yeux.

— Tu sais qui c'est ?

— Crois-moi, il n'est pas important que tu saches qui est cet homme, éluda Lucy. Va, et rapporte-nous les données dont nous avons besoin. Et pour l'amour du ciel, ne laisse pas Monsieur Tsai t'acculer trop près du bord du balcon.

Elle sourit à Alicia d'un air amusé et ajouta :

— La dernière chose dont j'ai besoin, c'est de devoir expliquer comment tu as « sauté » du haut de la Taipei 101. Oh, et au fait... super boulot. Allez, va maintenant.

CHAPITRE

DOUZE

Il faisait étonnamment frais sur le balcon, mais c'était assez logique puisqu'il se trouvait à plus de trois cents mètres au-dessus des rues de la ville. Alicia jeta un coup d'œil à Monsieur Tsai, qui chassait les derniers invités qui s'y trouvaient et fermait la baie vitrée derrière eux pour avoir un minimum d'intimité.

Il se tint à un mètre d'Alicia environ, appuyé contre le parapet du balcon, et dit :

— Cinq kilomètres à l'est du Temple du dragon véritable, vous dites ?

Alicia acquiesça d'un hochement de tête.

— Je vais être très franche concernant mon but en venant ici, ce que je sais, et ce que j'espère que vous pourrez m'apprendre. Je suis venue avec mon équipière pour recueillir des renseignements concernant certains évènements qui ont suscité, et suscitent encore, beaucoup d'inquiétude dans certains cercles. Nous savons que la Chine continentale a infiltré des espions sur votre île. Je me doute bien que cela n'a pas dû vous échapper ; il est logique que vous vous espionniez les uns les autres. Mais il s'est passé quelque chose à l'est du Temple du dragon véritable, qui a entraîné plusieurs décès. Il semblerait que les services secrets chinois s'intéressent de très près à ce qui se trouve à cet endroit. Je sais également que l'armée tient un avant-poste dans les environs. Ajoutez à cela les récentes menaces intérieures que nous avons reçues de la part de la République populaire de Chine, qui a effectué des vols d'essai de ballons à haute altitude au-dessus du territoire américain, et vous comprendrez pourquoi notre communauté du renseignement s'inquiète de la possibilité que ces essais soient effectués avec autre chose que du talc à l'avenir. Que pouvez-vous me dire de ce qui se passe actuellement dans ces bois ?

Monsieur Tsai ratissa ses cheveux du bout des doigts, mal à l'aise.

— Vous avez parfaitement le droit d'être inquiets, tout comme nous d'ailleurs. Votre pays n'est pas le seul que ces ballons ont survolé.

Il lui jeta un regard en coin, et une pointe d'amusement se lut sur son visage.

— Je ne suis pas surpris d'apprendre que les États-Unis disposent d'un réseau d'espionnage assez puissant dans mon pays. Je vais tâcher d'en ignorer pour le moment les possibles ramifications. Alors, par où commencer ? Permettez-moi d'abord de vous demander de ne pas divulguer au public les informations que je vais vous donner. Si certaines d'entre elles venaient à être connues, ce pourrait être embarrassant pour votre gouvernement, mais surtout vous ne seriez pas à l'abri d'éventuels troubles sociaux, qui pourraient avoir à terme des conséquences dévastatrices.

Alicia opina du chef et dit :

— Je peux vous assurer que presque toutes les questions dont je m'occupe sont de nature classifiée. Je ne doute pas une seconde que mon gouvernement traitera les informations que vous me communiquerez comme un élément de sécurité nationale, dont seul un nombre limité de personnes aura connaissance.

— Je l'espère... L'endroit qui vous intéresse a eu plusieurs noms de code au fil des ans, mais ce n'est pas ce qui importe le plus...

— La Nouvelle Arcadie ? dit Alicia.

— Notamment, oui, confirma le haut fonctionnaire. Il s'agissait d'une installation cachée qui menait des recherches médicales. Peu importe les détails de ces recherches ; le fait est qu'une terrible erreur a été commise lors de la dernière période d'activité de l'installation. Il s'avère qu'il y a eu un grave manquement au protocole qui a entraîné la libération d'une souche toxique issue d'un organisme.

— D'un organisme ? répéta Alicia en fronçant les sourcils. Vous voulez dire comme un animal ?

— Non, plutôt un virus, mais j'ignore ce qui s'est passé précisément, pour être honnête. Je n'ai pas de formation en recherche médicale. Je suppose que l'on peut considérer qu'il s'agit du même niveau de violation du protocole que ce qui s'est passé à Wuhan avec le virus Covid. Bref, peu importe *comment* ce virus s'est échappé ; le fait est que ça s'est produit, et qu'il était apparemment très virulent et mortel. Il s'en est suivi un véritable chaos, qui a entraîné la mort de centaines de personnes infectées. Malheureusement, même décédées, les personnes restaient contagieuses. Le seul moyen sûr d'endiguer la propagation de cette horreur était de brûler les corps des victimes.

L'homme pinça les lèvres, réduites à une simple fente ; il affichait une expression sinistre.

— Beaucoup, parmi les victimes incinérées, étaient des enfants. Un groupe de scouts qui se trouvait dans les bois au moment où le virus a été libéré, a été mis en quarantaine ; les tests ont aussitôt confirmé l'infection de la totalité du groupe. Tous ont été incinérés, et leurs cendres et leurs restes dispersés dans des tombes peu profondes dans les bois.

— C'est horrible, dit Alicia, grimaçant en imaginant l'horreur de la situation.

Elle sentit l'air froid du soir s'infiltrer dans ses os. Des tombes peu profondes, des cendres et des restes d'enfants. À en croire le directeur du renseignement, ils avaient évité de justesse une nouvelle pandémie, qui aurait pu être même bien pire que celle du Covid.

— Ce n'est que lorsque le nettoyage du bâtiment a commencé que nous nous sommes rendu compte que quelqu'un s'était infiltré dans l'installation et avait volé plusieurs fioles contenant l'agent pathogène.

La voix de Tsai était chargée d'émotion. Alicia sentit la panique la gagner ; elle avait le souffle court. L'étourdissement la guettait. Elle mit aussitôt en pratique une technique que son père lui avait enseignée : elle concentra son attention sur sa respiration, afin d'en reprendre le contrôle et retrouver un pouls normal.

— Savez-vous qui a pris ces fioles ?

— Nous avons bien sûr soupçonné la République populaire de Chine. Néanmoins, à partir de ce moment-là, des panneaux ont été installés partout dans les bois, interdisant l'accès à quiconque. Une consigne stricte de tirer pour tuer a été instaurée, visant toute personne qui s'approcherait de l'installation sans y avoir été invitée. Nous pensions qu'avec les panneaux d'avertissement et le bouclage de la zone, personne ne se risquerait à s'approcher de l'installation ; mais un jour, un homme est arrivé en pleine nuit, et a tenté de s'y infiltrer. Il a été tué par un tir de précision.

— Avez-vous pu l'identifier ? s'enquit Alicia.

Monsieur Tsai hocha la tête.

— L'homme était un membre de la police secrète chinoise. Quelqu'un qui occupait une position très similaire à la mienne.

Alicia serra les dents, comprenant à quel point cela allait semer le chaos au sein de l'Organisation.

— L'installation contient-elle toujours des échantillons de cet agent pathogène ?

Tsai renifla sèchement.

— Plus depuis deux jours. Nous avons rasé le site ; nous l'avons entièrement réduit en cendres. C'était le seul moyen de nous assurer que l'agent pathogène serait définitivement neutralisé.

Il sortit son téléphone, « scrolla » plusieurs images, puis s'arrêta sur des vues aériennes d'un feu de forêt. Il les lui montra.

Alicia regarda fixement les preuves du brasier, probablement prises à partir d'un hélicoptère, ou peut-être même d'un drone, survolant les bois. Au loin, elle reconnut ce qui devait être le Temple du dragon véritable.

Tsai lui montra ensuite une capture d'écran d'un journal local, qui titrait sur « un incendie dévastateur » au nord de la ville. L'article était illustré de photographies des ravages causés par le feu alors que les équipes de pompiers luttaient pour circonscrire le brasier.

— Les preuves que vous pourriez rechercher ont été détruites. Par excès de prudence, sans doute. Pour être honnête, nous ignorons si les fioles manquantes ont réellement été volées, ou s'il s'agit d'une simple erreur d'écriture. S'il s'avère qu'elles ont été volées, savoir par qui relève de la gageure. Toutefois, avant de nous séparer ce soir, je tiens à vous laisser un renseignement intéressant, qui pourrait faire réfléchir vos analystes. Je vous ai parlé d'un espion venant de Chine continentale, qui a été abattu et tué. Eh bien, il était en possession d'objets plutôt inhabituels, notamment un lance-flammes de type 74, et près d'une douzaine de grenades incendiaires.

Alicia inclina la tête sur le côté, perplexe devant cette dernière information.

— Ce n'est pas ce qu'on s'attend à trouver sur quelqu'un qui s'apprête à voler quelque chose ; plutôt à *détruire* quelque chose.

— Curieux, n'est-ce pas ?

— On peut imaginer que si la Chine avait déjà volé des échantillons du virus...

Elle frémit en assemblant soudain les pièces du puzzle.

— ... elle ait cherché à détruire les échantillons restants, afin de s'assurer que personne d'autre n'y ait accès.

— C'est un scénario plausible, soupira le chef du renseignement. Le plus inquiétant est que ceux qui ont pris ces échantillons ignorent peut-être pas à quel point ce virus est dangereux. Comme à Wuhan, il suffit d'une simple petite erreur, et....

Il s'interrompit, prit la main d'Alicia et la lui serra doucement.

— J'ai plaisir à bavarder avec vous, mais je dois partir. J'espère que cette conversation vous aura été utile. Je prie pour qu'il en sorte quelque chose de positif.

Il ouvrit la baie vitrée coulissante, la franchit, et la referma derrière lui, laissant Alicia à ses pensées dans la froideur venteuse du balcon.

Les pensées d'Alicia fusaient dans mille directions différentes à la fois.

La Nouvelle Arcadie n'existait plus. Elle avait disparu.

Pourtant, le danger n'avait pas diminué pour autant. Il avait même probablement augmenté de façon exponentielle.

La baie vitrée coulissante s'ouvrit, et Lucy passa sur le balcon.

— Alors ? Tu as pu tirer quelque chose de lui ?

Les yeux écarquillés, Alicia répondit :

— Sortons d'ici. Allons vite parler à Mason.

Quelques jours seulement s'étaient écoulés depuis que le colonel Xi avait réussi à s'extirper de l'estran boueux, véritable sables mouvants, situé tout près d'un village de pêcheurs. Au début, ses souvenirs avaient été comme des fantômes dans la nuit, des murmures qui promettaient de raconter une histoire, mais qui ne divulguaient jamais vraiment leurs secrets.

Son bref séjour à l'hôpital communautaire de Jinzhou l'avait aidé à soigner sa déshydratation, et les éraflures et ecchymoses dont son corps était perclus, mais rien de nouveau ne lui était revenu à l'esprit.

En dehors de fragments aléatoires couvrant les dernières années, il ne se souvenait toujours pas de grand-chose de son passé. Il avait eu beau se creuser les méninges, tenter de remonter plus loin dans le temps, c'était comme si on avait effacé sa vie d'avant. Il ne se souvenait pas d'être allé à l'école par exemple, ni de s'être engagé dans l'armée ; à peine gardait-il en mémoire une vague image de ses parents. Tout ce qu'il lui restait, c'étaient les quelques souvenirs fugaces de sa dernière mission, et de sa promotion au grade de colonel.

Depuis son sauvetage sur cette plage, il avait parlé à plusieurs personnes occupant différents postes au sein de l'Armée populaire de libération de Chine. Grâce à ces échanges, il avait pu reconstituer une chronologie, et un ensemble d'événements qui s'étaient produits. Un médecin avec lequel il s'est entretenu au téléphone avait déterminé que le meilleur remède potentiel à son amnésie rétrograde aiguë était de retourner là où il avait été affecté, et de voir si des personnes ou des lieux familiers pourraient l'aider à réveiller ses souvenirs perdus. L'armée avait organisé son retour à sa base d'origine, située à près de huit heures d'avion au nord-est, et il se trouvait maintenant au nord de Harbin, à bord d'un véhicule progressant sur un terrain accidenté. Une carte à la main, il étudiait son environnement.

Ils avaient quitté Harbin près de trois heures plus tôt, et

traversaient à présent une région isolée à l'est de Yuchin. La frontière russe se trouvait à moins de cent soixante kilomètres. Ils circulaient à travers un labyrinthe de chemins anciens et de cours d'eau sinuant au cœur d'une forêt dense. Le terrain parsemé de rochers rendait la progression difficile, et même si c'était certainement plus facile que de marcher, le véhicule dans lequel il se trouvait n'avait de toute évidence pas été conçu dans un souci de confort.

Il jeta un coup d'œil à son chauffeur, un sergent, et se demanda ce que l'homme avait entendu dire à son sujet. Il était resté silencieux pendant tout le voyage, ne parlant que lorsqu'on lui adressait la parole.

— C'est encore loin ?

L'homme indiqua le nord.

— La base n'est plus qu'à un quart d'heure. Est-ce que ça bouge trop pour vous, colonel ? Je peux ralentir si vous le souhaitez.

— Non, continuez, ne vous inquiétez pas.

Il sentit son estomac se serrer lorsque le véhicule dévala un talus.

— Y a-t-il beaucoup de gens qui empruntent cette... route ?

Le sergent secoua négativement la tête, les mains crispées sur le volant.

— Non, pas tant que ça. La base est un peu isolée, mais c'est le but après tout, non ? Nous ne voulons pas que les gens en sachent trop sur nos activités.

— Non, je suppose que non, approuva le colonel Xi, qui n'avait pourtant aucune idée de ce dont parlait le chauffeur, ce qui le frustrait au plus haut point.

Le sergent le regarda et lui dit :

— Accrochez-vous, monsieur, le prochain passage risque de vous retourner l'estomac.

Le colonel eut à peine le temps de réagir que le véhicule s'engagea le long d'un ravin aux parois abruptes. Pendant un instant, il crut que la voiture allait basculer, mais le sergent se faufila habilement entre les rochers et les arbres, avant de donner un brusque coup de volant vers la gauche. Il se cogna brutalement la tête contre le côté du véhicule, et vit des étoiles pendant un instant. Il eut un haussement d'épaules et grommela :

— Je déteste ce chemin.

Le colonel desserra son étreinte autour de la poignée de maintien du véhicule et s'écria :

— Alors pourquoi diable l'emprunter ?

Le sergent le regarda d'un air surpris.

— Monsieur, parce que le seul autre moyen d'entrer et de sortir de la base serait de suivre ce ravin pendant encore une heure et demie dans l'autre sens. Alors que si nous prenons par-là...

Il montra du doigt la direction.

— Vous voyez ? Nous y sommes presque.

En effet, le chemin débouchait sur une vallée entourée d'un cirque montagneux. Plusieurs soldats armés montaient la garde ; ils les dépassèrent, et entrèrent dans le camp militaire isolé au milieu de ce relief naturel.

Le sergent arrêta la voiture devant une entrée gardée, fermée par une barrière grillagée ; aussitôt, des soldats de l'Armée populaire de libération s'approchèrent de part et d'autre du véhicule.

— Identification ! ordonna l'un d'eux.

Xi sortit la liasse de papiers qu'on lui avait remise à l'hôpital, et qui constituait l'unique pièce d'identité dont il disposait pour le moment.

Le soldat prit les papiers, les examina rapidement, puis se mit brusquement au garde-à-vous.

— Colonel, bon retour parmi nous, dit-il. Nous avons craint le pire.

Le pire ? Il ne se souvenait toujours que de bribes de sa précédente mission. Il revoyait en particulier des images de bois, aperçus à travers des lunettes de vision nocturne. Et aussi une clôture de sécurité en fils de fer barbelés, et une odeur de tourbe embaumant l'air.

Il grimaça en ressentant de nouveau dans sa poitrine la douleur fantôme. Les médecins de l'hôpital avaient vérifié, et il n'y avait rien. Pourtant, lorsqu'il se remémorait les derniers moments de sa mission, il se souvenait immanquablement d'une douleur brûlante au fond de sa poitrine, qui lui donnait l'impression d'avoir été poignardé.

Xi salua les gardes à son tour. L'un d'eux se pencha à la fenêtre côté conducteur, et dit au sergent :

— Sergent, veuillez conduire le colonel Xi au bâtiment de recherche et tactique ; le général souhaite le rencontrer.

Le chauffeur enclencha la première, tandis que la barrière métallique s'enfonçait dans le sol. Ils pénétrèrent cette fois au cœur de la base militaire clandestine.

Le colonel observa les environs ; seuls quelques bâtiments éveillèrent quelque chose de familier dans sa mémoire fragmentée. Les bâtiments ne portaient aucune inscription, mais il savait que celui à la grande porte verte était le mess. Il se souvenait même de l'intérieur, des longs bancs et de la nourriture qu'on y servait, presque toujours des rations de campagne. Être en poste dans un endroit aussi isolé signifiait justement qu'aucune denrées périssables ou presque ne leur parvenait jamais ; cela, il s'en souvenait.

Comme la voiture passait devant une vaste zone où des soldats s'entraînaient à des manœuvres de terrain, Xi aperçut un bâtiment familier, à l'extrémité ouest de la vallée. Il connaissait bien cette grande porte jaune.

Il se revit en franchir l'entrée et pénétrer dans un espace ouvert, d'où s'étendaient des couloirs s'enfonçant vers le nord et l'ouest. Sur le mur sud se trouvait un grand portrait de Mao. Xi se souvenait avoir traversé le couloir nord, et savait qu'il menait à un laboratoire, mais c'était tout ce dont il se souvenait.

Il sentait confusément qu'il était à sa place ici, mais trop d'éléments lui manquaient encore pour qu'il puisse véritablement faire le point sur sa situation. Tout ce qu'il pouvait faire, c'était prier que la mémoire lui revienne.

Le sergent se gara devant le bâtiment et désigna d'un geste la porte jaune.

— Monsieur, ce fut un plaisir de vous conduire jusqu'ici.

— Merci de nous avoir amenés à bon port, sergent.

Xi descendit de la voiture, salua le sergent et entra dans le bâtiment.

Il était exactement comme dans son souvenir. Le portrait du président Mao était toujours là ; tout était à sa place. Pourtant, il hésita un instant en se rendant compte qu'il n'avait aucune idée de l'endroit où se trouvait le bureau du général, ni même s'il y avait des bureaux dans ce bâtiment.

Soudain, il entendit résonner des bruits de pas, provenant d'un des couloirs ; quelques secondes plus tard, un homme déboucha du couloir ouest. Xi reconnut instantanément son uniforme d'entraînement : une tenue de camouflage de type 7.

Il grimaça, car il portait toujours, lui, les vêtements civils qu'on lui avait remis à l'hôpital communautaire où il avait séjourné.

L'homme était tout près maintenant. Xi nota les deux étoiles sur son col, et se mit immédiatement au garde-à-vous pour saluer le général.

Ce dernier lui retourna son salut ; puis, un grand sourire illuminant son visage, il posa une main sur l'épaule du colonel.

— Xi, c'est un plaisir de vous revoir, même si je sais que le sort ne vous a pas épargné.

Il fronça les sourcils et ajouta d'un air préoccupé :

— On m'a parlé de vos pertes de mémoire. De quoi vous souvenez-vous ?

Xi haussa les épaules.

— De beaucoup moins de choses que je ne le voudrais, général Hong.

Le nom du général était écrit en toutes lettres sur son uniforme.

— Les souvenirs reviennent par vagues. Une image, une phrase prononcée, suffisent parfois à réveiller tout un pan de mémoire.

— Vous vous souvenez de moi ?

Xi grimaça à nouveau, et secoua la tête.

— J'ai bien peur que non, monsieur. Je m'en excuse.

— Inutile de vous excuser, dit le général.

Il ajouta, en lui faisant signe de le suivre :

— Venez, allons dans mon bureau ; nous pourrons parler tranquillement.

Ils empruntèrent le couloir ouest. Tout en marchant, le général lui posa un tas de questions, à la plupart desquelles il était malheureusement incapable de répondre. Mais lorsque le haut gradé lui demanda quelle était la dernière chose dont il se souvenait avant de se retrouver sur cette plage, Xi eut l'impression de revivre les derniers instants de sa mission.

— C'était au cœur de la nuit, à l'heure où même les insectes dorment. Le ciel était nuageux ; la lune invisible. Je voyais le monde en vert à travers ma lentille de vision nocturne. Une brume épaisse flottait sur la forêt. Tandis que je m'approchais de ma cible, je me souviens que le sol détrempé s'enfonçait sous mes pas, et qu'il s'en dégageait des relents de tourbe – une odeur terreuse, sombre et riche, qui évoquait la laine mouillée, et vaguement la pourriture. Et puis, j'ai aperçu au loin la clôture et ses barbelés. Je me suis accroupi, et j'ai continué d'avancer vers le camp. Je trouvais que le sol était plus mou qu'il n'aurait dû l'être, comme si la terre avait été fraîchement retournée. Soudain, je me suis figé en entendant quelque chose craquer sous mes pieds. J'ai cru un instant avoir déclenché le mécanisme d'une mine antipersonnel, mais en réalité je venais de marcher sur des ossements mêlés à de la cendre ; sur des restes humains enterrés récemment. La dernière chose dont je me souvienne, c'est d'avoir traversé un véritable cimetière de corps, et puis...

Xi se frotta la poitrine en même temps qu'il s'asseyait sur une chaise, devant le bureau du général.

— Il s'est passé quelque chose. Bien que je n'aie aucune cicatrice ni aucun signe de blessure, je me souviens que ma poitrine me brûlait, comme si on m'avait poignardé ou tiré dessus. Mon premier souvenir après ça, c'est de m'être retrouvé sur cette plage déserte, près de Jinzhou.

— Incroyable... , fit le général en secouant la tête. Je suis navré que votre mission vous ait coûté autant, physiquement et psychologiquement. Je ferai tout ce que je peux pour vous aider à retrouver les souvenirs qui vous manquent.

Hong paraissait sincère ; Xi se sentit un peu plus détendu.

— Nous venons de recevoir la dernière image satellite de Taipei.

Le général se pencha en avant, tira une photographie d'une pile de documents sur son bureau, et la plaça devant Xi. Puis :

— Qu'est-ce que vous voyez sur cette image satellite ? demanda-t-il.

Xi prit la photo et l'examina. C'était une image des environs proches de Taipei ; il laissa son regard suivre la direction du nord, et repéra un temple qui lui parut familier, mais dont le nom lui échappait.

Sans trop savoir pourquoi, il se souvint que son objectif se trouvait à l'est du temple. Il regarda plus attentivement la photo et fronça les sourcils. À l'endroit où sa cible aurait dû se trouver selon lui, il remarqua une zone noircie, comme après un incendie.

Bien que l'image fût en noir et blanc, il était clair qu'une zone de terrain oblongue avait brûlé récemment. Il nota également la présence d'une traînée brumeuse ; probablement le signe que de la fumée s'élevait encore du site lorsque cette photographie avait été prise. Il ne voyait cependant aucune trace ni de la clôture ni du bâtiment qu'il avait pourtant aperçus à cet endroit

— On dirait que la zone a été entièrement brûlée.

— Exactement, confirma le général. Je suis désolé que vous ne soyez pas sorti indemne de votre dernière mission, mais il est évident que vous avez réussi à mettre en œuvre le « Protocole du souffle du dragon ». Je veillerai à ce que mes supérieurs soient informés de vos efforts fructueux.

Xi fixa l'image, mais ne ressentit rien. Le nom de « Protocole du souffle du dragon » ne lui disait rien, et il ne se souvenait pas de ce qu'on lui avait demandé de faire.

De toute évidence, c'était lui qui était responsable de l'incendie de cette partie de la forêt. Mais pour quelle raison ? Il sentit monter en lui un sentiment de frustration grandissant. Il leva les yeux vers le général et avoua :

— Je ne me souviens pas de l'avoir fait.

Hong acquiesça.

— C'est peut-être lié à la sensation de brûlure que vous avez dit ressentir dans la poitrine. Un souvenir fragmentaire provenant de l'incendie que vous avez allumé.

— Peut-être...

Xi se demanda s'il s'agissait bien de cela. Ce n'était pourtant pas l'impression qu'il avait...

Le général se leva ; Xi fit de même. Hong passa un bras par-dessus son épaule, et lui tapota doucement la poitrine.

— Nous allons vous tenir informé de ce que nous avons fait grâce à vos efforts. À présent que vous allez retrouver un environnement de travail normal, je suis sûr que la mémoire va vous revenir peu à peu.

— Oui, monsieur.

Xi était loin d'en être aussi sûr, mais que pouvait-il faire d'autre sinon essayer et espérer que ce soit le cas. Sans ses souvenirs, il n'était rien ; et cette perspective était proprement inacceptable.

Il était temps qu'il se réapproprie son identité.

CHAPITRE

TREIZE

Alicia et Lucy se trouvaient dans le Centre d'information compartimentée sensible de l'ambassade de Taïwan, assises face à un écran vidéo montrant une salle de réunion du quartier général souterrain de l'Organisation. La communication était sécurisée. Alicia se pencha et appuya sur le bouton « mute », coupant ainsi les microphones suspendus au plafond.

— Tu reconnais tout le monde ? demanda-t-elle.

Lucy secoua négativement la tête.

— Non, pas tout le monde. Je vois évidemment Mason et Brice en bout de la table. L'homme noir à la droite de Mason est Sekou Cooper, le directeur du renseignement pour toutes les opérations en Afrique. À côté de lui, se trouve Richard Wong, le directeur du renseignement pour l'Asie et la région du Pacifique. Je ne connais pas la femme assise en face de lui, mais je pense qu'il s'agit de la remplaçante d'Adam McCallister, le directeur des renseignements pour les Amériques. Le bonhomme était vraiment trop vieux ; il a dû prendre sa retraite.

— Par curiosité, quel est le titre officiel de Mason ? Est-ce qu'il dirige l'ensemble de l'Organisation ?

— Non, mais à l'écouter parfois, on pourrait penser que c'est le cas. Doug Mason est officiellement le chef de la DCOR, la Division de la criminalité organisée et du renseignement. Sa juridiction est un peu curieuse ; il s'occupe de régler des problèmes qui se produisent dans presque toutes les parties du monde, mais il est surtout en charge de gérer les transfuges du crime organisé travaillant pour l'Organisation. Il est également le plus haut responsable sur le territoire américain, mais il rend compte à d'autres personnes. Je n'ai aucune idée de la hiérarchie réelle de l'Organisation au-dessus de lui ; je sais juste qu'il y a des personnes plus haut placées.

—Intéressant.

En y réfléchissant, Alicia trouvait tout cela assez logique. C'était évidemment grâce, ou à cause, de son passé dans le crime organisé, que Lucy s'était retrouvée à travailler pour l'Organisation, même si ce n'était qu'en « freelance ».

Un homme entra dans la salle de conférence et apparut à l'écran.

— C'est Gregor Manheim, dit Lucy. Il est en charge de l'Europe et de l'Eurasie. Je crois qu'il s'occupe aussi d'une partie du bloc de l'Est, y compris des anciennes républiques soviétiques dissidentes, et de la Russie elle-même, alors que Richard Wong s'occupe de tout le reste de l'Asie et du sous-continent indien.

Alicia sentit son estomac se nouer en prenant soudain conscience que toutes les personnes présentes dans cette pièce avaient probablement lu le rapport qu'elle avait rédigé sur ce que le maître espion taïwanais lui avait dit. Était-ce suffisant ? Avait-elle été assez clair. Et si... ?

— *Très bien, messieurs, nous voilà tous réunis ici à Washington,* commença Mason d'une voix calme mais pleine d'autorité. *Taipei, je vois que vous êtes prêts. Alicia, je crois que Lucy vous a déjà expliqué qui sont les personnes présentes, à l'exception peut-être de Bridget Litchford, qui est notre nouvelle responsable pour les Amériques.*

Alicia fixa la console de contrôle qui indiquait que les micros étaient toujours coupés.

— Comment est-il au courant ?

Lucy soupira.

— Il lit sur les lèvres.

— *Je parviens assez bien à lire sur les lèvres, en effet, dit Mason, mais ce n'est pas le cas de tout le monde ici, alors ce serait bien que vous rouvriez vos micros. Je verrouille les deux salles.*

Alicia tendit le bras devant elle, et actionna en sens inverse le bouton « mute » sur la console de contrôle. Aussitôt, retentit un bruit de frottement métallique. Elle se tourna vers la porte de la salle, et vit clignoter au-dessus une petite lumière rouge, tandis que l'écran tactile à côté de la porte affichait « Verrouillé » en lettres rouges. Tout cela par le biais d'une commande à distance. *Ah, la technologie !*

— *Bon, tout le monde a lu le rapport de l'équipe de Taipei, reprit* Mason. *Je vais résumer brièvement la situation : nous disposons de renseignements indiquant que la République populaire de Chine a tout fait pour voler ce qui semble être une sorte d'agent biologique sur lequel les Taïwanais travaillaient. Et nos soi-disant alliés ont eu tellement peur des conséquences que cela pouvait avoir qu'ils ont été jusqu'à massacrer hommes, femmes et enfants pour empêcher une éventuelle pandémie mondiale.*

Il se tourna vers Brice.

— *Avons-nous des informations sur ce que ces idiots développaient dans ces bois ?*

Brice se racla la gorge et répondit d'un ton nasillard :

— *J'ai réussi à entrer dans les systèmes du gouvernement taïwanais, l'équivalent de notre JWICS.*

Le « Joint Worldwide Intelligence Communications System », plus familièrement appelé « jaywicks » par les membres de la communauté du renseignement, était le système utilisé par le gouvernement américain pour la transmission d'informations compartimentées sensibles, ou « très secrètes ».

— *Étant donné le peu de temps qui s'est écoulé depuis que j'ai appris l'existence de ce problème, je n'ai pas encore terminé mes recherches,* poursuivit Brice. *Jusqu'à présent, les ordinateurs n'ont fourni que très peu d'éléments d'information. De toute évidence, le site anciennement connu sous le nom de Nouvelle Arcadie menait des recherches médicales sur des choses que je ne peux que qualifier d'inquiétantes. Au moins l'un de leurs objets d'études était l'utilisation de prions. Pour ceux qui ne savent pas ce qu'est un prion, c'est ce qui cause par exemple la maladie de la vache folle. Néanmoins, au sens purement médical et technique, c'est ce qui provoque l'assemblage et le pliage anormal des protéines dans le cerveau d'un animal.*

Brice prit son bloc papier et se mit à lire ses notes :

— *Parmi les symptômes de l'infection à prions, on note une démence qui se développe rapidement, des difficultés à marcher, des hallucinations, des raideurs musculaires, de la confusion, de la fatigue et des difficultés d'élocution. À noter : les infections à prions n'ont pas de traitement et sont toujours mortelles.*

Toujours mortelles... Ces mots semblèrent firent tressaillir toute l'assemblée. Alicia sentit son sang se glacer dans ses veines.

— *Malheureusement, c'est tout ce que j'ai pu trouver jusqu'à présent. J'ai mis plusieurs personnes sur le coup, qui poursuivent les recherches, et j'ai fait appel à des informaticiens du Département de la défense pour m'aider à parcourir les bases de données taïwanaises. Je me dois de préciser encore qu'au cours de mes recherches, j'ai découvert qu'il est presque impossible de détruire les prions. On a beau les faire bouillir, utiliser des radiations, de l'alcool, et même les plonger dans de l'acide, cela ne sert à rien. L'unique moyen de les détruire est de les exposer à une chaleur intense. Et quand je dis « intense », je parle de plus de 500 degrés Celsius.*

— *Grand Dieu, c'est assez chaud pour faire fondre de la roche !* s'exclama Sekou Cooper.

— C'est sans doute pour cela qu'ils ont tout brûlé, dit Alicia en se remémorant les images de la conflagration que le maître-espion lui avait montrées.

— Exactement, dit Mason.

Puis, se tournant vers Brice, il demanda :

— *Avez-vous pu vérifier si cette arme pouvait être aérosolisée ?*

— *J'ai parlé à l'un de nos experts en armes biologiques et il m'a confirmé qu'il devrait être possible de créer une version inhalable de ces prions. Il suffirait alors de quelques inhalations pour que la dose soit potentiellement mortelle. Notre homme était intarissable sur le sujet, mais en résumé, ce qu'il faut retenir, c'est que plus on absorbe de prions, plus les symptômes se manifestent rapidement. Mais sa plus grande mise en garde a été qu'il serait totalement insensé d'utiliser des prions comme arme, et cela pour une raison simple : c'est qu'il serait non seulement pratiquement impossible de les détecter, mais que de surcroît le processus de décontamination, s'il était répandu sur une large zone, serait lui aussi quasiment impossible.*

Une bombe atomique : voilà tout ce qui vint à l'esprit d'Alicia à cet instant comme moyen de nettoyer une vaste zone géographique. Une option évidemment peu pratique.

Mason se tourna vers Bridget Litchford, et reprit :

— *Nous avons besoin de quelqu'un qui ne soit pas un pur politique pour nous aider à travailler sur cette question de Taïwan. La première question qu'on se pose, c'est : à quoi diable les Taïwanais pensaient-ils en s'engageant dans ce type de recherche ? Et deuxièmement, comment faire en sorte que notre gouvernement s'engage davantage dans cette affaire sino-tawaïnaise ? Il faut à tout prix empêcher une escalade de la situation.*

— *Compris,* acquiesça Litchford. *Le sénateur Martinez, de l'État du Texas, pourrait être l'homme de la situation. Et j'ai aussi quelques contacts avec certains représentants de l'Utah auxquels on peut faire confiance pour agir d'une manière responsable et faire ce qui est nécessaire.*

Mason tambourina doucement sur la table du bout des doigts, et dit :

— À présent que nous savons que cette maudite chose pourrait être mise sous forme de poudre et répandue sur une large zone, que savons-nous au juste des actions de la RPC avec ses maudits ballons ? Je n'ai pas besoin de poser la question à Bridget, nous savons que les Amériques sont menacées, mais Sekou, Gregor, Richard, vos régions ont-elles été touchées elles aussi par ces ballons ?

Sekou Cooper secoua la tête, mais Gregor Manheim répondit avec un léger accent allemand :

— *L'Europe de l'Est et la Russie ont vu leur espace aérien traversé à de multiples reprises par ces ballons à haute altitude. Nous avons surveillé les communications entre les gouvernements de l'Union Européenne et la Chine, et l'excuse était toujours la même : un survol purement accidentel. Aucun des pays membres de l'UE n'a cherché à porter l'affaire plus loin. Les ballons ont finalement survolé l'océan Atlantique. On ne sait pas ce qu'il est advenu d'eux par la suite.*

— *Aussi bien Taïwan que le Japon ont également été touchés par ces outils de terreur chinois*, dit Richard Wong en griffonnant quelque chose sur un bloc-notes. *En fait, un ballon a survolé l'île de Hokkaido pas plus tard qu'hier. La RPC a prétendu qu'il s'agissait d'un ballon météo victime d'un vent imprévu, mais il a été abattu par un avion des Forces d'autodéfense japonaises, et il est tombé dans l'océan Pacifique.*

— *Brice, quelle est la situation de notre « Candidat mandchou » ?* demanda Mason.

La mention d'un « Candidat mandchou », en référence au film éponyme, capta instantanément l'attention d'Alicia.

— *J'ai de mauvaises nouvelles à ce sujet*, répondit Brice.

Il feuilleta plusieurs pages de son bloc-notes. Puis :

— *Nous avons perdu son signal quelque part à l'est d'une ville appelée Yuchin, dans le nord de la Chine, tout près de la frontière russe.*

— *Croyez-vous qu'il a été démasqué ?* demanda Mason.

— *J'en doute, surtout parce que la transmission a été perdue à dix minutes d'une base militaire isolée, nichée entre deux chaînes de montagnes. Il a voyagé pendant environ trois heures à une vitesse relativement constante ; donc, s'il a été découvert, je ne pense pas que ce soit pendant ce temps-là. De plus, cette partie du monde est sauvage. Je ne serais pas étonné qu'au cours du trajet, à cause des cahots de la route, notre agent se soit accidentellement cogné la tête à l'intérieur du véhicule. Le choc a pu rendre l'émetteur inopérant.*

Mason fronça les sourcils.

— *Si je comprends bien, nous savons tout de même où notre agent se rendait ?*

— *Oui,* confirma Brice. *Et compte tenu de ce que nous savons, il est presque certain que c'est également là que les armes biologiques volées ont été emportées.*

— Attendez une minute, intervint Lucy. Comment sait-on cela ?

Brice se tourne vers Mason, qui secoua négativement la tête.

— *Désolé, je ne peux pas en dire plus ici. Sachez seulement que nos informations sont fiables.*

— *Bon, il nous faut maintenant nous concentrer sur les prochaines étapes,* reprit Mason. *Je suppose que nous ne pouvons pas réactiver à distance le signal de notre homme ?*

— *Non, je suis désolé,* répondit Brice. *J'ai essayé plusieurs méthodes pour le localiser précisément, mais nous n'y arrivons pas.*

— *Ce qui signifie que nous devons faire entrer quelqu'un dans cette base pour interagir avec lui.*

Mason se tourna vers Richard Wong.

— *Je sais que nous n'avons personne dans cette base militaire, mais avons-nous des agents féminins dans le secteur qui pourraient intervenir ?*

Wong fronça les sourcils.

— *Si vous parlez de candidates capables de faire la conversation sur l'oreiller, non. Les femmes opérationnelles que j'ai dans cette zone sont pour la plupart des grands-mères. Les rares jeunes femmes qui travaillent pour nous et parlent le mandarin sont loin du terrain ; ce sont des administratives.*

— Et merde…, laissa échapper Lucy en secouant la tête.

— *N'y songez même pas, Lucy,* avertit Mason.

— Vous ne m'avez pas entendu me porter volontaire, à ce que je sache; mais ne me dites pas que je ne pourrais pas y aller si je le voulais ?

— *Cette fois-ci, je vous le dis : c'est non,* répliqua Mason, catégorique. *Vous n'avez pas l'air de vous rendre compte que vos anciens amis des triades continuent de vous chercher partout. Il n'est pas question que je vous laisse vous brûler les ailes. Il y a des caméras pratiquement à tous les coins de rue en Chine, et pas seulement dans les grandes villes. Vos amis vous trouveraient inévitablement ; et même s'ils ne peuvent vous atteindre directement, ils délégueront cette tâche à la police ou à l'armée chinoise. Non, cette fois, je ne peux pas vous laisser faire.*

— Qu'est-ce que ça implique, au juste, faire la conversation sur l'oreiller ? demanda Alicia.

— Je préfère ne même pas te répondre, dit Lucy en secouant la tête d'un air désespéré. Je t'interdis même d'y penser. Ton père te dirait la même chose. Donc, fin de la discussion.

— Tout ce que je demande, c'est : qu'est-ce que ça implique ? insista-Alicia en fixant cette dernière d'un air agacé.

— *Ça implique d'être assez jeune et séduisante pour passer la nuit avec quelqu'un,* répondit Mason. *L'expédient peut paraître assez primitif et grossier, mais dans certaines parties du monde, il arrive fréquemment que des femmes réussissent à passer la sécurité, et à soutirer des informations à certaines personnes bien placées, en jouant la carte de la… proximité physique avec ces dernières. Ça se produit même dans les bases militaires les plus secrètes.*

— Ça ne te concerne pas, Alicia, avertit à nouveau Lucy. Je t'ai déjà dit de quoi Doug était capable ; il va te mettre en danger. Je ne peux pas te laisser faire ça.

Alicia était partagée ; elle était à la fois indignée d'être ainsi privée de la possibilité de choisir ce qu'elle voulait faire, et en même temps soucieuse de ne pas s'opposer ouvertement à Lucy, qui n'avait été que soutien et bienveillance à son égard.

— Avons-nous un autre choix ? fit-elle valoir. On ne peut pas se contenter d'attendre de voir ce que les Chinois vont faire de cette arme biologique ? Je ne veux pas que ma famille ni d'autres personnes innocentes en soient victimes.

Lucy la fixait d'un air contrarié, sourcils froncés.

— Tout ce qui arrive ne relève pas de ta responsabilité. Et d'ailleurs, tu es encore en formation.

Elle se retourna vers le moniteur, gênée en songeant que toutes les personnes présentes autour de Doug Mason assistaient à leur petit différend.

— Monsieur de directeur, dit Alicia en s'adressant à Mason, s'il n'y a personne d'autre, je me porte volontaire pour cette mission, mais j'ai besoin de beaucoup plus d'informations sur ce que je dois faire exactement.

Mason acquiesça et se tourna vers les autres.

— *Personne d'autre ici n'a à sa disposition une jeune agente d'opérations asiatique, assez séduisante et parlant couramment le mandarin ?*

Tous secouèrent négativement la tête. Mason soupira, avant de reprendre :

— *Lucy, j'envoie tout de suite deux agents de sécurité à l'ambassade pour vous récupérer toutes les deux. Nous reparlerons de tout ça dès que j'aurai réglé certaines choses de mon côté. Quelqu'un a-t-il quelque chose à ajouter ?*

— Doug, Alicia n'est pas prête pour ce genre de mission, fit valoir encore Lucy dans un grognement.

— D'accord, c'est tout pour l'instant. Merci à tous d'être venus aussi rapidement.

La communication vidéo s'interrompit, et la porte du CICS se déverrouilla.

Alicia se leva. Elle vit Lucy faire de même, et se rendit compte qu'elles portaient toutes les deux les mêmes vêtements que lors de la soirée à la Taipei 101. Elle essaya alors désespérément de ne pas penser au fait qu'elles venaient d'apparaître ainsi à leurs collègues de travail lors de l'appel vidéo.

— Si Mason envoie des agents nous récupérer ici, pas question de rester habillée comme ça, dit-elle.

Lucy se tourna vers elle, et, d'un ton qui n'appelait aucune discussion, elle dit :

— Tu ne participeras pas à cette mission.

CHAPITRE

QUATORZE

La nuit tombait lorsqu'Alicia arriva dans une partie de la ville où les rues étaient si étroites qu'il était pratiquement impossible pour deux voitures de se croiser sans que l'une des deux n'empiète sur le trottoir. Elle demanda au chauffeur, qui était membre de l'Organisation :

— Comment diable faites-vous pour vous y retrouver par ici ? Il n'y a pas un panneau !

L'homme tapota l'écran de son GPS et répondit :

— Les cartes aériennes sont très utiles pour connaître les rues, mais cet endroit, je le connais très bien.

Il désigna du doigt un bâtiment et ajouta :

— Regardez, là, par exemple : il y a un panneau caché entre les auvents de ces deux restaurants. Nous nous dirigeons vers le sud sur la 123, le long d'East Nanjing Road.

Il tourna à gauche, dans une rue encore plus étroite.

— Et là, nous prenons la ruelle n° 4. C'est très simple.

Alicia secoua la tête, et remercia le ciel de ne pas avoir à conduire elle-même par ici. Le long des trottoirs s'agglutinaient des sans-abri, des prostituées, des membres de gangs…Tout à fait le genre d'endroit qu'appréciait l'Organisation pour établir un QG. Après tout, le siège américain n'était-il pas situé dans un des quartiers les plus miteux de Washington, littéralement sous un vieux boui-boui ?

La pluie s'était mise à tomber, poussant une bonne partie de la faune des trottoirs à se mettre à l'abri.

— Nous approchons de la boîte de nuit, annonça le chauffeur.

— Une boîte de nuit ?

L'homme se fendit d'un sourire, le premier signe d'émotion qu'elle lui voyait manifester, mais il n'ajouta rien de plus.

Ils s'arrêtèrent devant un petit immeuble ordinaire, où deux hommes se tenaient de part et d'autre d'une double porte, protégée des intempéries par un auvent rouge. De la musique techno résonnait à l'intérieur.

Le chauffeur ne dit pas un mot. Alicia attrapa son sac et descendit de la voiture. Elle n'eut pas plus tôt refermé sa portière que le chauffeur démarra et disparut dans la nuit.

Tu ne participeras pas à cette mission.

L'injonction de Lucy lui revenait en boucle ; elle se surprit à sourire. Brice l'avait briefée sur sa mission. Malgré le danger, malgré les risques qu'elle allait devoir prendre, elle était à l'aise avec ce qu'on lui demandait. Les millions, voire les milliards, de vies qui étaient en jeu dans cette affaire avaient totalement bousculé ses perspectives, et son état d'esprit. Elle était prête à tous les sacrifices, même si elle en ignorait encore la teneur et la portée. Tout ce qu'elle savait, c'était qu'elle allait devoir repousser ses limites, et qu'elle n'avait plus le choix que d'aller de l'avant et de réussir.

Elle s'approcha des deux hommes au physique de lutteurs de sumo.

— J'ai rendez-vous avec quelqu'un ici, leur dit-elle simplement.

— J'ai besoin de voir une pièce d'identité, mademoiselle

Yoder, dit l'un d'eux d'une voix rocailleuse.

Alicia se demanda comment l'homme connaissait son nom, mais elle sortit son passeport, avant d'hésiter, se rendant soudain compte qu'il portait un nom différent.

L'homme secoua la tête.

— Pas ce genre de pièce d'identité, mademoiselle.

Il ne fallut qu'une seconde à Alicia pour comprendre. Elle sortit la pièce de monnaie de sa poche et la tendit au videur. L'homme saisit l'autre côté de la pièce et la diode s'alluma.

Les deux hommes s'écartèrent, et firent signe à Alicia qu'elle pouvait entrer.

En poussant la porte, Alicia s'attendait à être assaillie par la musique techno, mais, bien qu'à l'extérieur on entendît la musique, l'intérieur du bâtiment était totalement silencieux. Lorsqu'elle referma la porte derrière elle, elle n'entendit plus que l'écho assourdi de la musique provenant de l'extérieur – ou de la porte elle-même, semblait-il.

Tout cela n'était évidemment qu'une ruse.

Elle balaya l'entrée du regard et eut aussitôt une impression de déjà-vu. Elle était pourtant certaine de n'être jamais venue ici. N'était-ce pas son premier séjour à Taïwan ? À moins qu'elle n'eût visité un endroit qui ressemblait à celui-ci ? Peut-être. Elle ne s'en souvenait pas, en tout cas. Sa mémoire lui laissait bien entrevoir quelque chose, mais c'était réellement trop flou.

Elle se tenait dans un hall d'entrée aux murs lambrissés, à l'odeur fraîche d'encaustique et de tabac. En face d'elle se trouvait un bureau de réception tenu par un petit bout de femme asiatique à l'allure de matrone, dont les cheveux étaient attachés par un jeu de pinces élaboré.

— Mademoiselle Yoder, on m'a prévenue de votre arrivée, et demandé de vous attendre, dit la femme avec un accent très britannique. Justificatif d'identité, s'il vous plaît.

Cette fois, Alicia sut quoi faire. Elle tendit la pièce de monnaie à la femme, qui la saisit de l'autre côté, et la pièce se mit à briller.

— Parfait. Je suis ravie de vous rencontrer. Je suis Madame Yang, la propriétaire de cet établissement.

Alicia regarda autour d'elle.

— Pardonnez-moi, Madame Yang, mais quel est cet endroit ?

— Voilà une question simple à laquelle il est compliqué de répondre. Cet établissement répond aux demandes de ceux qui recherchent son assistance. Si vous êtes ici, c'est certainement parce que vous êtes dans ce cas, n'est-ce pas ?

— Je suis ici pour me préparer à une mission.

Mme Yang désigna d'un geste un couloir à la gauche d'Alicia.

— Oui. Le directeur Mason m'a laissé des instructions dans ce sens. Suivez-moi, s'il vous plaît.

Le couloir était éclairé par des appliques vieillottes dont les ampoules émettaient une lumière vacillante, qui donnait l'impression qu'elles prenaient feu. Au bout du couloir, une porte était entrouverte.

— Nous voici dans la partie intendance, dit Mme Yang.

Elle s'arrêta devant la porte, fit un pas de côté et dit, en faisant un grand geste :

— Après vous.

Alicia poussa la porte, surprise par la lenteur avec laquelle elle s'ouvrait. Elle était épaisse de plus de quinze centimètres et devait peser plusieurs centaines de kilos, mais ses gonds étaient bien huilés et elle pivotait sans bruit. Elle en franchit finalement le seuil ; aussitôt, des lumières s'allumèrent, révélant une pièce remplie de casiers métalliques anonymes pour la plupart. Elle ne vit aucun moyen apparent de les ouvrir.

Mme Yang lui montra un poteau au centre de la pièce. À hauteur d'yeux se trouvait une sorte de visière, comme on peut en voir sur un périscope de sous-marin.

— Si vous voulez bien vous approcher et regarder dans ce scanner biométrique, mademoiselle Yoder.

Alicia plaça ses yeux devant le scanner. Une lumière verte s'alluma, suivie d'une série de clics. Elle recula et regarda autour d'elle. Plusieurs casiers s'étaient ouverts.

— Commençons par ce côté de la pièce, voulez-vous ? dit Mme Yang en désignant le côté en question.

Alicia avait l'impression de se trouver dans un repaire secret à la John Wick. Entre le QG de Washington et cet endroit, l'Organisation avait décidément le sens de la mise en scène.

Sa curiosité la poussa vers le premier casier ouvert. Elle y trouva des vêtements de rechange, notamment des bottes en cuir noir, des chaussettes, un soutien-gorge et des sous-vêtements, ainsi qu'un uniforme militaire qu'elle reconnut immédiatement comme étant celui de l'APL, l'armée chinoise. L'insigne sur le col indiquait que l'uniforme appartenait à un sergent-chef. Sous l'uniforme se trouvait un passeport rouge pour la Chine continentale. Elle l'ouvrit et se reconnut sur la photo d'identité. *Intéressant.*

Il y avait une deuxième pièce d'identité glissée dans un livret rouge ; il s'agissait cette fois de sa carte d'identité militaire, avec sa photo également, ainsi qu'un permis de conduire chinois.

— C'est un élément indispensable pour tout agent travaillant derrière les lignes ennemies, expliqua Mme Yang. Vous pouvez laisser votre ancien passeport. Il ne vous sera pas utile. Veuillez enfiler votre uniforme, s'il vous plaît. La taille devrait convenir.

Alicia se tourna vers la femme et lui fit face. Avec ses cheveux grisonnants et son visage ridé, elle pouvait avoir une soixantaine d'années, mais sa voix était encore bien timbrée, sa posture parfaite, et elle dégageait une certaine énergie juvénile.

— Depuis combien de temps faites-vous cela ? lui demanda Alicia.

— Que voulez-vous dire ?

— Eh bien, accompagner les gens comme vous le faites avec moi en ce moment.

— Vous voulez dire préparer une mission ?

— Oui. C'est bien ce dont il s'agit, n'est-ce pas ?

— Bien sûr. Quant à savoir depuis combien de temps je fais ça...

Elle pinça les lèvres, puis :

— J'en suis à ma quatrième décennie. Oui, j'ai commencé il y a à peu près quarante ans.

Alicia ouvrit de grands yeux et dit :

— On dirait que je suis entre de bonnes mains.

— Certainement, mademoiselle.

— Vous pouvez m'appeler Alicia.

— C'est très gentil de votre part, mais après quarante ans, je ne me vois pas plus déroger au protocole, que d'entamer brusquement la danse du dragon devant vous.

Alicia se mit à rire. Elle aimait bien cette femme.

— Dois-je me changer tout de suite ?

— Cela vaudrait mieux, oui.

Mme Yang lui désigna une table à côté du scanner biométrique.

— Veuillez garder la pièce d'identité qui vous a été attribuée par l'Organisation, car elle est liée à votre signature biométrique. Laissez-moi le reste, je m'en occuperai avec plaisir.

Lorsqu'elle eut terminé, Mme Yang lui fit signe de se diriger vers le casier suivant.

— Pouvons-nous continuer ?

À l'intérieur de ce casier se trouvait un gilet de type débardeur sans manche au rembourrage assez fin. Alicia ôta sa veste militaire et le revêtit.

— Du Kevlar ?

— Ou quelque chose d'aussi efficace, assurément, confirma Mme Yang en souriant. Plus discret aussi, semble-t-il.

Alicia ajusta les sangles et remit sa veste par-dessus.

Le troisième casier ouvert contenait, outre un couteau robuste avec une lame de plus de quinze centimètres et un étui, un portefeuille dans lequel avaient été glissés des billets de banque chinois et une carte Visa de la Banque de Chine.

— Mademoiselle Yoder, je dois vous informer que la législation sur les armes n'est pas la même en Chine qu'aux États-Unis. Vous risqueriez d'attirer l'attention sur vous et votre mission, car presque aucun membre de l'armée ou de la police chinoise ne porte d'arme à feu, à moins d'en avoir reçu spécifiquement l'ordre. Je vous recommande donc de garder votre arme cachée.

— Très bien. Ne pas se curer les ongles en pleine rue avec un couteau de chasse, j'ai compris, dit Alicia.

Mme Yang s'approcha ensuite du quatrième et dernier casier. Alicia la suivit. Il contenait un téléphone portable et un étui pour lentilles de contact.

— Veuillez activer le téléphone portable en passant votre doigt sur le lecteur d'empreintes digitales.

Alicia s'exécuta. Le téléphone s'alluma et se mit à vibrer avec un appel entrant.

—Allô ?

— *Bonjour Alicia, c'est Brice. Je vous recontacte comme promis. Est-ce que vous savez mettre une lentille de contact ?*

— Plus ou moins. Mon père m'a appris à le faire à l'occasion d'une fête d'Halloween.

— *D'accord, dévissez le capuchon et mettez la lentille de contact. Il ne s'agit pas d'une lentille correctrice puisque vous n'en avez pas besoin ; vous allez voir à quoi elle sert.*

À quoi elle sert ? Alicia dévissa le capuchon et examina la lentille immergée dans la solution protectrice. Elle était transparente et parcourue de filaments argentés.

—À quoi servent ces fils argentés ?

— *Ce sont des canaux de fibres optiques mêlés à des réseaux de nanotubes de carbone. Faites-moi confiance, vous ne les verrez pas quand vous porterez la lentille. Mettez-la dans votre œil droit, puisque les mesures ont été prises précisément pour cet œil.*

— D'a-accord, bredouilla Alicia, à la fois excitée et hésitante.

Elle prit la lentille sur le bout de son index en essayant de ne pas trembler, et la fixa du regard. C'était la partie qu'elle détestait. En approchant son doigt de son globe oculaire, elle se demanda comment certains pouvaient choisir de s'infliger cela quotidien-nement. L'idée de mettre quelque chose directement sur son œil lui paraissait insensée ; c'était pourtant exactement ce qu'elle était en train de faire.

— *Vous connaissez la marche à suivre ; il suffit d'appuyer douce-ment sur la lentille pour qu'elle se fixe à l'œil par ventouse. Elle devrait se placer automatiquement une fois que vous aurez cligné des yeux plusieurs fois.*

Alicia suivit la procédure à la lettre ; elle vit flou le temps de se débarrasser de l'excédent de solution de contact en clignant de l'œil. Elle regarda autour d'elle ; tout était normal.

— Bon, et maintenant ?

— *Regardez le téléphone et allez sur la page d'accueil. Vous devriez voir une application avec une icône en forme de globe oculaire.*

— Astucieux.

— *Je confirme*, dit Brice d'un ton malicieux. *Bref, tapez sur l'icône pour l'activer ; vous ne devriez plus avoir à faire quoi que ce soit par la suite. Tant que vous avez un signal ou une connexion Wi-Fi, ça devrait fonctionner.*

Alicia fixa l'écran du téléphone. Au moment où elle tapa sur l'application, elle vit un message d' « appariement » apparaître devant son œil droit. C'était comme un affichage tête haute. C'était surtout une sensation étrange, car le texte semblait être à portée de main ; toutefois, en balayant la pièce du regard, elle comprit évidemment qu'il s'agissait d'une simple image projetée d'une manière ou d'une autre dans son œil.

— D'accord, ça dit « appariement » en cours.

Elle jeta un coup d'œil à Mme Yang. Aussitôt, un carré rouge sous lequel clignotait la mention « inconnu » apparut autour du visage de la propriétaire.

— Ouah ! Quand je regarde Mme Yang, je vois que son visage est entouré, et je peux lire la mention « inconnu ».

— *Excellent !* approuva Brice.

Alicia entendit pianoter sur un clavier et sentit le téléphone vibrer de nouveau.

— *Regardez l'image que je viens de vous envoyer en MMS.*

Alicia fit ce que le directeur des opérations lui demandait, et vit le visage d'une personne qu'elle ne connaissait pas. Malgré cela, sa lentille de contact fit apparaître un carré vert autour du visage de l'homme chauve, et un texte en dessous indiqua « *Larry Correia, auteur* » en lettres lumineuses. Tandis qu'elle fixait l'image, d'autres données biographiques commencèrent à défiler.

— Ce truc est génial.

Elle détourna le regard, puis se concentra à nouveau sur l'image. Le texte en incrustation se remit à défiler.

— Si je comprends bien, ça identifie la personne que je regarde, et ça donne même des indications biographiques si je continue à regarder.

— *Exactement. J'ai également établi un code couleur en me basant sur une évaluation en trois points, selon l'origine de l'identification – associations criminelles, mandats d'arrêt en cours, et autres types d'alertes.*

Brice se mit à parler à toute vitesse de son invention, sans dissimuler son enthousiasme.

— *En fait, j'ai collaboré avec un ami de votre père, un certain Denny, que vous connaissez peut-être.*

Alicia sourit en se représentant le grand homme noir et mince lui servant un verre dans le bar qu'il possédait. Elle connaissait Denny depuis qu'elle était toute petite, mais elle ignorait qu'il s'intéressait à ce type de technologie.

— *Il se trouve que Denny a été autrefois un de mes camarades de classe. Mais peu importe... revenons à notre lentille de contact. Cette technologie existe à présent grâce aux dernières avancées sur l'utilisation du silicium, qui permettent désormais un calcul rapide des « hachages » dont je me suis servi en l'occurrence comme d'une empreinte digitale pour caractériser l'image que vous regardez...*

Alicia sourit. Elle laisse Brice continuer de lui expliquer des choses qui ne l'intéressaient pas, ou qu'elle ne comprenait pas. Elle ouvrit un navigateur et parcourut des images aléatoires. Elle réussit à identifier chacune des personnes consultées, avec différents niveaux de données associées. Quand Brice eut terminé de déverser son Niagara d'explications, elle demanda :

— Alors, la plupart des images que je vois, là, sur mon téléphone, votre lentille les identifie ; pourtant, il n'a pas identifié Mme Yang. Est-ce qu'il y a...

— *Pour la recherche, j'utilise une interface API pour accéder au NGI, le système d'identification de nouvelle génération du FBI, au NCIC, à INTERPOL, à la base de données d'images de passeports de notre département d'État, ainsi qu'aux services de passeports d'une centaine d'autres pays. Je peux même me rabattre sur la recherche inversée d'images de Google si nécessaire. Toutefois, j'ai pratiquement éliminé tous les membres de l'Organisation de ces bases de données ; il est donc normal que la recherche soit lacunaire nous concernant. À une exception près.*

Le téléphone vibra à nouveau.

— *Regardez la photo que je viens de vous envoyer.*

Alicia vit la photo d'un homme de type asiatique. Un carré vert apparut aussitôt autour du visage de ce dernier.

— Voilà donc à quoi ressemble notre homme, le colonel Xi de l'Armée populaire de libération ?

— *C'est la cible dont je vous ai parlé*, dit Brice. *Comme je vous l'ai dit, je vais suivre vos progrès grâce à ce téléphone. Gardez-le sur vous en permanence. Vous devrez le réactiver toutes les heures, faute de quoi votre lentille de contact se désynchronisera. Vous seule pouvez activer le téléphone. Je m'occupe dès maintenant de faire en sorte qu'un moyen de transport vous attende lorsque vous arriverez à Harbin. Vérifiez bien votre téléphone en arrivant, il vous indiquera le véhicule à chercher. Des questions ?*

— Non. Tout est clair pour l'instant.

— *Alors, bonne chance. Et soyez prudente.*

Brice mit fin à la conversation. Alicia rangea le téléphone dans sa poche.

Elle se tourna vers Mme Yang et lui demanda :

— Et maintenant, quel est le programme ?

— Suivez-moi, mademoiselle Yoder.

Mme Yang la précéda le long du même couloir par lequel elles étaient arrivées, mais au lieu de rejoindre le hall d'entrée, le couloir les mena à un escalier qui descendait.

— Attendez. Où est le hall d'entrée ? demanda-t-elle, déstabilisée.

Mme Yang lui fit simplement signe d'emprunter l'escalier.

— Mademoiselle, le train vous attend.

— Le train ?

Au même instant, elle entendit un déclic derrière elle. Elle se retourna... pour se retrouver face à un mur nu.

— Attendez une minute, dit-elle. Où est le couloir ? Où est le vestiaire ?

Elle pivota sur ses talons, et se rendit compte qu'elle était seule.

— Madame Yang ?

La vieille femme n'est plus là.

— Bordel, mais qu'est-ce qui se passe ?

Alicia sentit son esprit s'emballer. Les murs des couloirs étaient-ils montés sur roulettes, ou quelque chose dans le genre, et se déplaçaient-ils silencieusement dès qu'elle avait le dos tourné ? Le bâtiment pris soudain des allures de maison hantée.

— Je déteste les fêtes foraines ! Est-ce que quelqu'un

m'entend ?

Elle pivota de nouveau sur elle-même, mais ne vit aucun mouvement. Et sa question resta sans réponse.

Quoi qu'il se passât, elle n'avait d'autre choix que de descendre.

Elle s'engagea dans l'escalier, et déboucha en bas sur un minuscule quai de gare, qui ne devait pas faire plus de trois mètres de large. Un wagon au design futuriste l'y attendait, portes ouvertes. Cette fois encore, elle n'eut d'autre choix que de monter à bord.

Les portes se refermèrent, et une voix de synthèse annonça :

— *Le train partira dans dix secondes. Veuillez vous accrocher aux barres de maintien ; dans le cas contraire, vous risquez d'être projeté en arrière. Cet avertissement ne sera pas répété.*

— Charmant, commenta Alicia s'assit en s'agrippant à l'une des barres.

— *Cinq secondes. Quatre. Trois. Deux. Un.*

Alicia se sentit glisser vers l'arrière tandis que le train accélérait avec une courbe de puissance et un « couple » rivalisant avec ceux d'une voiture de course. En moins de trois secondes, le vent se mit à gronder à l'extérieur tandis que le train filait dans l'obscurité.

Compte tenu de la vitesse évidente du train, Alicia n'avait aucune idée du temps qu'il lui faudrait pour arriver à destination. Pourtant, les minutes passaient, et tout ce qu'elle voyait, c'était l'obscurité. Elle jeta un coup d'œil à son téléphone à plusieurs reprises. Trente minutes. Quarante. Une heure.

Quelle peut-bien être la longueur de ce tunnel ?

Elle se réveilla soudainement, et crut un instant qu'elle était devenue aveugle.

Il faisait encore presque nuit noire dans le compartiment du train qui roulait à une vitesse inimaginable le long de la voie souterraine. Elle attrapa son téléphone, et s'aperçut qu'elle n'avait pas seulement fait une petite sieste, mais dormi pendant près de cinq heures.

Elle vit défiler des messages dans son œil droit, tandis que sa lentille de contact se réactivait.

Elle s'étira, et se sentit une toute nouvelle personne après cette longue sieste. Au total, six heures s'étaient écoulées avant qu'un frisson ne la réveille. Le hurlement du vent à l'extérieur changea de tonalité alors que le train décélérait. La voix de synthèse reprit :

— *Nous arriverons au refuge de Harbin dans environ cinq minutes. Veuillez attendre l'arrêt complet du train avant de descendre.*

Harbin ?

Ouah ! Ç'avait été beaucoup plus rapide que ce qu'elle avait pu imaginer. Elle s'était dit que le train lui ferait peut-être traverser le détroit de Taïwan jusqu'à Hangzhou, ou peut-être même Shanghai, mais Harbin ? Elle avait donc parcouru quelque deux mille deux cents kilomètres.

Elle fit le calcul dans sa tête, et se dit que ce devait être possible – mais il fallait pour cela que l'Organisation possède un train souterrain passant sous la mer de Chine orientale, sous les deux Corées, et filant jusqu'à Harbin. Était-ce possible ? Un train capable de rivaliser de vitesse avec le TGV japonais, pour le seul usage et bénéfice de l'Organisation ?

Apparemment oui.

Lorsque les portes s'ouvrirent, Alicia descendit sur le quai. Un homme âgé l'y attendait ; il la salua.

— Mademoiselle Yoder, dit-il avec un fort accent chinois, puis-je voir votre justificatif d'identité ?

Alicia se prêta à la procédure habituelle de l'identification mutuelle à l'aide de la pièce de monnaie ; après quoi le vieil homme l'invita à prendre l'escalier qui se trouvait derrière lui.

— Bienvenue à Harbin, mademoiselle Yoder. Votre moyen de transport vous attend à l'extérieur.

CHAPITRE

QUINZE

Assise à l'arrière d'un taxi, Alicia admirait le paysage. Ils traversaient Yichun, une modeste ville rurale dont le principal titre de gloire était son industrie du bois et ses mines. Rien à voir avec Taipei ou New York, mais il était étrange de constater à quel point elle était densément bâtie pour une population relativement faible. Il n'était décidément pas dans l'ADN des Chinois de créer quoi que ce soit qui ressemble à une banlieue américaine. La Chine alternait soit des zones bâties ultra-denses, soit des étendues rurales où le voisin le plus proche se trouvait pratiquement dans un autre fuseau horaire.

Le chauffeur désigna d'un geste un bâtiment sur la droite :

— C'est le centre commercial Shunhe. Très célèbre. Très très célèbre, dit-il.

Alicia observa le marché en plein air bondé. Des centaines de petites échoppes éparpillées sur une grande place, occupant tous les coins et recoins entre des boutiques en brique établies depuis plus longtemps. Alicia avait beau venir des régions agricoles de Pennsylvanie, elle était presque certaine que les Amish avaient installé des lieux de shopping plus vastes que cet endroit.

— Très très très célèbre, renchérit le chauffeur en désigna un autre endroit, apparemment au hasard.

Alicia se contenta de hocher la tête sans répondre. Le bonhomme n'avait manifestement pas la même conception qu'elle de ce qu'était un endroit « célèbre ».

La voix du GPS retentit, grésillante, dans le système de haut-parleur défaillant : « *Continuez vers l'ouest sur la route Daxue, en direction de la rue Hongqi.* »

— Nous allons au magasin de motos, c'est ça ?

— Oui, oui, oui. Un endroit très célèbre. Je vais vous montrer.

Le système de navigation se mit à débiter une série d'indications pour le moins confuses, alors qu'ils approchaient d'un rond-point :

« *Au rond-point, prenez la deuxième sortie, puis restez sur la rue Hongqi en direction de la rue Xuefu, du boulevard Keji, de la route Guang fu, de la route Bin Jiang, de la rue Wan Xin, et de l'autoroute He da.* »

C'était comme si l'appareil faisait une crise d'épilepsie, en même temps qu'il s'efforçait d'énumérer la ramification complète de routes et de rues reliées au rond-point.

« *Tournez à droite et suivez la route Guang fu en direction de l'ouest.* »

Le taxi prit la première à droite.

« *Tournez à gauche, et suivez la route de Jian Ye.* »

Alicia repéra un logo familier sur la droite et poussa un soupir de soulagement.

« *Tournez à droite, et suivez la rue Chang'an.* »

Le taxi s'arrêta enfin devant le petit magasin de motos Yamaha, coincé entre un bar à nouilles et une librairie. Le chauffeur se retourna, mais Alicia ne lui laissa pas le temps de parler :

— Le très très très célèbre magasin Yamaha. Je vois ça, dit-elle.

Le chauffeur lui jeta un regard qu'elle n'aurait su traduire. Une chose était sûre : il n'avait pas l'air amusé. Il tapota impatiemment l'écran de son taximètre, qui affichait le prix de la course.

Alicia paya l'homme et descendit de la voiture, qui redémarra en trombe.

L'air était particulièrement frais. Elle se félicita que l'on fût proche de l'été dans cette partie du monde. Si elle se souvenait bien de sa géographie, ils n'étaient pas très loin de la Sibérie ; et s'il faisait froid dans cette région en été, elle imagina ce que ce devait être en hiver. Elle n'était pas mécontente de pouvoir profiter de l'isolation thermique fournie par le gilet qu'elle portait sous la veste de son uniforme militaire.

Elle pénétra dans ce qu'on pouvait prendre pour le parking du magasin, mais qui n'était en fait rien d'autre qu'une sorte de patio en béton. Une vingtaine de motos étaient exposées le long de la devanture. Elle ne put s'empêcher de sourire tandis qu'affluaient mille souvenirs dans son esprit.

Son père avait tenu à apprendre à chacun de ses enfants à conduire une voiture à transmission manuelle, ainsi que les rudiments de la conduite d'une moto. Il avait pourtant toujours refusé de les laisser conduire un deux-roues, à moins qu'il ne soit là pour superviser les manœuvres.

Les mots de son père résonnaient encore dans son esprit. « *Au moins, avec une voiture, il y a un peu de métal entre toi et l'idiot à côté de toi. Ce n'est pas que je n'ai pas confiance dans tes capacités à faire les bons choix ; ce sont les autres usagers de la route en qui je n'ai aucune confiance.* »

Il était loin d'imaginer qu'à Princeton, elle s'amuserait à emprunter de temps à autre la Honda Rebel 500 d'une de ses camarades de chambre. Quel plaisir elle avait pris à rouler autour du campus, le vent dans le visage !

En examinant les motos exposées, elle fut en quelque sorte soulagée de constater que tous les éléments de mécanique familiers se situaient bien à l'endroit où elle s'attendait à les trouver.

La poignée de frein à droite du guidon, l'embrayage à gauche. Le levier de vitesse et le frein arrière respectivement à côté des repose-pieds gauche et droit. Elle passa la main sur la console centrale en souriant.

Elle était surprise de voir à quel point elle se sentait excitée à l'idée de conduire à nouveau une moto.

Un homme entre deux âges sortit du petit bureau vitré et demanda :

— Puis-je vous aider ?

Un carré vert encadra le visage de l'homme, et elle vit s'afficher son nom et sa profession : Kenly Xing, vendeur pour Yamaha Motor China Co, Ltd. Il allait lui falloir un certain temps pour s'habituer à cette lentille de contact qui projetait dans son œil le nom et la profession des gens.

Elle acquiesça d'un hochement de tête.

— Laquelle de ces motos est assez puissante pour faire du tout-terrain ?

— Comment ça ? demanda l'homme, perplexe.

— Eh bien, je veux dire, si je devais conduire en dehors des routes normales...

— Ce n'est pas recommandé.

Alicia fronça les sourcils, mais elle continua sans se laisser démonter :

— Je sais bien, mais si cela devait m'arriver, laquelle de ces motos a le moteur le plus puissant ?

L'homme se dirigea vers l'une des machines, et donna une tape sur la selle.

— Celle-ci a un moteur de 250 cc. C'est la plus puissante que nous ayons.

Alicia regarda la moto et tapota un des pneus avec le bout de sa botte.

— Ces pneus me paraissent très lisses. Est-ce qu'ils auront de l'adhérence ailleurs que sur du goudron ?

— Ce n'est pas recommandé, répéta l'homme.

— Je *sais* que ce n'est pas recommandé, dit Alicia en s'efforçant de ne pas montrer son agacement.

Elle inspira profondément et expira lentement. À croire que vendre cette moto n'intéressait pas ce type. C'était peut-être bien le cas d'ailleurs. Après tout, elle était en Chine. Les communistes n'avaient pas forcément les mêmes motivations que les commerçants aux États-Unis. Ce type était payé de toute façon ; au fond, il se fichait probablement de vendre quelque chose ou non.

— Combien d'essence contient ce réservoir ?

— Onze litres et demi, exactement, répondit-il. C'est plus qu'il n'en faut.

Comment ce type pouvait-il savoir si cela suffisait pour ce qu'elle avait à faire ? *Respire, Alicia, respire.*

Elle calcula rapidement la distance qu'il lui restait à parcourir, et se dit que cela devrait suffire.

— D'accord. Combien ?"

— Vous payez en liquide ? demanda l'homme.

Elle avait du liquide sur elle, mais certainement pas assez pour acheter une moto.

— J'ai une carte de crédit.

L'homme secoua la tête.

— Non, on ne prend pas ça.

Alicia jeta un coup d'œil au bureau d'où il venait de sortir, et vit plusieurs logos de cartes de crédit affichés bien en évidence sur la fenêtre. Elle les pointa du doigt et dit :

— Tout ce que je vois là semble dire le contraire. C'est bien un logo Visa, collé sur cette vitre ? Donc, vous acceptez les cartes Visa ?

— Non, c'est une erreur, dit l'homme sans même jeter un coup d'œil au logo. Je ne prends que les paiements en liquide. Si vous n'avez pas d'argent, passez une bonne journée.

Il tourna les talons et rentra dans son petit bureau vitré. Là, il s'assit sur un tabouret et reprit ce qu'il faisait sur son téléphone portable.

Alicia en resta bouche bée. Elle sentit une vague de colère irrationnelle l'envahir. Elle recula de plusieurs pas, puis s'éloigna du magasin pour respirer un peu et reprendre ses esprits.

Elle entendit son estomac gargouiller en même temps qu'elle aperçut un marchand ambulant équipé d'un wok portatif, en train de mélanger de la nourriture pour un client qui attendait.

Elle regarda le vieil homme jeter les aliments dans le wok brûlant et fumant avec une dextérité sans faille.

Alors qu'il servait le client, il la regarda et dit :

— Je cuisine cantonais aujourd'hui. Du bœuf chow fun, ça vous tente ?

Alicia en eut instantanément l'eau à la bouche. Elle acquiesça d'un hochement de tête.

— Ça fera dix RMB.

Elle paya le vieil homme ; l'équivalent d'un dollar et quarante cents, et le regarda récupérer des nouilles de riz épaisses dans de l'eau fumante, puis s'occuper rapidement des autres ingrédients en commençant à mélanger dans le wok grésillant des tranches de bœuf marinées, une giclée d'un liquide sombre provenant d'une bouteille en plastique, et une cuillerée d'une sauce provenant d'un autre contenant. Moins de trois minutes plus tard, il versa le plat de nouilles chaudes et fumantes dans un bol en bois, coupa rapidement des tomates, des concombres et des poivrons rouges, et tendit le tout à Alicia, avec une paire de baguettes.

Elle eut à peine le temps de goûter son plat, qui était délicieux, que l'homme préparait déjà la commande d'un autre client. Voilà typiquement, songea-t-elle, ce qui pourrait lui donner envie de voyager un jour, et d'explorer des endroits isolés comme cette région. Ces endroits peu connus avaient tant à montrer aux voyageurs qui daignaient prendre le temps et ouvrir les yeux. Le monde était plein de gens talentueux comme ce cuisinier ambulant, un maître dans sa partie, connu seulement des locaux.

Elle engloutit littéralement son repas, avala jusqu'à la dernière nouille, avant de tendre son plat vide et ses baguettes à une femme âgée qui essuya rapidement l'assiette, l'aspergea d'un liquide transparent, et la remit sur le chariot pour que le cuisinier puisse la distribuer à nouveau.

Le procédé parut si insalubre à Alicia qu'elle préféra se retourner, et tenter d'ignorer ce dont elle venait d'être témoin.

Alors qu'elle s'apprêtait à sortir son téléphone pour voir s'il n'y avait pas un autre endroit où elle pourrait trouver une moto, elle entendit du remue-ménage tout près d'elle.

— Hé, attends-nous, rase-motte !

— Regardez-la détaler !

— On dirait un canard qui se dandine !

Alicia regarda de l'autre côté de la rue, et aperçut quatre adolescents en train de poursuivre une enfant qui n'avait aucune chance de les distancer.

Dans un élan de colère, elle hurla :

— Hé, attaquez-vous à quelqu'un de votre taille, bande de lâches !

— Oh, la ferme, toi, là-bas !

Alicia se mit à traverser la rue en courant, évitant de justesse un scooter qui passait par là.

Les garçons écarquillèrent les yeux en comprenant qu'elle avait décidé d'intervenir ; ils détalèrent dans toutes les directions. Ils n'étaient pas assez près pour que l'affichage tête haute de la lentille de contact d'Alicia lui fournisse une quelconque information ; quant à la fillette, elle apparut comme « Sujet inconnu ». Trop jeune, probablement ; elle ne figurait dans aucune base de données encore.

En s'approchant d'elle, Alicia se rendit compte qu'elle était plus âgée qu'elle ne l'avait d'abord cru. Treize ans, peut-être ; ou même un peu plus. La jeune fille était naine ; sans doute subissait-elle ce genre de moqueries et de harcèlement depuis son plus jeune âge. Elle pleurait encore. Alicia s'accroupit et lui dit :

— Ce n'est pas grave. Il ne faut pas te mettre dans un état pareil à cause de ces crétins.

Hors d'haleine encore après sa course éperdue, l'adolescente respirait difficilement. Alicia essuya ses joues pleines de larmes, et secoua la tête.

— Ils sont partis maintenant. Tu n'as plus rien à craindre. Ce sont des idiots, qui ne savent rien faire de mieux.

L'adolescente sanglotait ; elle avait l'air malheureuse.

— Non, ils ont raison, gémit-elle. Je suis petite et inutile.

— C'est absurde !

La jeune fille fut surprise par la force – presque la férocité – de la réponse d'Alicia, qui la prit doucement par le menton et lui dit :

— Je veux que tu te souviennes de ce que je vais te dire : Dieu laisse grandir les choses jusqu'à ce qu'elles soient parfaites. Pour certains, cela prend plus de temps que pour d'autres... pour toi, manifestement, ça a été plus vite.

Bouche bée, les yeux écarquillés, la jeune fille regarda Alicia sans savoir quoi répondre.

— Lin, les garçons du quartier t'ont encore embêtée, c'est ça ?

Alicia se retourna, et vit que l'employé du magasin de motos se tenait derrière elle. La jeune fille courut vers son père.

L'homme la prit dans ses bras et lui caressa le dos pendant qu'elle pleurait sur son épaule. Il regarda Alicia et soupira.

— Vous êtes toujours intéressée par la moto ?

Alicia se leva et sentit l'espoir revenir.

— Oui, dit-elle.

L'homme pencha la tête en direction du magasin, et dit :

— Venez. Nous allons nous occuper de ça.

Alicia manqua esquisser un sourire, et même plus que cela,

mais elle s'abstint de manifester sa joie et son soulagement, se contenant de suivre l'homme qui portait sa fille dans ses bras.

Devant le magasin, il tendit son téléphone à sa fille et lui dit :

— Tu peux jouer dans le bureau jusqu'à ce que j'aie terminé avec cette gentille dame.

Il se tourna alors vers Alicia et, l'air penaud, lui dit :

— J'ai vérifié, et il semble que ce soit bon avec la carte Visa. Ça demande juste un peu de paperasse.

Alicia hocha la tête. Peu importait ce qui l'avait fait changer d'avis exactement ; l'important était qu'elle puisse se procurer une moto. Elle pointa du doigt celle qu'ils avaient déjà regardée, et dit :

— Celle-là ?

— Pour faire du tout terrain, c'est ça ?

Alicia sourit.

— Oui, même si ce n'est pas recommandé.

Le vendeur lui fit signe de le suivre.

— Ça devrait aller, dit-il en se dirigeant vers le fond de la cour.

Alicia sourit en remarquant les roues à crampons qui allaient permettre une meilleure adhérence pour du tout-terrain.

— Moteur de 250 cc, c'est bien ça ?

— Oui, avec un réservoir d'essence de onze litres et demi. Je me ferai un plaisir de vous mettre le plein.

Alicia sortit sa carte de crédit, ou plutôt celle de l'Organisation, et la tendit à l'homme.

— Vendu.

À ce stade, le prix n'avait pas vraiment d'importance. Elle avait ce qu'il lui fallait ; c'était tout ce qui comptait.

— Avez-vous un casque ? C'est obligatoire, mais la plupart des policiers ne mettent pas vraiment d'amendes pour ça.

— Je vais quand même en prendre un. Je pense qu'il me faut une taille moyenne.

L'homme sortit un mètre de couturière, le lui tendit et dit :

— Le mieux est encore de prendre votre tour de tête.

Alicia s'exécuta lentement, et annonça :

— Cinquante-six centimètres.

— Dans ce cas, je vous conseille une taille S. Il vaut mieux un casque un peu serré que trop large.

Alicia acquiesça.

— D'accord, je vais essayer un S.

— Je crois en avoir un. Noir, comme la moto. Je reviens tout de suite.

Alicia donna une tape sur la selle de la moto, et ne put s'empêcher de sourire à l'idée qu'elle allait la conduire. L'instant d'après pourtant, elle se souvint que ce qui l'attendait n'avait rien de forcément agréable, et cela l'aida à tempérer son enthousiasme.

L'homme revint avec des documents, et une grande boîte en carton, qu'il lui tendit.

— Essayez d'abord le casque.

Alicia ouvrit la boîte, en sortit le casque intégral, et sourit. Il était tout neuf et brillant ; il n'avait pas la moindre égratignure.

Elle récupéra la notice d'entretien à l'intérieur du casque, et enfila ce dernier. Il était un peu serré, mais confortable. Elle releva la visière et sourit :

— Ce sera parfait, dit-elle.

L'homme hocha la tête, et tendit à Alicia sa carte de crédit et quelques papiers à signer.

Même si ce n'était pas elle qui payait, mais l'Organisation, elle nota avec surprise que le prix de la moto était relativement bas. Cela lui donna l'envie de s'en procurer une lorsqu'elle serait de retour aux États-Unis, mais il y avait peu de chances qu'elle soit aussi bon marché là-bas. Le prix bas était probablement dû au fait que la moto était fabriquée en Chine, indépendamment de la marque à laquelle elle était associée. Quand elle eut terminé de signer, l'homme lui tendit un trousseau de clés et tapota le réservoir d'essence.

— Le plein est déjà fait, dit-il.

Alicia lui serra la main. L'homme avait l'air las, et beaucoup moins enthousiaste qu'elle concernant la vente.

Il retourna dans son bureau ; Alicia fit un signe à sa fille, qui regardait dans sa direction.

Cette dernière lui sourit, avant de se cacher derrière son père.

Le cœur battant, Alicia sortit son téléphone, et tapa sur l'icône du globe oculaire. Cette fois, plusieurs options s'affichèrent et elle sélectionna la deuxième.

Elle enfourcha ensuite la moto, releva la béquille, inséra la clé, pressa l'embrayage et appuya sur le bouton de démarrage.

Le moteur se mit instantanément en marche ; son grondement, les vibrations de la moto entre ses jambes, procurèrent à Alicia une incroyable sensation.

Elle abaissa sa visière, enclencha la première, et relâcha lentement l'embrayage.

La moto avança. Alicia balaya la rue du regard. Pour la première fois, elle comprit le terme utilisé par certains « gamers » : jusqu'à présent, la notion de *réalité augmentée* était pour elle quelque chose d'abstrait ; mais à présent qu'elle portait cette lentille de contact, et grâce à la magie de la programmation de Brice, elle voyait non seulement la rue telle qu'elle était réellement, mais devant ses yeux apparaissait en plus une flèche pointant vers la droite.

C'était la direction qu'elle devait prendre.

Avec un sentiment de peur et d'excitation mêlées, elle lâcha l'embrayage et s'avança dans la rue. Il était temps de passer à la partie vraiment dangereuse de la mission.

CHAPITRE
SEIZE

Alicia arriva à moins d'un kilomètre de sa destination et fut surprise de voir à quel point la moto avait bien supporté les accidents du terrain. C'étaient ses cuisses qui avaient le plus souffert du hors-piste. Elle avait vite compris que parcourir ce genre de terrain forestier cahoteux était une expérience aussi inconfortable que déstabilisante. Il ne s'agissait plus de se reposer sur ses fesses, le dos bien droit, comme elle aurait pu le faire sur route ; au lieu de cela, elle devait faire porter plus de poids sur les repose-pieds, soulever les fesses de la selle, absorber avec ses jambes les chocs dus aux bosses et aux ornières.

La flèche verte indiquait toujours que le chemin à suivre se trouvait droit devant elle, mais selon la carte aérienne, elle allait bientôt devoir tourner à droite pour rejoindre une vallée cachée.

Elle ralentit, se mit au point mort et décida de se reposer un moment. Elle ôta son casque, et poussa un soupir de soulagement : une brise fraîche soufflait sur le sentier forestier. Elle ébouriffa ses cheveux humides de sueur, et colla son téléphone à son oreille pour prendre des nouvelles de Brice.

Ce dernier prit l'appel à la première sonnerie.

— Je suis tout près du site, dit Alicia.

— *C'est ce que je vois. Bien joué, et je peux confirmer que le général Hong est actuellement en route pour Pékin où il doit assister à une réunion des chefs militaires, comme nous l'avions prévu.*

Alicia hocha la tête.

— Tant mieux. Savez-vous combien de temps il me reste avant qu'il ne revienne et ne grille ma couverture ?

— *Oubliez ça ; cela ne fera que vous limiter psychologiquement, l'avertit Brice. Vous devez entrer dans les lieux, atteindre votre objectif le plus rapidement possible, et passer la frontière comme prévu. N'oubliez pas que votre couverture est menacée, de toute façon, général ou pas. Il suffit d'un coup de fil et qu'il parle à la mauvaise personne. Ne soyez pas trop confiante ; c'est comme cela que l'on commet des erreurs.*

— Compris, dit Alicia.

Brice avait raison, songea-t-elle. Elle s'était peut-être laissée aller un peu trop vite à penser que ce serait facile.

— J'y vais. Je ne pourrai probablement plus vous contacter jusqu'à ce que j'aie fichu le camp de là.

— *Bonne chance, Alicia. Oh, pour info, je ferai tout ce que je peux pour saturer les lignes téléphoniques de la base pendant les douze prochaines heures.*

— Merci. Toute aide est la bienvenue. On se reparle bientôt.

Alicia mit fin à la communication, rangea son téléphone et décida d'attacher son casque à l'arrière de sa selle. Puis elle enfila sa casquette à imprimé camouflage, enclencha la première, et relâcha lentement l'embrayage.

Elle roula le long d'un chemin de terre plat et bien entretenu, permettant aux muscles de ses cuisses de récupérer un peu. Il ne lui fallut que deux minutes pour arriver à l'embranchement où elle devait prendre à droite.

Le vent frais soufflant sur son visage, elle se sentit revigorée, alors même qu'elle apercevait les premiers soldats, dont l'unique réaction fut de la suivre du regard lorsqu'elle passa à côté d'eux.

Trois cents mètres plus loin, elle ralentit en arrivant à l'entrée gardée de la base.

Plusieurs soldats s'approchèrent, leurs armes pendant mollement à leurs côtés, plus curieux qu'inquiets.

Alicia coupa son moteur, ôta la clé de contact et la glissa dans sa poche.

— Vous vous êtes trompée de route, camarade ? lui demanda un des gardes.

Alicia secoua la tête, et sourit à l'homme.

— Je suis ici sur ordre du général Hong Zuocheng.

— Oh.

Un autre soldat s'approcha et demanda :

— Vous avez une accréditation à nous montrer ?

— Non. Je ne suis pas « accréditée » au sens officiel.

Il y avait cinq soldats à l'entrée ; trois d'entre eux s'étaient approchés. Leurs identités apparurent en affichage tête haute grâce à sa lentille de contact ; les infos serviraient à la rédaction d'un rapport ultérieur qu'elle soupçonnait devoir rédiger elle-même. Elle parla assez fort pour qu'ils l'entendent tous les trois.

— J'ai été envoyée pour aider le colonel Xi... à se détendre un peu.

Le soldat le plus proche éclata de rire, et les deux autres sourirent. Ils savaient ce que « se détendre » signifiait ; ou du moins l'imaginaient-ils.

Le soldat le plus proche la fixa, la tête inclinée sur le côté, un sourire carnassier animant ses traits. Il s'approcha encore plus près, parcourut son corps du regard ; soudain, il tendit le bras et empoigna Alicia par les fesses ; il les serra fermement, souriant toujours de ses dents ébréchées et mal alignées.

— Peut-être qu'après avoir aidé le colonel à « se détendre », dit-il, tu pourrais venir t'amuser un peu avec un vrai soldat expérimenté ?

Calme, déterminée, concentrée uniquement sur le but de sa

mission, Alicia se tourna vers le soldat et lorgna vers son col d'un air provocateur. Elle sourit, tendit la main vers son visage, et fit glisser le bout de ses doigts le long de sa mâchoire.

Puis, avec une rapidité d'exécution impressionnante, elle lui asséna une terrible gifle, se baissa, et le renversa d'une balayette.

Le caporal retomba sèchement par terre.

— Vous parlez à un sergent-chef de l'Armée populaire de libération, caporal, hurla Alicia. J'honore mes supérieurs, qu'ils soient soldats ou officiers ! Je vous conseille de vous souvenir de votre rang, caporal ; et de ce que notre armée attend de vous. Faute de quoi je veillerai à ce que cet incident soit rapporté directement au général Hong. Vous m'entendez ?

— Oui, sergent ! s'écria le caporal en se relevant d'un bond, et en la saluant. Je m'excuse pour mon comportement. Cela ne se reproduira plus ! Je vous le jure.

Les autres soldats firent aussitôt signe à ceux qui gardaient le portail, et la barrière métallique s'abaissa lentement dans le sol.

Alicia regarda les deux autres soldats, et se rendit compte qu'elle était aussi leur supérieure.

— Où puis-je trouver le colonel Xi ?

L'un des hommes s'avança et répondit :

— Je viens de quitter le bâtiment de recherche et de tactique, et il y était. Je peux vous escorter si vous le souhaitez.

Alicia désigna l'arrière de la selle d'un geste du pouce.

— Montez, ce sera plus rapide.

Le soldat hésita, l'air inquiet.

— Allez, vous n'avez pas peur de monter sur une moto derrière une femme, tout de même ?

Dissimulant son amusement, Alicia le regarda prendre son courage à deux mains, et finalement grimper derrière elle.

Elle démarra aussitôt et dit :

— Si vous ne voulez pas tomber, je vous conseille de vous accrocher.

— À quoi ? demanda le soldat d'une voix tremblante.

Elle leva les yeux au ciel et dit :

— Accrochez-vous à ma taille.

À peine eût-il fait cela, qu'Alicia accéléra. Le soldat grogna de peur en priant le ciel d'arriver entier.

— Tout au bout de la vallée, indiqua-t-il. Le bâtiment avec les portes jaunes.

Ils roulaient en terrain plat ; Alicia prit de la vitesse. Le froid mordant lui cinglait le visage. Elle sourit, cette fois non pas à cause du plaisir que lui procurait la sensation du vent sur son visage, mais en repensant à l'air penaud du soldat après qu'elle l'ait balayé et envoyer sèchement au sol. Elle était fière de sa réaction, qui lui redonnait courage et force.

Elle ignorait pour le moment dans quoi elle mettait les pieds exactement, mais une chose était sûre : elle se souviendrait longtemps de ce moment.

Ledit bâtiment « de recherche et de tactique » se trouvait à environ huit cents mètres de l'entrée de la base. Lorsqu'Alicia mit la béquille et coupa le contact de la moto, le soldat en descendit précipitamment, manquant trébucher et cherchant son équilibre, visiblement secoué.

Alicia s'efforça de ne pas rire. L'homme s'était tellement crispé, et lui avait serré si fort la taille, qu'elle ressentait une douleur sourde et lancinante au niveau du bas-ventre ; ce n'était pourtant pas la première fois que cette douleur se manifestait. Soit elle allait avoir ses règles plus tôt que prévu, soit quelque chose clochait là-dessous. Elle allait devoir faire vérifier cela... mais évidemment pas ici, et pas maintenant.

Pendant que le caporal encore stressé s'efforçait de reprendre contenance, Alicia repeigna ses cheveux du bout des doigts, et les rassembla sous sa casquette.

— Ça va ? demanda-t-elle.

Le soldat acquiesça et lui adressa un sourire nauséeux.

— C'est la première fois que je monte sur une moto.

— Sérieusement ?

Alicia secoua la tête en souriant. Puis, désignant les portes jaunes, elle dit :

— Conduisez-moi au colonel.

Ils pénétrèrent dans le bâtiment, et la première chose qui attira l'attention d'Alicia fut la sonnerie lointaine d'un téléphone.

En réalité, pas seulement d'un téléphone ; plusieurs téléphones sonnaient en même temps, sans que personne ne réponde apparemment.

« Je ferai tout ce que je peux pour saturer les lignes téléphoniques de la base pendant les douze prochaines heures. »

Alicia s'efforça de ne pas sourire. Brice faisait exactement ce qu'il avait promis de faire. Il avait probablement infecté un tas d'ordinateurs qui composait automatiquement les numéros de tous les téléphones de la base.

Le bâtiment sentait l'humidité et le moisi. Ce n'était pas exactement le genre d'odeur à laquelle on pouvait s'attendre dans un endroit où l'on menait des recherches sur des substances mortelles.

Ils marchèrent le long d'un couloir en parpaings, et se retrouvèrent assez rapidement devant une porte nue, légèrement entrouverte. De l'autre côté, quelqu'un répétait d'une voix agacée :

— *Allô ? Allô ?*

Suivi du bruit d'un combiné raccroché violemment sur sa base.

— Vous pouvez disposer maintenant, dit Alicia au caporal.

Le soldat acquiesça et reprit le chemin de la sortie.

Alicia le regarda s'éloigner, sortir son téléphone, et le coller à son oreille en disant : « Allô ? Allô ? »

Au même instant, elle entendit le téléphone se remettre à sonner dans le bureau du colonel :

— *Bordel, qui est à l'appareil ?*

Elle frappa à la porte et entra. Elle reconnut aussitôt le visage de l'homme assis derrière un bureau. Un visage qu'elle n'avait pourtant vu que sous forme électronique.

Le colonel Xi raccrocha, et prit un autre appel sur son portable qui vibrait.

— Allô ? J'écoute, fit-il, la frustration déformant ses traits. Allô ?

Il mit fin à l'appel sur le portable, tandis que son téléphone fixe se remettait à sonner.

— Bon sang ! Vous savez ce qui se passe avec les téléphones ?

Alicia sourit.

— Colonel Xi, je suis envoyée par le général Hong. Pouvons-nous aller marcher un peu ? Laissez votre téléphone ici, ça vaut mieux, croyez-moi. Quelqu'un à Pékin effectue une sorte de test de communication ; ça perturbe toutes les lignes téléphoniques de la région.

Le colonel se leva et secoua la tête.

— Je n'arrive pas à travailler avec tout ce barouf.

Il fit le tour de son bureau et ils se serrèrent la main.

— Vous connaissez mon nom, mais je n'ai pas l'honneur de connaître le vôtre.

Alicia sourit.

— Sergent-chef Ye Ting.

Elle dut presque crier pour être entendu par-dessus le bruit des téléphones qui sonnaient un peu partout dans le bâtiment.

— Mais vous pouvez m'appeler Ting. Sortons d'ici, vous voulez bien ? Je suis comme vous : ce bruit me porte sur les nerfs.

En sortant du bâtiment, le regard du colonel fut attiré par la moto.

— C'est à vous ?

Alicia hocha la tête.

— Oui, répondit-elle.

Le colonel s'approcha de la moto et marqua un temps d'arrêt. Il huma la brise de fin d'après-midi, sourit et dit :

— Vous entendez ça ?

— Quoi donc ? demanda Alicia.

— Précisément. Aucun de ces maudits téléphones.

Il se tourna vers elle et reprit :

— Alors, c'est le général Hong qui vous envoie ?

— En effet, acquiesça Alicia, que le fait de mentir rendait quelque peu nerveuse. Colonel, on m'a parlé de vos problèmes de mémoire, et je suis là pour essayer de vous aider.

— Oh, Dieu merci ! Enfin ! se réjouit-il. Je vous en prie, appelez-moi Xi. J'ai besoin de... j'ai juste besoin de retrouver mes souvenirs. J'ai des flashs, mais ils ne font qu'accentuer les trous de mémoire.

Alicia connaissait bien ce sentiment.

— Ting, c'est ça ? Est-ce qu'on se connaît ? Je ne m'en souviens pas...

Alicia remarqua que des soldats sortaient des bâtiments voisins. Elle pointa la moto du doigt, et dit :

— Xi, voulez-vous faire un petit tour en moto avec moi ?

— Où donc ? Je veux dire, oui, mais où ?

Alicia enfourcha la moto et mit le contact. Elle désigna d'un geste l'extrémité nord de la vallée. Il n'y avait rien dans cette direction ; juste une vaste prairie qui s'étendait jusqu'à ce qui ressemblait davantage à une falaise infranchissable qu'à une montagne escarpée.

— Là-bas ? suggéra-t-elle. On pourra parler sans être dérangés.

Xi grimpa sur la moto sans effort, et s'accrocha doucement à la taille d'Alicia, tandis qu'elle accélérait et s'éloignait du centre de la base et de ses soldats.

Alicia marchait aux côtés de Xi, qui lui expliquait les problèmes qu'il rencontrait.

— Ting, je vais être honnête avec vous : ça me rend fou de voir que les gens me connaissent sous un certain jour, parce que je me reconnais à peine dans cette personne qu'ils évoquent. Ils me parlent de choses que nous sommes censés avoir partagé, alors que ça ne me dit rien du tout. C'est terriblement frustrant.

En l'écoutant, Alicia ne put s'empêcher d'éprouver un sentiment d'empathie avec ce que cet homme endurait. Elle connaissait bien ce problème de trous de mémoire, et pour cause; et plus il parlait, plus elle se demandait si elle n'avait pas elle-même subi une sorte de lavage de cerveau. Elle ignorait comment l'Organisation avait réussi à effacer la mémoire de Xi. Elle aussi en tout cas avait toujours ces lacunes qui la gênaient au quotidien, et elle s'inquiétait de leur origine.

L'explication de Mason à propos d'une sorte de multivers, et de ses effets sur ses souvenirs, lui paraissait au mieux douteuse. C'était encore moins crédible que ce qu'ils avaient fait à ce pauvre homme.

Mais elle était ici en mission, et une partie de cette mission consistait à rendre à Xi ce qui lui manquait. On lui avait expliqué que ses souvenirs étaient enfermés derrière des indices verbaux qui fonctionnaient à plusieurs niveaux, un peu comme des solutions d'énigme. Il s'agissait de mots ou de phrases qu'il avait très peu de chances d'entendre dans la vie quotidienne, et elle était sur le point d'employer le premier de ces mots.

— Xi, comprenez-vous l'anglais ?

Il secoua négativement la tête.

— Quelques mots tout au plus. Je n'ai jamais eu besoin d'apprendre. Pourquoi ?

— Il y a un mot en anglais qui est le mot « *providence* » – et qui signifie, sur le plan religieux, la protection de Dieu, ou de la nature en tant que pouvoir spirituel. C'est un concept auquel je pense parfois. Comme si une puissance supérieure veillait sur nous. Je crois que ce qui nous arrive – que ce soit la perte de mémoire, ou un événement tragique – n'est pas le fruit du hasard. Je crois qu'il y a une raison à tout. Qu'en pensez-vous ?

Xi s'arrêta de marcher et fixa le sol. Il cligna des yeux à plusieurs reprises sans parler.

Elle lui toucha l'arrière du bras et demanda :

— Est-ce que ça va ?

Il fut comme agité par un frisson ; puis il hocha la tête.

— Oui, ça va. J'ai juste eu une sensation étrange, comme si j'étais déjà venu ici ; comme si j'avais déjà parlé avec vous... mais peut-être n'était-ce pas vous. Toute cette situation me paraît étrangère et familière à la fois.

Il fronça les sourcils et se remit à marcher.

L'effet du mot-clé était à la fois dramatique et de peu de portée, semblait-il. Alicia ne savait pas trop à quoi s'attendre, mais après tout, peut-être qu'un simple sentiment de déjà-vu était bien le résultat escompté. Elle songea au deuxième mot et demanda :

— Vous êtes-vous toujours imaginé faire carrière dans l'armée ? Ou bien aviez-vous d'autres ambitions quand vous étiez plus jeune ?

— Je ne me souviens pas du tout de mon enfance.

Il grimaça, et le sillon entre ses sourcils se creusa.

— Quand j'essaie de m'en souvenir, j'ai l'impression d'imaginer quelque chose. Non, attendez... je me souviens de la pêche. C'est juste que... non, je n'en suis pas sûr. Désolé.

Alicia ressentit une pointe de culpabilité à pousser l'homme à se débattre avec des souvenirs qui paraissaient à sa portée, mais lui échappaient finalement. C'était une sensation qu'elle ne connaissait que trop bien.

— Vous savez, reprit-elle, quand j'étais enfant, je voulais être comme mon père. Il était « *maçon* » ; il a construit la maison de notre enfance.

Xi émit une espèce de grognement, en même temps qu'il plaçait ses mains sur les côtés de sa tête et serrait la mâchoire.

— Qu'y a-t-il ? demanda-t-elle.

Xi posa un genou à terre, manifestement en proie à une douleur intense.

— Ma tête. Il y a quelque chose... qui cloche.

Sa voix était tendue. Son esprit s'emballait, visiblement.

Alicia s'en voulait terriblement de devoir lui faire subir cela. Elle devait faire vite maintenant, l'empêcher de souffrir inutilement. Elle se pencha vers lui, et murmura la troisième et dernière formule codée : « *Chris Xiang* ».

Xi en eut le souffle coupé, et il serait tombé face contre terre si Alicia n'avait pas saisi ses épaules pour l'aider à garder l'équilibre.

Il avait fermé les yeux ; sa respiration était saccadée, et il transpirait abondamment.

— Xi, est-ce que ça va ? Vous m'entendez ?

Il resta sans réaction pendant trente bonnes secondes.

Alicia posa sa main sur sa poitrine ; son cœur battait follement. Elle n'avait jamais senti un pouls aussi rapide. Elle ignorait ce que l'Organisation avait fait exactement à cet homme, mais cela paraissait inhumain – indépendamment du fait qu'il était censé s'être porté volontaire pour cette mission.

— Xi, vous m'entendez ?

Ses paupières papillonnèrent, et il secoua la tête.

— Vous êtes là ?

Il ouvrit les yeux ; ils étaient injectés de sang. Il la fixa ; son menton tremblait.

— Xi était mon frère, dit-il. Je m'appelle Chris.

Il s'effondra dans les bras d'Alicia, et se mit à pleurer. Des sanglots déchirants d'angoisse, tandis que Xi – non, Chris – parlait de la mort de son frère.

— J'ai senti sa mort dans ma poitrine. Je l'ai sentie sur cette plage où j'ai échoué.

Alicia ne savait pas quoi faire face aux pleurs de l'homme. Elle lui frotta doucement le dos en émettant des petits bruits apaisants, comme si elle réconfortait un enfant.

— Ça va aller, dit-elle.

— C'était mon frère jumeau.

Il tremblait de tout son corps cette fois, sous le coup d'un chagrin inimaginable.

Des jumeaux. Bien sûr. Toutes les pièces du puzzle se mettaient en place. Elle comprenait mieux les rapports des services de renseignements. Les commentaires de Mason et Brice. Tout faisait sens à présent. L'Organisation avait réussi à placer un jumeau à un poste important pour la sécurité nationale chinoise. Sans doute n'aurait-elle jamais toutes les réponses aux questions qu'elle se posait, mais du moins venait-elle de mettre la main sur cette agaçante petite pièce de puzzle qu'elle commençait à désespérer de trouver, et qui permettait de comprendre l'essentiel. Oui, c'était logique.

Elle essuya le visage de l'homme avec sa manche. C'était assez étrange pour elle de materner quelqu'un qui était plus âgé qu'elle.

Il fallut plusieurs minutes à Chris pour parvenir à contrôler son chagrin. Il finit par serrer Alicia dans ses bras, et lui murmurer un « merci » sincère.

Elle lui tapota maladroitement le bras et lui sourit.

— Ça va mieux à présent ? Vous vous souvenez de tout ?

— Oui, dit-il. Même des souvenirs fantômes laissés par mon frère.

Il se releva et secoua la tête.

— Mais je suis encore loin d'aller bien.

Il regarda autour de lui, et ajouta d'un air sinistre :

— Nous devons réduire cet endroit en cendres.

DIX-SEPT

L a nuit était tombée, et il était tard. Alicia se trouvait avec Chris Xiang dans les quartiers privés de ce dernier. Le bâtiment était silencieux, tout le monde ayant finalement décidé de débrancher les lignes téléphoniques et d'éteindre les téléphones portables. L'astuce de Brice avait fonctionné encore mieux que prévu, incitant toute la base à s'isoler. Mais, et maintenant ?

Alicia s'installa devant le petit bureau qui se trouvait dans la chambre du faux colonel, Chris, qui s'assit lui-même sur le bord de son lit, et lui sourit.

— Qu'est-ce qui vous fait sourire ? demanda-t-elle.

Il haussa les épaules.

— Je me disais juste que c'est une chance que le deuxième officier de la base ait sa propre chambre. Dans le cas contraire, nous nous serions retrouvés avec des lits superposés, et au moins une demi-douzaine de camarades de chambre. Quelle heure est-il ?

Elle regarda son téléphone, probablement le seul de la base qui n'était pas éteint, et dit :

— Bientôt minuit.

Ils avaient déjà parlé tactique avant de regagner le bâtiment, sachant qu'ils ne pouvaient pas écarter la possibilité que la chambre de Chris soit équipée d'un dispositif d'écoute. Leur objectif à présent était de détruire le contenu des fioles volées à La Nouvelle Arcadie, et d'essayer de ficher le camp sans se faire capturer ou tuer. Rien n'était moins sûr, mais la première chose à faire, de toute façon, était d'attendre minuit.

C'était l'heure où la garde de nuit prenait son tour, et où il y avait par conséquent moins de chance de croiser du monde sur la base.

Chris souleva son matelas, et récupéra sur le sommier un grand couteau de chasse qui ressemblait d'assez près à celui que Rambo avait rendu célèbre. Il le tendit à Alicia, manche en avant, mais elle secoua la tête, souleva un pan de sa veste, et lui montra sa propre arme dans son étui.

— Vous savez vraiment vous servir de ça ?

Alicia lui lança un regard venimeux.

Il leva les mains et sourit.

— Hé, je pose la question, c'est tout, se justifia-t-il, l'air penaud.

Il fixa à sa ceinture le fourreau du couteau de chasse, sortit le couteau, puis le remit en place.

— Je suis prêt, dit-il.

Alicia se leva à son tour et hocha la tête.

— Je vous suis.

S'efforçant de ne pas prêter attention au bruit du générateur diesel qui ronronnait à proximité, Alicia cherchait à déchiffrer ce qui était écrit sur l'un des sacs d'engrais de vingt-cinq kilos stockés à l'intérieur du hangar. Elle fit signe à Chris d'approcher. Celui-ci se tenait à l'extérieur, surveillant un véhicule qui patrouillait dans le périmètre de la base.

— Hé, venez ici une minute, demanda-t-elle. J'ai arrêté d'apprendre le chinois à l'âge de dix ans ; il y a un tas de mots écrits sur ce sac que je ne reconnais pas. Dites-moi quels sont les ingrédients que l'on trouve dans cet engrais ?

Chris se pencha au-dessus du sac, tandis qu'Alicia éclairait avec la lampe torche de son téléphone la composition imprimée.

— C'est un engrais azoté composé de calcaire broyé, de fumier de vache, de sulfate de calcium, de granulés de dolomie, de nitrate d'ammonium et d'urée.

Il se tourna vers elle et lui demanda :

— Êtes-vous certaine que cela va marcher ? Je croyais vous avoir entendu dire que le virus devait être brûlé à plus de cinq cents degrés pour avoir une chance d'être éliminé ?

— Selon toute vraisemblance, ce qui a été volé n'est pas un virus, mais en fait une sorte de protéine. J'ai peut-être abandonné mes études supérieures, mais j'ai passé près de six ans dans l'une des meilleures écoles du monde, et je me souviens très bien de mes cours de chimie organique. Si nous parvenons à faire fondre le nitrate d'ammonium contenu dans cet engrais et à déclencher une réaction en chaîne exothermique, l'explosion devrait faire monter la température à plus de mille six cents degrés.

— De quelle quantité avons-nous besoin ?

Alicia leva les yeux ; elle aperçut à bonne distance les sombres contours d'un grand bâtiment ; puis elle reporta son regard sur la palette.

— Je pense qu'il y a environ soixante sacs sur cette palette, ce qui représente environ 1,5 tonne d'engrais.

Elle compta les palettes, et reprit :

— Dix palettes, soit environ quinze tonnes d'engrais riche en azote. Je dirais que nous avons besoin de tout, histoire de mettre toutes les chances de notre côté.

Chris écarquilla les yeux.

— De tout ?

— Oui. Je préfère ne prendre aucun risque : on parle de quelque chose qui a un taux de mortalité de cent pour cent. Je ne suis pas physicienne, encore moins mathématicienne, mais je pense que l'onde de choc que cela produira fera de ce bâtiment une espèce de grenade géante. Une chose est sûre : mieux vaudra ne pas traîner dans le périmètre quand ça explosera.

Elle fronça les sourcils, et ajouta :

— La question est de savoir comment nous allons transporter tout ça... (elle pointa du doigt le bâtiment à une centaine de mètres de là)... là-bas.

Chris tourna la tête en direction d'un véhicule de patrouille qui approchait. Il sourit et dit :

— Voyons si nous pouvons obtenir un peu d'aide.

Il fit de grands mouvements avec les bras, pour essayer d'attirer l'attention du soldat au volant au moment où il allait passer à côté d'eux.

Les freins du véhicule crissèrent, et la voiture s'arrêta en dérapant.

Chris fit signe au conducteur, et cria :

— Approche, camarade.

Le soldat descendit du véhicule, moteur en marche, et s'approcha d'un air perplexe.

Alicia reconnut le caporal, celui qui lui avait peloté les fesses à son arrivée à la base.

Le soldat ouvrit de grands yeux en l'apercevant à côté du colonel.

— Monsieur, comment puis-je vous aider ?

Chris désigna d'un geste le hangar d'approvisionnement ouvert.

— Nous avons besoin de vider ce hangar pour une cargaison qui arrivera demain matin à la première heure. Connaissez-vous quelqu'un qui sait faire fonctionner le chariot élévateur ?

— Monsieur, je sais comment faire, et je me ferais un plaisir de vous aider, mais je suis de patrouille en ce moment. Je peux le faire après mon service, si ça vous convient ?

— Non, vous ne m'avez pas compris : il faut que ce hangar soit vide *à la première heure demain matin.*

Il pointa du doigt le baraquement le plus proche.

— Réveillez quelqu'un, et demandez-lui de vous remplacer pour la patrouille pendant que vous vous occuperez de ça. J'ai besoin que le contenu de ce hangar soit déposé dans la zone de réception du bâtiment de recherche et de tactique, compris ?

— Compris. Autre chose, monsieur ?

Chris hocha la tête.

— Oui. Assurez-vous que les deux réservoirs de carburant des générateurs sont pleins. Je ne veux pas prendre le risque d'une coupure d'électricité, surtout dans ce bâtiment.

— Considérez que c'est fait, monsieur.

— Rompez, caporal.

Chris retourna au soldat son salut, et le regarda filer vers le baraquement.

Alicia hocha la tête d'un air approbateur.

— Bien joué ! murmura-t-elle en anglais. Et pour la manuten-tion, et pour le plein des réservoirs des générateurs. Je suppose que vous n'avez pas de minuteurs pour déclencher les explosifs, et que vous ne voyez personne qui pourrait les mettre en place ?

Chris haussa les épaules.

— Mon frère aurait pu s'occuper de ça, mais je n'ai gardé aucun de ces souvenirs. Je sais où les armes sont stockées en tout cas ; nous allons y jeter un coup d'œil, et on verra ce qu'on peut faire.

À cet instant, du mouvement près des baraquements attira leur attention : c'était le caporal qui ressortait d'un pas pressé du baraquement, accompagné d'un soldat, qui prit le volant du véhicule de patrouille, pendant que le caporal grimpait à côté de lui. La voiture démarra et s'enfonça dans l'obscurité.

— Allons au dépôt d'approvisionnement, et voyons si nous pouvons trouver des explosifs.

Les lumières étaient vacillantes à l'intérieur du petit entrepôt en béton. Alicia fut surprise de le trouver presque vide ; les fournitures y étaient rares, d'autant plus qu'il servait de dépôt d'approvisionnement pour toute une base.

Plusieurs choses attirèrent son attention : des casques de vision nocturne, plusieurs cartons contenant des uniformes, des bottes, et d'autres produits non périssables. Au fond, elle aperçut les premières armes, une douzaine de pistolets. Ce n'était pas exactement ce qu'elle espérait trouver.

Elle attrapa l'équipement de vision nocturne, qui était couplé à un casque ; elle l'accrocha à sa ceinture pour le moment. Elle savait comment elle allait l'utiliser.

— C'est vraiment cet entrepôt qui sert d'approvisionnement à *toute* la base ?

— Je suis surpris qu'il y ait autant de choses, pour être honnête, répliqua Chris.

Il ferma la porte derrière eux et balaya les étagères du regard.

— Il faut se rendre compte à quel point cet endroit est isolé. Il n'y a même pas d'électricité dans ce camp ; tout fonctionne grâce à des panneaux solaires, des batteries et des générateurs. Et, si je ne me trompe pas, il n'y a qu'un ou deux câbles de communication qui arrivent de la ville la plus proche. S'il n'y avait pas une livraison régulière de carburant et de rations de survie ici, il ne faudrait pas un mois pour que cet endroit cesse de fonctionner. D'après les dossiers que j'ai pu consulter, cette base est un projet personnel du général et de son commandant en chef à Pékin. Il fonctionne avec un budget serré. C'est en partie pour cela qu'il est à Pékin, pour obtenir des fonds supplémentaires sans éveiller trop de curiosité pour la base elle-même.

— D'accord, je vois le topo, dit Alicia.

Elle se mit à son tour à scruter les étagères en s'enfonçant dans le bâtiment, à la recherche de tout ce qui pouvait être utile. Elle trouva d'autres pistolets, de fabrication chinoise. Elle repéra deux fusils d'assaut de type « bullpup », à canon court, mais de trop petit calibre pour ce qu'elle avait en tête. L'angoisse commençait à s'emparer d'elle tant le choix était réduit, lorsqu'elle repéra enfin une arme de gros calibre, un fusil massif équipé d'un bipied fixé au canon, et d'un « frein de bouche » énorme. Elle sourit en le prenant en main.

— Ouah, ce truc pèse une tonne !

Chris s'approcha et passa ses doigts sur l'étiquette apposée sur l'étagère.

— Il est indiqué ici qu'il s'agit d'un « fusil de précision de type 10 avec un chargeur de cinq coups, calibré en balles multifonctions de 12,7 mm x 108 mm ». Une arme de sniper.

Alicia réajusta sa prise en main du fusil, qui devait peser une trentaine de kilos, et étudia attentivement sa configuration. Elle appuya sur ce qui semblait être le bouton de déverrouillage du chargeur, qui tomba lourdement dans sa main. Il était rempli de munitions.

— C'est quoi une cartouche multifonction ? demanda-t-elle.

— Ça peut être n'importe quoi, mais heureusement, je vois qu'il y a aussi une description en russe qui a l'air de clarifier un peu les choses.

Chris suivit du doigt le texte russe, qu'il était manifestement capable de lire.

— Il s'agit apparemment de balles capables percer un blindage et d'exploser *après* avoir pénétré le matériau.

— Ça devrait faire l'affaire, dit Alicia en remettant le chargeur en place, et en jetant un coup d'œil dans la lunette de visée. Ce qui compte, c'est la partie percement de blindage, mais c'est pas gagné.

— Comment ça ? dit Chris.

— J'ignore totalement si cette lunette est réglée, et si c'est le cas, pour quelle distance.

Alicia posa le fusil un instant, avant d'ajouter :

— Mais on sera bientôt fixés.

— Génial..., soupira Chris en lui jetant un regard acerbe. Bon, on a le fusil et les munitions.

Il pointa du doigt une caisse en bois sur une étagère du bas.

— Cette caisse, là : il y a écrit « Grenades » dessus en russe.

Alicia se pencha vers la caisse, jeta un coup d'œil à l'intérieur et vit ce qui ressemblait effectivement à des grenades, mais à coque plastique.

— Je n'ai lancé que deux grenades dans toute ma vie, avoua-t-elle, pendant une séance d'entraînement.

— Et comment ça s'est passé ?

Elle renifla.

— Eh bien, je n'ai tué personne, ce qui veut dire, j'imagine, que je me suis bien débrouillée.

— On peut voir ça comme ça, dit Chris.

Il prit une des grenades – elles avaient la taille d'un poing – et hocha la tête.

— C'est un modèle standard. Type 86, grenade anti-personnel hautement explosive.

Alicia fixa l'engin explosif, et dit :

— On dirait des jouets en plastique.

— C'est tout sauf des jouets, mais effectivement la coque est en plastique. Les Chinois ont un modèle légèrement différent de celui des Américains. Le type 86 contient un noyau d'explosif très puissant, et plus d'un millier de billes métalliques de 2,5 mm sont incrustées dans la coque en plastique dur. Ça remplace les fragments de métal que nous avons l'habitude de trouver dans les modèles américains, et franchement, ça fait des dégâts.

Il tapota le côté de la grenade et ajouta :

— Ces minuscules éclats voyagent plus vite et plus loin que la plupart des autres grenades à fragmentation. Toute personne se trouvant à moins de cinq mètres de l'explosion risque tout bonnement de se retrouver transformée en gruyère.

Alicia examina le reste des étagères, mais ne trouva pas d'autres explosifs, ni rien qui puisse réellement leur servir.

— Tenez, équipez-vous.

Chris lui tendit un holster qu'il avait pris sur une des étagères.

Alicia accrocha l'étui à sa ceinture. Chris fit de même, puis lui tendit un des pistolets qui se trouvaient sur une étagère voisine. Alicia examina l'arme, éjecta le chargeur, puis le remit en place.

— C'est un QSZ-92. C'est un 9 mm semi-automatique de fabrication chinoise, avec un chargeur de quinze cartouches.

Il tira sur la glissière et chargea une balle. Puis, tout en regardant Alicia, il rangea l'arme dans son étui.

— Je vous conseille de glisser une balle dans la chambre. Si vous devez tirer, dans une situation tendue, la demi-seconde que cela vous prendra pour le faire, peut être la demi-seconde de trop. Croyez-moi, je sais de quoi je parle.

Alicia s'exécuta, et enclencha la sécurité, avant de ranger son arme dans son étui.

— Je tiens le fusil de précision ; vous portez la caisse de grenades, dit Chris. Si quelqu'un nous arrête, ça aura l'air moins bizarre si c'est moi qui ai le fusil.

Alicia grogna en soulevant la boîte de grenades. Elle était beaucoup plus lourde qu'elle n'en avait l'air.

— Ça va aller ? demanda-t-il.

— Oui.

Il déverrouilla la porte et éteignit les lumières.

Ils restèrent un moment dans le noir complet, attendant que leurs yeux s'adaptent à l'obscurité. Ils ne voulaient pas non plus que lorsqu'ils ouvriraient la porte, un flot de lumière se déverse dans la nuit, rendant évident le fait qu'ils sortaient du bâtiment avec un tas d'objets douteux.

Lentement, ils commencèrent à percevoir des nuances dans l'obscurité, signe que leurs yeux s'adaptaient assez rapidement. À un peu plus d'un mètre devant elle, Alicia commença à distinguer la silhouette de Chris.

— Je pourrais me sentir offensée, vous savez ? dit-elle. Après tout, c'est moi qui porte les objets les plus lourds.

— Quoi, vous n'êtes pas au courant ? répondit Chris en étouffant un petit rire. C'est la règle partout aujourd'hui : les hommes ont la galanterie de s'effacer pour permettre aux femmes de leur prouver qu'elles sont meilleures qu'eux.

Alicia sourit et secoua la tête.

— Oh, la ferme, lâcha-t-elle. Passons plutôt à l'action.

Chris ouvrit la porte. Quelque part au loin dans la nuit, ils entendirent le bruit d'un véhicule en approche.

Alicia écarta de son visage des mèches de cheveux trempées de sueur, tandis qu'elle laissait tomber sur le sol, dans l'aile du bâtiment principal consacrée à la recherche, le dernier des gros sacs d'engrais. Cette aile dédiée à la recherche avait été conçue de manière à ce que plusieurs expériences puissent être menées en même temps, tout en étant isolées les unes des autres.

Chacun des laboratoires était relié à un bureau central commun, ce qui conférait à cette aile du bâtiment l'aspect d'une structure en étoile, l'espace de bureau central en étant la plaque tournante.

Alicia jeta un coup d'œil à cet espace central, où se dressait maintenant un énorme tas d'engrais riche en azote.

Chris enfonça à bout de bras dans le tas d'engrais une autre grenade encore, puis grogna en attrapant un lourd jerrycan contenant vingt litres de gasoil, qu'il déversa sur le tas d'engrais.

— On dirait que vous êtes en train de planter des grenades, et que vous les arrosez, dit Alicia en riant.

Il la fixa du regard, et dit :

— Vous réalisez qu'il y a là plus d'engrais que ce que ce type, McVeigh, a utilisé pour faire exploser ce camion piégé à Oklahoma City ?

— Je sais que ça peut paraître étonnant, mais j'ai étudié cet attentat – ou plutôt les matériaux utilisés – en cours de chimie organique. Ce terroriste, McVeigh, s'est servi aussi d'explosifs puissants et de gros barils de mazout.

Alicia avait les yeux qui brûlaient à cause des vapeurs d'engrais, qui sentaient fortement l'ammoniaque. Elle regarda la zone de réception où le soldat avait tout déposé. Elle n'était qu'à quelques mètres, mais il leur avait fallu deux heures de travail éreintant pour porter les sacs d'engrais au centre de la pièce, les vider et répéter l'opération près de six cents fois. Elle se tourna vers Chris, qui manqua glisser en contournant le tas d'engrais imbibé de gasoil.

— La cible est prête ? demanda-t-elle.

— Justement, je voulais voir ça avec vous.

Il lui montra un petit panneau plat sur lequel il avait fixé des grenades à l'aide de ruban adhésif ; puis, désignant la fenêtre située au-dessus des portes de hangar à enroulement de la zone de réception, il lui demanda :

— C'est la fenêtre que vous aurez en ligne de mire. Est-ce une cible assez visible ?

Alicia examina le panneau d'explosifs et haussa les épaules.

— Je ne crois pas que nous ayons le choix. Il va falloir s'en contenter.

Chris leva les yeux vers la fenêtre, puis balaya la pièce du regard.

— À quelle température m'avez-vous dit que le gasoil s'enflammait ?

— Ça dépend du type de gasoil, mais disons qu'entre 60 et 200° C, il commencera à dégager une vapeur capable de capter une étincelle.

Alicia pointa du doigt les palettes et ajouta :

— On pourrait allumer un feu de ce côté de la pièce, qui permettrait de la faire monter lentement en température. Le problème est que ce bâtiment est en béton ; la flamme active ne durera qu'un temps, ce qui ne permet pas d'en faire une source d'inflammation assez fiable. Il nous faut pouvoir sortir de cet endroit, et en même temps mettre en place les conditions nécessaires pour que le gasoil se réchauffe suffisamment et puisse s'enflammer.

Elle montra la fenêtre où les grenades allaient être placées et ajouta :

— Au moins, nous sommes presque sûrs que ces grenades s'en chargeront, à condition que je parvienne à en atteindre une.

Le regard de Chris oscilla entre la porte de service et les palettes.

— Si vous n'arrivez pas à toucher les grenades, est-ce que ce truc va vraiment s'auto-combustionner à une certaine température ?

— Oui, mais...

Sourcils froncés, elle tâcha de se remémorer ses cours de licence.

— Si mes souvenirs sont bons, il faut quelque chose comme 400° C. Je doute que le feu permette à cette pièce d'atteindre une température pareille.

L'agent se dirigea vers la porte de service, l'ouvrit et pointa du doigt l'ombre d'un générateur, qui était pour le moment éteint.

— Je n'y connais rien en chimie, mais j'en sais assez sur l'entretien de ces générateurs pour savoir que la température de l'échappement non refroidi de ces appareils avoisine les 700° C.

— Mais comment savoir à quel moment il va s'allumer ?

— C'est facile, dit Chris. Ces générateurs ne fonctionnent pas 24 heures sur 24, et 7 jours sur 7. Ils fonctionnent juste le temps de charger les batteries qui alimentent le bâtiment, et puis ils s'arrêtent pour un cycle de refroidissement. Il suffit de les mettre en marche manuellement, de déconnecter quelques tuyaux de refroidissement, et d'acheminer les gaz d'échappement brûlants jusqu'ici...

— Oui, ça pourrait marcher. La chaleur générée devrait faire passer le nitrate d'ammonium sous une forme volatile, et... Boom !

— Exactement. D'accord, on résume... On allume un feu là-bas, indiqua-t-il en désignant l'endroit où les palettes étaient empilées près des grandes portes à enroulements. Je mets ensuite le générateur en marche, une fois les gaz d'échappement détournés, et on fiche le camp d'ici.

Il fronça les sourcils.

— Ensuite, vous atteignez votre cible, et cet endroit explose, ou alors... Là, il y a quelque chose qui m'échappe, admit-il.

— Je touche la cible, mais l'endroit n'explose pas tout de suite, ou du moins j'espère qu'il n'explosera pas. Le gasoil s'enflammera parce qu'une partie du carburant aura déjà atteint ce qu'on appelle son point d'éclair. Une fois le carburant enflammé, la chaleur augmentera très rapidement dans le bâtiment, ce qui devrait à un moment donné déclencher une réaction exothermique en chaîne, et donc...

— Et donc... *boum* ?

— Oui, dit Alicia en souriant. Si tout fonctionne comme prévu. Ça devrait marcher. Votre système d'échappement mettra sans doute trop de temps à agir, mais c'est une bonne mesure de sécurité.

Elle jeta un coup d'œil à son téléphone, maculé de toutes sortes de saletés innommables, et demanda :

— Combien de temps vous faut-il pour faire ce que vous avez à faire avec les générateurs ?

— Donnez-moi cinq minutes. Ce sera rapide.

Il désigna un grand ensemble de tiroirs métalliques.

— Il y a là tous les outils qu'il faut. Je vais chercher l'échelle, je colle les grenades là-haut avec du ruban adhésif, et je vous laisse vous occuper du reste.

Alicia sortit le briquet qu'ils avaient trouvé dans l'un des tiroirs du bureau, et s'éloigna du tas d'engrais fumant. Elle regarda Chris ; il était comme elle couvert de la tête aux pieds d'engrais nauséabond. Elle n'avait peut-être jamais été aussi sale de toute sa vie – pas même lorsqu'elle était à la ferme, en terre Amish.

Sous l'effet de l'adrénaline, elle se sentit frissonner ; tous ses sens étaient exacerbés. Elle éprouvait un sentiment d'exaltation comme rarement elle en avait resseenti, alors qu'elle aurait pu trembler de peur tant le danger était réel. Elle savait que dans moins de quinze minutes, elle serait soit morte, soit incarcérée, soit en train de fuir pour sauver sa vie.

Il n'y avait pas d'autres options... et pourtant, c'était cela qui, d'une certaine manière, la libérait. Ses peurs n'avaient pas disparu – peut-être ne disparaîtraient-elles jamais. Mais en comprenant que la peur n'était qu'une émotion parmi d'autres, elle était capable de la contrôler.

Contrôler ses émotions, c'était contrôler le présent. Et même son avenir.

Ou du moins les quinze prochaines minutes.

Elle rassembla les palettes en un gros tas, sourit, et actionna la molette du briquet.

CHAPITRE

DIX-HUIT

Alicia était allongée dans l'obscurité, tandis que Chris se mettait en position. Elle portait le casque rigide doté de l'équipement de vision nocturne. Sa moto était à trois mètres de là, ombre profilée dans la nuit. Elle releva le dispositif de vision nocturne et regarda dans la lunette du fusil. Elle vit le petit carré de lumière dans la partie supérieure droite de la fenêtre du bâtiment, et ajusta son tir.

Elle avait déjà chambré une balle de calibre 50, et la sécurité était désactivée.

Le canon était maintenu au-dessus du sol par le bipied ; Alicia ajusta sa prise en main. Elle n'avait jamais tiré avec un fusil de ce calibre, mais elle priait pour que les leçons d'Esther lui soient utiles maintenant.

Et si elle manquait son coup ? Et si la lunette n'était pas réglée ?

Elle se trouvait à environ cent cinquante mètres du bâtiment. La balle atteindrait sa cible en moins de deux dixièmes de seconde.

C'était quasi instantané... mais il s'agissait d'un semi-automatique. Tout était possible.

— *Prête ?*

La voix chuchotée de Chris lui parvenait de derrière, quelque part dans l'obscurité.

Elle fourra dans ses oreilles les petits morceaux de tissu déchirés et froissés censés faire office de bouchons protecteurs. Puis, comme prévu, elle donna deux coups sur le sol avec le bout de sa botte, tout en restant concentrée sur la cible.

Elle entendit autant qu'elle sentit le piétinement des bottes de Chris, et elle l'imagina en train de reculer pour lancer la première des deux grenades vers l'entrée de la base.

La goupille de la première grenade tomba au sol en émettant un petit tintement métallique, et le monde parut ralentir un instant.

Cinq secondes avant que la première grenade n'explose.

L'œil toujours rivé à la lunette du fusil, elle ajusta à nouveau son tir. La crosse bien calée contre son épaule, elle s'attendait à ce que l'arme ait un recul puissant.

Quatre secondes avant la première explosion derrière moi.

Elle n'avait pas à s'occuper de ce qui se passait derrière ; c'était le boulot de Chris. Mais ce fusil allait faire beaucoup de bruit, songea-t-elle.

Elle avait refait tous les calculs plusieurs fois dans sa tête. Deux dixièmes de seconde pour que la balle franchisse les quelques cent cinquante mètres qui la séparaient de la cible.

Le bâtiment le plus proche, outre les bâtiments ciblés, était un baraquement situé à environ deux cents mètres et qui abritait au moins une centaine de soldats.

Trois secondes.

Il faudrait environ une seconde pour que l'écho de son tir se répercute jusqu'à ce bâtiment.

Si elle parvenait à toucher une des grenades, le son de l'explosion atteindrait le baraquement avant même son tir.

Deux secondes.

Elle aurait le temps de tirer encore une fois sans se préoccuper du bruit.

Elle sentit son pouls jusque dans le bout du doigt qui allait presser la détente.

Une seconde.

À l'instant où elle compta « zéro », entre deux battements de cœur, le réticule positionné en plein sur sa cible, elle appuya sur la détente.

Le coup partit dans un bruit assourdissant ; la bouche du canon émit une sorte de flash, en même temps que la crosse reculait violemment contre l'épaule d'Alicia.

Une explosion retentit en même temps derrière elle, mais là encore, ce fut comme si tout se déroulait au ralenti. L'œil toujours rivé à la lunette, elle eut l'impression de voir la balle filer dans l'air jusqu'à sa cible. Un petit éclat de lumière apparut dans son champ de vision alors que la balle frappait le mur du bâtiment une trentaine de centimètres au-dessus de la fenêtre.

Elle corrigea aussitôt, presque imperceptiblement, son angle de visée, et tira un deuxième coup, consciente qu'elle n'aurait probablement pas une troisième chance.

Une explosion de lumière se produisit alors à l'endroit voulu.

Elle quitta aussitôt sa position couchée, et se releva d'un bond tandis que des explosions se produisaient à différents endroits.

À ce stade, ses oreilles bourdonnaient, et elle n'était plus sûre de rien. Elle abaissa son dispositif de vision nocturne, sauta sur la moto, et la démarra.

Chris bondit sur la selle derrière elle, et lui cria :

— Allez, allez, allez !

La moto s'élança dans la nuit. Le monde avait pris une teinte verdâtre. Elle contourna la barrière, qui était toujours en place, tandis que Chris tirait sur un des gardes qui avait échappé à l'explosion.

Alicia tourna à fond la manette des gaz, et ils franchirent l'entrée de la base.

— Vous avez réussi ! hurla Chris. Je vois des flammes qui sortent de la fenêtre du bâtiment de recherche.

— Là, devant ! s'écria Alicia, tandis que deux soldats en patrouille fonçaient vers eux, arme au poing.

Des balles volèrent dans les deux directions.

Et soudain, la nuit se transforma en jour. L'explosion fut terrible. Alicia, momentanément aveuglée, poussa un gémissement.

Chris laissa échapper un grognement de douleur. La moto manqua d'être projetée sur le côté sous la violence de l'onde de choc.

Parvenant à peine à distinguer ce qui l'entourait, Alicia réussit pourtant à suivre la piste. Elle accéléra sur le chemin de terre jusqu'à ce que le monde s'assombrisse à nouveau. Sa lentille de contact afficha l'itinéraire que Brice avait programmé.

— Accrochez-vous, cria-t-elle à Chris, comme la moto plongeait dans un escarpement.

Ils manquèrent de s'écraser contre un énorme rocher, mais Alicia réussit à rectifier une nouvelle fois sa trajectoire.

La flèche fantomatique qui s'affichait devant son œil lui indiquait le nord, mais elle avait toutes les difficultés du monde à suivre cette direction à travers bois.

— Personne ne nous suit ? demanda-t-elle en criant toujours pour être entendue par-dessus le bruit du moteur, ses oreilles bourdonnant encore.

— Non, dit Chris. Compte tenu de la violence de l'explosion, il ne doit pas rester grand-chose là-bas.

Il dit cela d'une voix cassée, emprunte de douleur.

— Est-ce que ça va ? s'enquit Alicia, inquiète, se souvenant de l'avoir entendu grogner au moment où l'onde de choc les avait frappés.

— Oui, dit-il en s'appuyant contre son dos. Rentrons à la maison, maintenant. Je vais bien, je suis juste fatigué. Concentrez-vous pour nous ramener en un seul morceau, et je vous inviterai à dîner.

Alicia serra les dents jusqu'à ce qu'ils sortent enfin de la forêt, et s'élancent à travers une vaste prairie.

Alicia descendit de la moto, et colla le téléphone à son oreille.

— Brice, nous sommes à la rivière. Chris dit que l'eau est glacée, trop froide pour nager. Il fait encore nuit noire. Et pour autant que je puisse en juger par le reflet de la lune sur l'eau, cette rivière est *très* large. Y a-t-il un pont que nous pourrions emprunter ?

— *C'est le fleuve Amour. Non, il n'y a pas de pont que vous puissiez traverser sans que les Chinois ne vous arrêtent. Mais ne vous inquiétez pas ; gardez simplement les yeux ouverts. Quelqu'un devrait arriver. Je leur ai donné vos coordonnées.*

Chris remonta en boitillant depuis la rive du fleuve. Soudain, Alicia écarquilla les yeux en remarquant une grosse tache sombre sur son uniforme militaire.

— Mais vous saignez ! s'écria-t-elle en se précipitant vers lui pour l'aider à remonter la pente. Brice, Chris est blessé. Et ça a l'air grave.

À cet instant, quelqu'un cria quelque chose en russe.

Chris lui répondit en criant à son tour.

— Quelqu'un arrive par le fleuve, dit-il à Alicia. Allons voir.

— Brice, est-ce que notre contact arrive bien par le fleuve ?

— Oui, Youri travaille pour nous. Il va vous faire traverser. Préve-nez-le pour la blessure de Chris, il saura quoi faire.

Alicia aida Chris à redescendre la pente vers les eaux sombres du fleuve Amour, qui constituait une sorte de frontière naturelle entre la Chine et la Russie.

La batterie de son équipement de vision nocturne avait commencé à montrer des signes de faiblesse, et avait fini par la lâcher complètement à peu près à mi-chemin. Hormis le reflet de la lune sur les eaux noires du fleuve, elle ne pouvait pas voir grand-chose, mais elle perçut un clapotis, qui devenait de plus en plus présent.

Et soudain, elle aperçut le radeau qui s'approchait.

Chris s'affaiblissait. Elle le sentait au fait qu'il s'appuyait de plus en plus lourdement sur elle.

Un homme sauta dans l'eau près de la rive, et offrit son bras à Chris, qui tenait à peine debout.

Deux autres personnes sautèrent du radeau, et en moins d'une minute, Alicia et Chris se retrouvèrent sur la plate-forme flottante. Chris était allongé sur le ventre, tandis qu'Alicia contemplait la nuit étoilée, ses oreilles subissant encore le contrecoup des tirs et des explosions.

Elle ferma les yeux, et la dernière chose dont elle se souvint, ce fut le doux ronronnement du moteur électrique qui les conduisait le long du fleuve vers la liberté.

Alicia était réveillée depuis une trentaine de minutes. On les avait conduits dans un bâtiment isolé, en périphérie d'une ville nommée Obloutchie. Un médecin s'était occupé de la blessure de Chris. Il était inconscient, et sous perfusion. Il paraissait mal en point.

Maintenant que les effets de l'adrénaline s'étaient dissipés, elle sentait tous les bleus et toutes les égratignures qu'elle avait réussi à ignorer jusqu'alors. Elle sentait notamment la meurtrissure lancinante causée par la crosse du fusil et les trois coups de feu qu'elle avait tirés. Mais cela encore, c'était le cadet de ses soucis.

Le médecin se tourna vers elle lui dit dans un anglais approximatif :

— Déshabillez-vous, s'il vous plaît.

— Non.

Elle montra Chris du doigt, et demanda :

— Comment va-t-il ?

Le médecin jeta un coup d'œil à Chris et secoua négativement la tête.

Alicia sentit sa gorge et son estomac se nouer.

— Il est au plus mal, avoua le médecin. Il faut l'opérer. Il a besoin de médicaments.

Puis il pointa du doigt la poitrine d'Alicia.

— Vous avez crié dans votre sommeil pendant qu'on essayait de vous examiner. Laissez-moi voir quel est le problème.

Alicia grimaça en essayant d'ôter sa veste. Le médecin l'aida à s'en défaire avec précaution, ainsi que de son gilet pare-balles et son maillot de corps. La douleur qu'elle ressentait était si intense qu'elle ne voyait même pas de problème à se mettre torse nu devant ce type. Elle n'avait plus d'espace mental pour la pudeur, à ce stade.

— Ça vous fait mal, n'est-ce pas ? Respirez.

Alicia serra les dents, tandis que le médecin appuyait doucement sur ses côtes, en utilisant seulement la pulpe de ses doigts. Il examina ses côtes une par une, l'air impénétrable ; jusqu'à ce que finalement, il hocha la tête et dise :

— Bonne nouvelle. Pas de côte cassée. Vous avez eu beaucoup de chance.

Il ramassa le gilet par-balles et enfonça son doigt dans un trou.

— Quoi, j'ai reçu une balle ? fit Alicia, les yeux écarquillés, en se repassant le moment où elle avait foncé à l'entrée de la base sous le feu des deux soldats.

Chris tirait... Les soldats tiraient...

C'est à ce moment-là que le monde était passé de la nuit au jour, et que le chaos des explosions avait atteint son paroxysme.

C'est à ce moment-là qu'elle avait été touchée.

« — Du Kevlar ?

— Ou quelque chose d'aussi efficace, assurément. »

Mme Yang n'aurait pas pu prononcer paroles plus justes.

Alicia regarda sa poitrine et découvrit l'ecchymose violette, grosse comme un poing, causée par le choc. Sans ce gilet, elle n'aurait probablement pas survécu.

Le médecin parlait, mais sans qu'elle comprenne bien pourquoi, sa voix lui parut soudain lointaine.

La pièce se mit à tourner, et elle sentit que le vieux médecin la rattrapait et l'allongeait doucement sur la table d'examen improvisée.

Et soudain, le monde s'assombrit.

CHAPITRE

DIX-NEUF

Trois jours plus tard

L e chauffeur que Mason avait chargé de la récupérer à l'aéroport la déposa dans le vieux Georgetown. Devant elle se profilait l'enseigne familière, avec l'image du coq et du taureau « Longhorn » se faisant face. Elle surmontait l'entrée du bar miteux connu sous le nom de *Rooster & Bull*.

Alicia sourit en entrant dans le bar ; les odeurs de bière éventée et d'encaustique la saisirent comme à chaque fois. Elle se souvenait d'une époque où ces odeurs l'avaient dérangée, mais après tout ce qu'elle avait traversé, après avoir été couverte d'immondices de la tête aux pieds, c'était comme un parfum enivrant.

Comme toujours, l'endroit était plongé dans une pénombre feutrée et, à sa grande surprise, des clients occupaient certaines tables en alcôve. Derrière le bar, un homme essuyait un verre. Il la salua d'un signe de tête alors qu'elle se dirigeait vers l'arrière de l'établissement.

241

Alicia entra hardiment dans les toilettes pour hommes, et sourit au vieil homme aux cheveux blancs assis sur un tabouret près des lavabos. Il la regarda par-dessus ses lunettes à la John Lennon.

— Ma parole, on dirait que je n'ai plus affaire à la petite fille timorée qui avait peur de son ombre en entrant ici pour la première fois !

Alicia sourit.

— Harold, vous êtes adorable.

— Bah, si vous le dites !

Harold lui tendit une serviette blanche.

— J'avoue que j'espérais vous faire peur un peu plus long-temps, confessa-t-il.

Alicia prit la serviette et entra dans la dernière des trois cabines des toilettes, celle qui portait l'écriteau « Hors service ». Elle ferma la porte derrière elle, plaça la serviette spéciale sur le levier de la chasse d'eau, et tira la chasse.

Le sol descendit aussitôt, et cinq minutes plus tard, elle arriva à la salle où se tenait la réunion de l'AAR – littéralement, l'« ana-lyse après action », ou encore le débriefing post-action.

Une première pour Alicia.

Mason et Brice se levèrent tous deux en la voyant entrer dans la salle.

— C'est bon de vous revoir en un seul morceau, dit Brice en souriant. Comment s'est passé votre voyage ?

— Évitez de me lancer sur ce sujet, vous voulez bien ? répondit Alicia en lui décochant un regard noir. Obloutchie-Irkoutsk, Irktousk-Bangkok, Bangkok-Delhi, et enfin Delhi-Washington. Ce n'est plus un voyage de retour ; c'est une expédition à la Marco Polo !

Mason sourit, l'invita d'un geste de la main à prendre place à la table et dit :

— Asseyez-vous. Nous allons tâcher de faire vite pour que vous puissiez récupérer, et prendre un peu de temps pour vous. Vous l'avez bien mérité.

Alicia se sentit un peu mal à l'aise, leur regard fixé sur elle alors qu'elle faisait le tour de la table et choisissait un siège. Elle n'aimait pas être le centre d'attention. Mais il n'y avait personne d'autre dans la pièce. Elle avait espéré que Lucy serait présente, mais elle était probablement encore furieuse contre elle ; après tout, elle avait ignoré ses conseils en partant tout de même en mission.

Mason regarda Alicia et dit :

— Comme vous le savez probablement déjà, nous faisons presque systématiquement des débriefings post-action à la fin de chaque mission, pour mieux comprendre ce que nous avons réussi à faire, ce qui reste en suspens, et ce qui n'a pas fonctionné comme prévu.

Il se tourna vers Brice.

— Pour commencer, par rapport à l'objectif de la mission, quel est le résultat final ?

Brice sortit une image satellite sur papier glacé et pointa du doigt une tache noire.

— C'est une image satellite qui date d'il y a douze heures. Cette tache noire est l'épicentre de ce qui semble être une puissante explosion. Ce qu'on voit, c'est un cratère d'une soixantaine de mètres de large ; à cet endroit se trouvait auparavant un bâtiment. Il semble d'ailleurs que tout ce qui se dressait dans un rayon de trois cents mètres aient également été détruits. Par rapport à notre objectif initial, je dirais que c'est une mission accomplie.

— Des nouvelles de Pékin ou d'ailleurs concernant cet incident ? demanda Mason.

— On aurait pu en effet s'attendre à une réaction. Mais on n'a rien eu de ce côté-là. Des civils de la ville la plus proche, Yichun, ont appelé les autorités. Apparemment, l'explosion a réveillé plusieurs centaines de personnes, mais à part ça, rien. Nous surveillons toutes les voies de communication. Et si la situation change, j'en serais averti immédiatement.

Alicia fronça les sourcils.

— Quelqu'un sait comment va Chris ?

— Oui, moi, dit Mason. Il est sorti du bloc il y a environ douze heures. Apparemment, il a été touché par un morceau de béton qui est allé se coincer entre ses côtes, sans doute du fait de l'explosion. La bonne nouvelle, c'est qu'il va se rétablir, et qu'il pourra bientôt reprendre ses activités.

Même si elle savait que ce qui était arrivé n'était pas vraiment de sa faute, Alicia ne pouvait s'empêcher d'éprouver une pointe de culpabilité.

— J'ai des questions concernant Chris et ce qui s'est passé, dit-elle.

— Posez-les, dit Mason.

— Toute cette histoire à propos de Chris et de son frère... il y a un tas de choses que je ne m'explique pas. Tout d'abord, comment Chris était-il au courant du travail de son frère, et ce dernier est-il vraiment mort ?

— Eh bien, effectivement, nous sommes dans un cas particulier, qui nécessite de revenir un peu en arrière, répondit Mason, ses doigts tambourinant doucement sur la table. On vous a briefé sur le concept de « candidat mandchou », n'est-ce pas ?

— Oui, dit Alicia.

— Eh bien, pour faire court, Xi et Chris sont des jumeaux monozygotes, parfaitement identiques, nés en Chine. Peu après leur naissance, leurs parents se sont installés aux États-Unis. Ce sont des universitaires, et tout ce que je peux dire, c'est que l'un d'eux travaille pour l'Organisation, et que les deux enfants ont participé à une expérience. Ils ont été marqués avec des émetteurs à rafales, ce qui nous a permis de faire avancer certaines de nos recherches concernant ce que l'on appelle aujourd'hui le processus du candidat mandchou.

« L'un des parents a décidé de retourner en Chine, et a littéralement disparu du jour au lendemain avec l'un des enfants. Cet enfant, évidemment, c'était Xi. Au fil des ans, nous nous sommes procurés des datagrammes occasionnels des schémas cérébraux des deux garçons, bien qu'aucun d'entre eux n'en ait été conscient.

Alicia écoutait bouche bée. Elle allait poser une question, mais Mason leva la main avant qu'elle puisse le faire.

— Laissez-moi d'abord répondre à votre question. Pendant des années, nous avons rassemblé des données, dans un pur objectif de recherche. Cela nous a aidé à comprendre et à déchiffrer comment les souvenirs fonctionnent et sont stockés dans le cerveau. Attention, n'allez pas croire que nous étions en possession des secrets les plus profonds ou les plus sombres de l'un ou de l'autre ; ce n'était pas le cas. Il s'agit plutôt d'un album d'images ou de pensées. De temps en temps, nous recevions une nouvelle image. Une nouvelle série de sentiments déconnectés de l'image en question. C'était assez aléatoire.

« Puis Xi est entré dans l'Armée populaire de libération – plus précisément au MSS, l'équivalent chinois du KGB, de la CIA et de la Stasi réunis. Dès lors, nous avons pu augmenter la fréquence des transmissions, mais seulement dans une certaine mesure. Nous avons recueilli ce que nous pouvions, et même réussi à suivre Xi à Taïwan, aussi bien la première que la dernière fois qu'il s'y est rendu.

« Quand il a été tué – cette dernière fois justement – étant donné que nous étions capables de transmettre des souvenirs d'une personne à une autre, nous en avons introduit des fragments de souvenirs de Xi dans la tête de Chris.

— Et cela sans qu'il puisse se souvenir qui il était, c'est

bien ça ?

Mason acquiesça.

— C'était pour le protéger. Au fil des années, nous avons découvert comment verrouiller les souvenirs, afin que personne d'autre ne puissent les extraire, à moins bien sûr d'avoir la bonne clé.

Alicia fronça les sourcils.

— C'est pour ça que je ne me souviens pas de certaines choses. Je sais que vous avez mis ça sur le compte de cette histoire de multivers, mais...

Mason secoua la tête et sourit.

— Non, ce n'est pas comme ça que ça marche. Nous n'avons pas la capacité de découper des morceaux de souvenirs et de les mettre à l'abri. C'est une sorte de tout ou rien. Peut-être qu'un jour nous serons capables de faire ce que vous décrivez, mais ça n'est pas encore le cas aujourd'hui.

Alicia ne savait plus ce qu'il fallait croire ou non.

Brice se tourna vers Mason.

— Le multivers ?

Mason balaya la question d'un geste.

— Lucy va bien ? J'ai perdu contact avec elle après Taïwan.

— J'ai appris ce qui s'est passé, dit Mason en souriant. et croyez-le ou non, après que vous ayez fini par l'envoyer balader, la « femme Dragon » m'a reproché votre comportement. C'est moi qui ai essuyé les plâtres, comme on dit.

Il rit.

— Cette femme me déteste vraiment.

Il reporta son attention sur Brice.

— Autre chose de votre côté ?

— Nous essayons toujours d'obtenir des Taïwanais qu'ils s'expliquent sur leurs expérimentations. Évidemment, nous savons pour les prions, mais je pense que tout ça leur a fichu une telle frousse qu'ils ont détruit tous les documents concernés.

Brice haussa les épaules.

— Je reconnais avoir échoué de ce côté-là, mais étant donné les circonstances, je ne sais pas ce que j'aurais pu faire différemment. C'était une série d'événements... exceptionnelle.

— Bah, c'est comme ça, dit Mason. Avec eux, c'est toujours exceptionnel.

Il regarda Alicia de l'autre côté de la table, et lui sourit chaleureusement ; il avait l'air sincère.

— Vous avez mérité de prendre le temps de vous rétablir. J'ai lu les rapports ; vous avez été éprouvée physiquement. Mais vous avez probablement évité une pandémie qui aurait pu avoir des conséquences bien pires que tout ce que nous avons connu après Wuhan.

— Je pense que nous avons tous besoin d'un peu de repos, approuva Brice.

— Et le général ? demanda Alicia. Le général Hong ? Nous avons fait exploser son installation, mais quelle que soit sa motivation, il pourrait très bien recommencer.

Mason et Brice échangèrent un regard, puis :

— Vous n'avez plus besoin de vous inquiéter à son sujet.

— Oh. Et pourquoi ça ?

Mason regarda sa montre.

— Il a eu un accident il y a dix heures. Un accident fatal, je le crains.

Alicia secoua la tête, cherchant à comprendre.

— Un accident fatal ?

— Je vous ai parlé de notre devise officieuse, vous en souvenez-nous ? demanda Mason.

Alicia secoua la tête.

— Si c'est faisable, nous agissons. Il y a des choses que nous faisons pour l'amélioration de notre société et du monde qui nécessitent inévitablement de faire des choix que personne dans l'organigramme des gouvernements actuels ne se risquerait à autoriser. C'est une faiblesse de nos gouvernements ; cette incapacité, souvent, à dire « faites ce qu'il faut », même quand cela s'impose. Si Chris n'avait pas été touché par les débris de l'explosion, il aurait disparu pendant un jour ou deux, le temps que la poussière soit complètement retombée ; et puis il serait revenu à la base, et il aurait lui-même éliminé Hong. C'était le but. Mais, en fonction des événements, nous nous adaptons pour parvenir à nos fins, d'une manière ou d'une autre. Alicia, envoyer quelqu'un pour faire le sale boulot est bien plus facile que vous ne le pensez. Surtout pour l'Organisation. Nous avons des agents entraînés pour ça. Vous vous entraînerez pour ça. Parfois, prendre une vie permet d'en sauver des millions.

— Mais...

Il leva la main pour l'interrompre. Brice, de son côté, n'avait cessé de hocher la tête pour manifester son approbation en écoutant les propos de son patron.

— Laissez-moi vous poser une question, Alicia. Le monde est-il plus sûr sans Hong ? C'est une question simple. Oui ou non ?

— Oui, répondit sans hésiter Alicia.

Et elle le pensait vraiment. Mais l'assassinat...

— C'est aussi notre avis. Vous avez dit vous-même qu'il y avait un risque qu'il tente de relancer un programme du même type. C'est vrai. Nous en sommes arrivés à cette conclusion il y a plusieurs semaines déjà. Et nous nous sommes occupés du problème. Parce que c'est ce que fait l'Organisation. Elle agit quand elle le peut. Vous comprenez ?

— Oui, dit Alicia.

Même si dans son esprit, rien n'était aussi simple.

Mason se tourna vers Brice, et enchaîna :

— Très bien. J'ai besoin de voir une partie de tout ça couché dans un rapport que je pourrai partager avec les gars de Washington. Ils réclament une mise à jour. Fournissons-leur une version aseptisée. Évidemment, rien sur le général pour l'instant.

— Quand on croit en avoir terminé…, soupira Brice.

Mason recula sa chaise de la table.

— Rien n'est jamais tout à fait terminé dans ce boulot, conclut-il.

Puis il regarda Alicia, avant d'ajouter :

— Jeune fille, vous avez maintenant une idée assez claire de ce que nous faisons ici. J'espère que vous êtes prête.

— Rassurez-moi tout de même : ce n'est pas toujours comme ça ?

Mason et Brice se mirent à rire, comme si c'était la chose la plus drôle qu'ils aient jamais entendue.

Ils se levèrent et quittèrent la salle.

— Hé, je suis sérieuse…, s'écria Alicia. Ce n'est pas toujours comme ça… pas vrai ? *Pas vrai ?*

À cet instant, son téléphone vibra. Elle jeta un coup d'œil au numéro qui s'affichait, et faillit s'écrier « Papa ! » en prenant l'appel.

— *Salut, ma grande. Je voulais juste te dire que je serai de retour au pays plus tôt que prévu, probablement la semaine prochaine. J'ai appris que tu viens de rentrer de Taïwan. Comment ça s'est passé ?*

— Hum…

Elle imagina la crise que piquerait son père s'il apprenait ce qui s'était réellement passé.

— Ça a été, éluda-t-elle. Mais dis-moi, je suis curieuse, quand tu es en mission, tu ne fais pas toujours des choses complètement dingues, genre empêcher la fin du monde ou je ne sais quoi ? Hein ?

Levi se mit à rire. Puis :

— Oh, désolé, je dois y aller. Je suis soulagé de savoir qu'il ne t'est rien arrivé… Ne fais rien de dangereux, d'accord ?

— Papa ?

La communication fut coupée.

Rien de dangereux ? Alicia étouffa un petit rire, et secoua la tête.

Si seulement il savait.

NOTE DE L'AUTEUR

NOTE DE L'AUTEUR

Voilà, c'est la fin de *La Nouvelle Arcadie*. Nous espérons sincèrement que vous avez apprécié cette histoire.

C'était la première fois, mais certainement pas la dernière, que Steve et moi écrivions à quatre mains. Nous tenions à avoir une section de ce livre dans laquelle nous pourrions nous présenter, vous donner un petit aperçu de qui nous sommes, de la manière dont nous avons conçu ce livre, et de la direction que nous avons prise pour cette série qui a pour personnage principal Alicia Yoder.

Nous sommes des auteurs avec chacun une liste assez longue de livres à notre actif, mais avec des parcours différents, et même assez souvent des centres d'intérêt différents. Mais je pense que la façon la plus simple de nous présenter est de plonger dans le vif du sujet. Commençons donc par la partie Rothman du duo Rothman/Diamond.

J'ai commencé à écrire un peu par hasard ; je veux dire par là qu'il y a plusieurs années de cela, j'avais pris l'habitude de raconter des histoires à mes deux jeunes garçons à l'heure du coucher. Ces histoires spontanées sont vite devenues assez élaborées et, pour rester cohérent, j'ai commencé à les coucher sur le papier. C'est comme cela que j'ai glissé peu à peu vers l'écriture et l'édition.

Concernant mon parcours professionnel, j'ai travaillé durant la majeure partie de ma vie dans diverses disciplines de l'ingénierie, après une formation dans les sciences dures. J'ai également passé la plus grande partie de ma carrière dans des entreprises de la Silicon Valley en tant que concepteur et inventeur. Au cours de cette longue carrière, j'ai voyagé dans le monde entier, et vu beaucoup de choses qui contribuent à donner une certaine couleur à mon travail. Mon écriture a naturellement évolué pour se concentrer sur des histoires qui font la part belle à la science, aussi bien qu'à l'action et à l'aventure.

Mais je vais passer le micro virtuel à Steve afin qu'il puisse se présenter lui-même :

Je crois que j'ai toujours voulu raconter des histoires. Un jour, j'ai regardé d'un peu plus près la bibliothèque de ma mère, et j'y ai vu les noms de Tolkien, Lewis et Brooks. Terry Brooks, en particulier, a attiré mon attention, parce que ses livres paraissaient tellement massifs à côté des autres. Il fallait que je sache de quoi il retournait. J'ai lu *L'Épée de Shannara* à l'âge de dix ans, et puis tout y est passé. Fantaisie, science-fiction, westerns et polars. Et sans que je sache trop comment, tout cela m'a conduit à l'horreur. Le résultat de toutes ces lectures ? J'adore les mystères et les thrillers.

Mon parcours est assez atypique. Je suis comptable de métier. J'ai vécu au Mexique pendant un an. J'ai été responsable de publication, critique de livres, directeur artistique et éditeur. J'aime le sport presque autant que j'aime cuisiner au barbecue. Pour ce qui est de l'écriture, j'aime me concentrer sur les personnages – sur ce qu'ils aiment, détestent, espèrent et craignent. J'aime créer des personnages qui « résolvent des problèmes », comme Repairman

Jack ou Harry Dresden. J'aime aussi montrer des héros qui se retrouvent poussés dans leurs derniers retranchements. Mais surtout, j'espère que les histoires que j'écris (ou que je coécris !) sont divertissantes.

Les présentations étant faites, passons à la suite.

Mike a connu un certain succès en adoptant une approche inhabituelle dans l'écriture de ses thrillers. Beaucoup ont décrit son travail comme ressemblant à celui de Michael Crichton, dans la mesure où Crichton et lui ont su introduire une science véritablement moderne dans la matrice d'un récit d'action/aventure. On peut dire que Crichton a posé le premier jalon de ce qui allait devenir un genre connu sous le nom de technothriller. C'est en discutant avec Steve que l'idée d'unir leurs talents leur a paru à la fois improbable, excitante, et peut-être porteuse de nouveauté.

Tous deux aiment l'idée d'écrire des histoires à suspense, et alors que l'approche de Mike comporte une bonne dose de science et d'intrigues internationales, Steve a le don de mettre en avant le côté sombre de la nature humaine, et d'introduire des éléments paranormaux.

La question était : allions-nous être capables de faire en sorte qu'un lecteur de thrillers apprécie un livre qui repousse les limites de la science ? Nous en avons très vite été convaincus.

Une autre question a surgi alors : comment combiner nos forces respectives en tant qu'auteurs, pour produire quelque chose qui stimulera encore plus le public ? Au fur et à mesure que cette série se développera, vous verrez apparaître des éléments qui mettront à l'épreuve vos idées préconçues sur ce qui est réel et ce qui ne l'est pas. Se pourrait-il que ce que nous croyons être le fruit de notre imagination soit en fait des éléments de la réalité scientifique ? Pourrait-on « sciencifier », pour employer un néologisme, un roman contenant ce que nous avons toujours considéré comme des éléments paranormaux, et percer le voile flou qui sépare l'imaginaire de la réalité ? Nous pensons en être capables ; il ne reste qu'à voir si cela fonctionne comme prévu ou non.

Cette histoire n'est que le début d'une longue série centrée sur le personnage d'Alicia Yoder. Même si chacune de ces histoires se déroule dans notre monde, à notre époque, et qu'elle met en scène les mêmes personnages, vous découvrirez vite que les intrigues sont indépendantes les unes des autres. Cela signifie que chaque livre développe une histoire autonome, avec un début et une fin, mais les lecteurs de la série pourront apprécier l'évolution du personnage principal et de ceux qui gravitent autour de lui.

Un petit avertissement, et un petit aperçu, pour conclure : à partir du deuxième livre, nous introduirons un nouveau personnage appartenant à l'univers d'Alicia, Bagel. Un personnage qu'il ne faut pas sous-estimer, mais c'est tout ce que nous dirons à son sujet, pour l'instant.

Nous espérons prendre beaucoup de plaisir à écrire cette histoire, et nous espérons que vous apprécierez le voyage... qui s'annonce tumultueux.

Merci d'avoir lu *La Nouvelle Arcadie*. Nous espérons vous retrouver pour la suite.

Mike et Steve

Si vous souhaitez être tenu au courant de nos derniers travaux, vous trouverez ci-dessous les liens qui vous permettront de vous inscrire sur nos listes de diffusion.

M.A. Rothman : https://mailinglist.michaelarothman.com/new-reader

Steve Diamond : https://authorstevediamond.com/newsletter/

P.S. : Vous n'avez tout de même pas cru que nous allions vous présenter un mystérieux personnage à venir nommé Bagel, sans vous donner un aperçu du prochain roman de la série ? Vous trouverez dès la page suivante un extrait d'*Opération Emprise*. Nous espérons qu'il vous donnera l'envie de poursuivre l'aventure.

P.P.S. : Même si *La Nouvelle Arcadie* constitue, techniquement, le premier roman d'Alicia Yoder, ce n'est pas le premier dans lequel elle apparaît. Mike a présenté Alicia pour la première fois dans le roman *Multivers*, qui a suscité plus d'un courriel réclamant qu'elle ait sa propre série ; voilà qui est fait ! Pour vous donner un avant-goût de ce roman, nous en avons inclus ici un petit extrait. Nous espérons que vous l'apprécierez.

EXTRAIT DE OPÉRATION EMPRISE

Alicia Yoder se plia en deux sous l'effet de la douleur, s'agrippant à son ventre, bien que cela ne servit pas à grand-chose. Les branches coupées qu'elle avait rassemblées pour leur faire un abri, à elle et à son père, tombèrent sur le sol détrempé par la pluie.

Elle s'appuya contre l'arbre le plus proche et se laissa glisser contre l'écorce. Pendant un instant, elle eut le souffle coupé ; puis, elle reprit deux respirations rapides et saccadées. Ce voyage dans les Catskills devait être l'occasion de tester ses capacités de survie. Au lieu de cela, après à peine huit heures de voyage, Alicia n'était pas sûre de passer la nuit.

La douleur avait commencé un mois ou deux plus tôt. Les nausées ne l'affectaient pas beaucoup ; pas plus que les douleurs dorsales, occasionnelles. Mais tout était différent depuis que ces mêmes douleurs s'étaient déplacées vers son ventre, et étendues à sa région pelvienne.

Des signaux d'alarme retentirent dans son esprit, tandis qu'elle se souvenait de son voyage de retour d'Extrême-Orient, quelques semaines plus tôt, et de l'interminable trajet jusqu'à l'hôpital universitaire de Georgetown, à Washington. La visite avait débouché sur une échographie, qui avait permis de découvrir des tumeurs sur ses ovaires. Cette découverte avait entraîné un scanner, un test sanguin CA-125, et une biopsie.

Lorsqu'Alicia se releva, elle fut prise de nausées et rendit les deux morceaux de pain grillé qu'elle avait avalés de force ce matin-là. *M'en fiche*, pensa-t-elle en s'essuyant la bouche du revers de la main. *Ce pain était dégueu. Qui se fait des tartines avec du pain au levain, de toute façon ?*

Elle inspira plusieurs fois, profondément, et la douleur et l'envie de vomir s'estompèrent. Elle ne voulait pas que son père la voie ainsi. Ne jamais montrer sa faiblesse : elle avait appris cela très jeune dans les rues de Hong Kong, et New York n'avait fait qu'entériner la leçon. Elle ramassa les branches, mais plusieurs étaient cassées à présent, et seraient difficilement utilisables pour confectionner leur abri de fortune. Elle leva son visage vers le ciel, et laissa la pluie crépiter et dégouliner sur sa peau. Cela faisait du bien. Si seulement cela pouvait effacer ses inquiétudes...

Ces maudites tumeurs.

Le médecin lui avait expliqué que le cancer des ovaires chez les femmes préménopausées était rare, mais cela n'avait pas suffi à soulager l'angoisse qui lui rongeait les entrailles. Quelque chose en elle ne tournait pas rond, et elle avait de plus en plus de mal à l'ignorer. Tout ce qu'elle pouvait faire, c'était attendre les résultats des examens.

Les branches lui parurent anormalement lourdes ; et ses bras pesaient comme du plomb. Elle traîna les morceaux de bois jusqu'au campement, sans plus s'en préoccuper. Son esprit n'avait de cesse de la ramener aux examens médicaux, et à leurs résultats redoutés.

Levi Yoder, son père adoptif, avait déjà construit l'armature d'un appentis et allumé un petit feu. Il leva les yeux, et fronça les sourcils en la voyant traîner les branches.

— Alicia, si tu n'es pas capable de prendre au sérieux quelque chose d'aussi basique que cet entraînement, comment veux-tu que...

Mais il s'interrompit, ses yeux bleus au regard perçant l'informant que quelque chose n'allait pas. Il se leva rapidement et se précipita à ses côtés.

— Désolée, papa. Je, euh... Je ne me sens pas très bien. Ça doit être un rhume, ou quelque chose comme ça.

Elle ne lui avait rien dit. Elle ne voulait pas qu'il s'inquiète pour elle quand l'Organisation l'enverrait en mission sauver le monde d'une menace terroriste quelconque, ou de Dieu sait quoi d'autre.

— Hé... hé, viens t'asseoir une minute. Je m'occupe des branches.

Levi aida doucement sa fille à s'asseoir sur le sol moussu de la forêt, puis déposa les branches abîmées sur la structure de l'appentis, formant ainsi un semblant de toit au-dessus de la tête d'Alicia. Puis il partit en courant au petit trot entre les arbres, et revint quelques minutes plus tard avec des branches impeccables qui terminèrent de combler le toit et les côtés de l'abri, empêchant ainsi la pluie de pénétrer à l'intérieur. Alicia sourit malgré l'épuisement, son compagnon le plus fréquent ces derniers temps. Même au mieux de sa forme, elle savait qu'il lui aurait fallu au moins vingt minutes pour trouver les bons éléments pour l'abri. Pour son père, ce genre de prouesse était une seconde nature.

Il s'assit à côté d'elle, et fixa les flammes du modeste feu qu'il avait allumé. En temps normal, il n'aurait pas fait cela. *Ne regarde pas le feu*, disait-il toujours. *On ne peut pas se permettre d'avoir la vue brouillée ou affaiblie quand on est dans une situation de survie.* Mais cette fois, il enfreignait la règle pour lui apporter un peu de réconfort, créer un peu d'intimité là où il n'y en avait pas vraiment.

Alicia se pencha et posa sa tête sur son épaule ; elle l'aimait pour la gentillesse qu'il lui avait toujours témoignée, à elle et à ses frères et sœurs. Elle essuya une larme avant qu'elle ne roule sur sa joue.

— Merci.

Elle sentit son sourire sans avoir à le regarder.

— Je suis comme toi ; je n'ai pas envie d'être trempé jusqu'aux os en dormant cette nuit.

Elle secoua doucement la tête, mais ne répondit rien. Ils savaient tous les deux que ce n'était pas pour cela qu'elle le remerciait. Mais il avait ce qu'on appelle du tact – surtout lorsque cela concernait la famille. C'était une qualité dont elle voulait s'inspirer à l'avenir.

— Comment ça se passe à l'Organisation ? voulut savoir Levi, changeant de sujet.

L'Organisation était une agence gouvernementale qui n'existait pas officiellement, mais qui dépendait bien du gouvernement. Enfin, en quelque sorte. Levi effectuait des missions occasionnelles pour eux, et ils venaient tout récemment de recruter Alicia. Elle sourit, se souvenant de la première fois qu'on lui avait présenté le siège américain de l'Organisation, à Washington. Elle avait eu l'impression de se retrouver au quartier général des *Men in Black* – si ce n'est que l'Organisation, à sa connaissance, n'avait rien à voir avec les extraterrestres. Elle le regrettait, car cela aurait rendu les choses bien plus intéressantes.

— Ma période d'évaluation de six mois est presque terminée. Ils ont soi-disant accéléré le traitement de mon SF-86. Je devrais obtenir mon habilitation Top-Secret d'ici une semaine. Ce sera officiel, mais je n'en vois pas l'intérêt. Ce n'est pas comme s'ils avaient limité mon accès à quoi que ce soit, quelle que soit la classification.

— L'Organisation a ses propres règles, son propre fonctionnement.

— Je peux te demander quelque chose ?

— Je t'écoute.

Il y avait près de six mois maintenant que son père l'avait introduite au sein de l'Organisation, mais cette société de l'ombre restait une énigme pour elle.

— Si j'ai bien compris, l'Organisation a été fondée avant la guerre d'Indépendance. Ses dirigeants tirent les ficelles, et maintiennent notre gouvernement dans le droit chemin...

— Je n'irais pas jusque-là, tempéra Levi.

— Tu ne crois pas aux miracles ?

Il hésita un court instant. Puis :

— Je veux bien accepter un ou deux miracles, dit Levi. Mais garder le gouvernement... comment as-tu dit ? Dans le droit chemin ? Non, ça ne se passe pas comme ça.

Alicia rit, laissant la conversation reléguer ses anciennes inquiétudes au second plan.

— Bon, d'accord, je me trompe peut-être sur des points de détails, mais... tu vois ce que je veux dire ? Un seul exemple : combien de temps faut-il normalement pour obtenir une habilitation « Top-Secret » complète ?

— Deux ans.

— D'accord. Et ils me l'ont accordée en... trois mois ? Avec mes antécédents ?

— Oui, mais n'importe qui pourra faire les recherches qu'il veut, tes véritables antécédents resteront introuvables. J'ai justement « tiré quelques ficelles » en t'adoptant. J'ai fait en sorte que ton histoire, jusqu'à ton adoption, soit soigneusement fabriquée et officialisée.

— Vraiment ?

Alicia n'avait pas réalisé. Après que Levi les avait sauvées, elle et les autres filles, du réseau de trafiquants, elle n'avait pas posé trop de questions. Elle lui était juste reconnaissante pour tout ce qu'il avait fait.

— Eh bien, je l'ignorais, dit-elle, mais... c'est génial. C'est pareil pour les autres ?

— Bien sûr. Mais ce n'était pas ta question. Que veux-tu savoir à propos de l'Organisation ? Je ne sais pas vraiment ce que je peux te dire. J'ignore ce qui se passe réellement dans cet endroit. Je ne suis qu'un sous-traitant, en quelque sorte.

— Pourquoi ai-je besoin d'une habilitation ? J'ai bien compris qu'ils ont leurs propres règles. Ce qui m'intrigue, c'est... quel genre d'événements ont-ils guidé à travers l'histoire ?

Elle hésita un instant, puis :

— JFK... c'est eux ?

Levi laissa échapper un petit rire. Un rire attachant et chaleureux – à son image. Même blotti contre elle dans le froid, devant un maigre feu, il avait l'air de sortir d'une publicité pour une marque de matériel de randonnée.

— Honnêtement, je n'en sais rien, avoua-t-il. Pour ce qui est de l'habilitation, c'est assez facile à imaginer. Même si l'Organisation contourne souvent les règles de classification, tu pourrais te retrouver dans l'équipe d'une autre agence qui exigera des preuves de ton accréditation. Donc, c'est typiquement le genre de chose qu'il vaut mieux avoir.

— Logique, concéda Alicia. Et JFK ?

Levi rit de nouveau.

— Aucune idée. Demande à Mason.

Mason était l'un des directeurs de l'Organisation.

La pluie s'était calmée, et les nuages largement dissipés. On pouvait voir les étoiles. Elles étaient si brillantes ; mais ils étaient loin de la ville. C'étaient comme des balises dans un océan d'obscurité ; Alicia leur trouvait quelque chose de réconfortant.

Elle sentit de nouveau une tension douloureuse dans son bas-ventre. La peur revint chahuter son esprit.

— Je vais aller chercher du bois pour le feu. Pour l'alimenter un peu, dit Levi.

Alicia s'appuya contre la paroi intérieure de l'appentis tandis que son père se levait.

— La journée a été longue, mais elle a déjà permis de tester tes capacités de survie. Tu t'en sors plutôt bien. On va oublier les exercices de nuit pour ce soir ; tu n'es pas assez en forme pour ça. Profitons simplement de la nature. Nous rentrerons en ville au petit matin. Comme ça, tu pourras te préparer pour ton examen final avec Mason.

— Oui. Tu as sans doute raison, reconnut-elle.

Elle se dit que ce qui l'attendait surtout, c'était un message de l'hôpital universitaire de Georgetown. *Ne montre pas de signe de faiblesse.* Elle s'obligea à sourire ; elle savait faire cela mieux que personne.

— Ce n'est pas Mason qui m'inquiète le plus, reprit-elle. Ce sont les psys.

— Tu veux dire les évaluations psychologiques ?

— Deux fois par semaine.

— Souviens-toi : chaque fois qu'ils te demandent si tu dors bien...

—Je sais : comme un bébé.

Il pointa deux doigts vers elle, simulant le canon d'une arme.

— Évite ça, d'accord ? dit-elle.

— Quoi ?

— Plus que le côté paternaliste, me rappeler quel âge tu as réellement.

Il sourit, découvrant une rangée de dents parfaites.

—Je suis jeune de cœur, fit-il valoir.

Il refit le geste du canon en l'accompagnant d'un clin d'œil, avant de s'éloigner dans les bois.

Jeune de cœur. Il plaisantait, mais il n'avait pas l'air d'avoir plus de trente-cinq ans. Alicia savait pourtant qu'il approchait de la cinquantaine.

Elle se laissa bercer un instant par le doux crépitement des gouttes d'eau tombant des arbres sur le toit de branches de leur abri de fortune. Elle ferma les yeux et respira profondément. Ce n'était pas la méditation que son père pratiquait fréquemment, mais cela s'en approchait. Elle n'avait jamais réussi à comprendre comment il faisait pour se couper de tout ce qui l'entourait.

Elle savoura quelques minutes de parfaite tranquillité, avant que la culpabilité ne revienne la titiller. Malgré la douleur et l'épuisement, elle se dit qu'elle n'était pas censée rester là, à ne rien faire, pendant que son père ramassait du bois. Elle se leva lentement et sortit de l'abri. Depuis combien de temps son père était-il parti ? Ramasser du bois n'aurait pas dû lui prendre autant de temps.

Resserrant sa veste autour d'elle, elle partit dans la même direction que Levi. La pluie avait cessé, mais la fraîcheur de l'air de la forêt cherchait à pénétrer chaque interstice de ses vêtements. Ils ne lui allaient d'ailleurs plus comme avant. L'infirmière de l'hôpital qui avait pris ses constantes lui avait dit qu'elle pesait cinquante-six kilos. Alicia n'avait pas réagi sur le moment, mais c'était presque neuf kilos de moins que quelques mois plus tôt. Elle était beaucoup trop maigre à présent.

C'était une raison de plus d'apprécier de se promener parmi les arbres des Catskills, songea-t-elle. Ils ne la jugeaient pas. Ils ne la regardaient pas avec pitié ou commisération à cause de son passé. La forêt ne lui rappelait pas les allées claustrophobes et les lits crasseux qui avaient fait partie de sa vie dans la rue. Les arbres ne se souciaient ni de son passé, ni de son présent, ni de son avenir. Ils existaient, tout simplement.

Elle marcha pendant près de dix minutes, cherchant à repérer des traces de son père. Une empreinte occasionnelle dans la boue, ou une branche fraîchement cassée, guidaient ses pas. Levi ne dissimulait pas ses traces, ce qui était étrange de sa part. Alicia se demanda s'il n'était pas plus inquiet pour elle que pour lui, et s'il ne profitait pas de cette promenade pour s'éclaircir les idées. Elle ne savait jamais ce qu'il pensait. Ils n'étaient pas liés par la moindre goutte de sang, et pourtant, à bien des égards, ils se ressemblaient plus que des parents par le sang.

Soudain, elle entendit un murmure de voix un peu loin et s'arrêta derrière un grand sapin. Puis, elle continua d'avancer, se déplaçant d'arbre en arbre en direction des voix. À mesure qu'elle s'approchait, la conversation murmurée se transforma en deux voix distinctes. L'une d'elles était celle de son père. L'autre voix, elle ne l'avait jamais entendue auparavant.

D'après le ton employé par Levi, il était évident qu'il était contrarié ou agité par quelque chose.

— Narmer, répondez simplement à ma question : que faites-vous ici ?"

— Quoi, un homme ne peut-il pas profiter un peu de la nature ? Levi, vous savez à quel point j'aime la forêt.

C'était une voix d'homme. Un homme âgé. Et... assez étrangement, il y avait quelque chose de « flou » dans cette voix, un peu comme si elle venait d'ailleurs. Pourtant, le Narmer en question paraissait étrangement enjoué. Alicia avait un don pour les voix. Elle était capable de saisir une intention, de juger une personne juste en entendant sa voix... cela l'avait sauvée plus d'une fois lorsqu'elle était enfant.

— Non, dit Levi. Pas vous. Pas après toutes ces années. Ne me faites pas le coup du type qui aime la forêt...

Elle s'approcha, prenant garde à ne pas faire craquer la moindre brindille sous ses pieds. Dans une petite clairière, son père discutait avec un vieil homme. Levi tenait encore dans ses bras une brassée de bois pour le feu, mais il était en tension, le pied droit en arrière, prêt à réagir à tout moment.

Le vieil homme, quant à lui, affichait un sourire las. Il agita une main dédaigneuse, et s'assit sur la souche d'un arbre abattu. Ses vêtements étaient usés jusqu'à la corde, mais il ne semblait pas ressentir le froid. Il avait un cache-œil, et il lui manquait la partie inférieure d'une jambe, sous le genou, remplacée par une prothèse en bois. Alicia cligna des yeux. Une vraie jambe de bois. La présence de l'homme n'aurait pas pu paraître plus décalée dans cet endroit... et même de nos jours, songea-t-elle. Il y avait quelque chose d'incongru et d'anachronique chez lui, comme s'il n'appartenait pas vraiment à ce monde.

Il appuya une canne en bois contre l'arbre à côté de lui, et soupira. Puis il leva les yeux vers la cime des arbres, et reprit, d'un ton vaguement nostalgique :

— Vous savez, Monsieur Yoder, là où j'ai grandi, il n'y avait pas de forêts comme celle-ci. Il n'y avait que... du sable et des broussailles. Le sable et les déserts ne sont pas sans beauté ; c'est une beauté plus austère... mais je crois que je préfère cette verdure. Au cours de mes voyages, je peux me vanter d'en avoir vu, des forêts. Je ne m'en lasse jamais.

Il y avait quelque chose dans sa voix qui aiguisait l'attention d'Alicia. Elle songea à l'un des personnages de *Men in Black*, et sentit un frisson lui électriser le bas du dos. Elle s'attendait presque à ce que la peau du vieil homme se détache, et qu'un cafard géant émerge de l'espèce d'enveloppe cutanée qu'il portait.

— Je vous le redemande : que faites-vous ici ? reprit Levi.

L'infirme soupira.

— Je n'en ai plus pour très longtemps en ce bas monde. Je suis venu voir si vous aviez reconsidéré votre place dans l'histoire.

— Ma place dans... c'est une plaisanterie ? Je suis venu ici m'entraîner avec ma fille. Je ne crois pas à toutes vos sornettes ; je vous l'ai dit il y a des années.

— J'ai eu des enfants, moi aussi. Des femmes.

Toujours cette intonation nostalgique.

— C'est une forme de malédiction de survivre à ses épouses et à ses enfants, vous ne croyez pas ? Enfin, je suppose que ce n'est pas toujours le cas. Après tout, les fardeaux et les bienfaits sont souvent les deux faces d'une même pièce, non ?

Sous le coup de la colère, autant que de la frustration et de l'impatience, Levi se raidit en entendant cela.

— Ne me faites pas la leçon sur le sentiment de perte... ni sur les *bienfaits*, dit-il en crachant presque ce dernier mot. Je n'ai pas le temps pour les énigmes, vieil homme. Ma fille ne se sent pas bien, et elle m'attend. Maintenant, dites-moi ce que vous voulez.

— Le temps... oui... Pour la plupart des gens, il est limité. Mais cela ne semble pas être tout à fait le cas pour vous. Et pourtant, vous refusez d'y croire. Ne vous regardez-vous jamais dans un miroir ?

— Je n'ai plus la patience de vous écouter. Ça suffit maintenant.

Levi tourna les talons pour s'éloigner.

— Attendez !

Le ton impérieux de Narmer arrêta son père dans son élan.

— Tenez. Prenez ça.

Il lui tendit un morceau de papier. Un parchemin épais ; Alicia pouvait en voir la texture de l'endroit où elle se tenait. La chose lui rappela les vieux papyrus qu'elle avait vus exposés au Met de New York.

— Je suis ici pour quelques semaines encore. Venez me voir si vous changez d'avis.

— N'y comptez pas.

Son père s'approcha du vieil infirme, et lui arracha des mains le morceau de papier. Puis, Levi parut se calmer d'un coup ; sa colère disparut presque instantanément, remplacée par une vague tristesse. Il s'inclina devant le vieil homme.

— Au revoir, Amar Van.

Puis il dit quelque chose dans une langue qu'Alicia ne reconnut pas, avant de quitter la clairière.

Alicia resta cachée au milieu des arbres, immobile. Son père connaissait visiblement le vieil homme. Il le respectait aussi visiblement, compte tenu de la façon dont il s'était incliné à la fin.

Mais surtout, il s'en méfiait, et c'était sans doute cela le plus important. Qui était au juste ce... Narmer ?

— Vous comptez rester cachée derrière cet arbre toute la nuit, jeune fille ? Allons, faites plaisir au vieil homme que je suis ; venez vous présenter.

Alicia maudit sa légèreté en silence, se demandant ce qui l'avait trahie. Le frottement de son manteau contre l'écorce, peut-être ? Ou bien une brindille qu'elle aurait écrasée sans s'en apercevoir ? Elle avait envie de retourner près du feu réchauffer son corps fatigué, mais sa curiosité pour le vieil homme était plus forte. Elle sortit de derrière l'arbre et s'avança dans la clairière.

De près, Narmer avait l'air encore plus dépenaillé que de loin. Ses vêtements étaient non seulement usés, mais ils pendaient autour de lui comme les lambeaux d'un linceul funéraire. Il tapota le tronc à côté de lui pour l'inviter à s'asseoir. Elle aurait dû s'éloigner. Elle aurait dû s'enfuir. Mais la voix de l'homme avait un étrange effet magnétique, et elle fut comme attirée malgré elle. Elle s'assit à côté de lui.

— Qui êtes-vous ? lui demanda-t-elle. Comment connaissez-vous mon père ?

— J'ai rencontré votre père il y a des années. À l'époque où il se cherchait lui-même. À l'époque où il était encore en deuil de lui-même.

— En deuil ? Comment ça ?

— Il faudra poser la question à votre père. C'est mieux. Mon nom, jeune fille, est Narmer. J'ai eu des centaines de noms au fil des années, mais celui-ci est probablement le plus vrai de tous. C'est celui que j'aimerais porter dans l'au-delà. Et vous, chère jeune fille ?

— Alicia. Alicia Yoder.

Il lui donna une petite tape sur la jambe.

— C'est un plaisir de vous rencontrer, Alicia.

— Comment avez-vous su que j'étais là ?

— Je vous ai entendue respirer.

Alicia étouffa un petit rire incrédule, et, sans prendre le temps de réfléchir, dit :

— Impossible.

— Croyez-moi si je vous dis que vous n'avez aucune notion de ce qui est possible et de ce qui ne l'est pas.

La remarque se voulait critique, mais nullement désagréable. Le vieil homme huma l'air de la nuit ; puis, ses yeux se posèrent sur le ventre d'Alicia.

— Ah, je compatis sincèrement.

— Je ne vous suis pas, dit Alicia.

Mais elle savait très bien à quoi il faisait allusion. Il ne pouvait pourtant pas savoir qu'elle était malade...

— Si vous le dites.

Il lui sourit ; puis son visage afficha un air de curiosité, et il demanda :

— Dites-moi, jeune fille, croyez-vous aux miracles ?

— Je... je ne sais pas. J'aimerais y croire.

Elle hésita. Elle ignorait tout ou presque de cet homme, mais sans qu'elle comprenne trop pourquoi, quelque chose la poussait à continuer à parler avec lui.

— Ce que je crois, c'est que... les gens veulent des miracles. Ils les appellent de leurs vœux, mais... c'est quelque chose qui me paraît insensé.

— Vraiment ?

Elle acquiesça d'un hochement de tête.

— Pour moi, les gens devraient travailler dur. On devrait toujours essayer de faire de son mieux. Travailler pour atteindre son objectif, c'est voir des opportunités s'ouvrir, et donc pouvoir saisir sa chance. Ce que certains appellent des miracles ne sont souvent rien de plus que des opportunités que certains ont su saisir, contrairement à d'autres... Désolée. Je ne sais même pas si ce que je dis a un sens.

— Oh, ça en a un pour moi en tout cas, dit Narmer, qui gardait les yeux fixés sur l'endroit par où Levi était parti. J'ajouterais qu'il y a aussi ceux qui font l'expérience du miracle, mais qui refusent de le reconnaître pour ce qu'il est.

Alicia se tut un instant, fronça les sourcils, puis :

— Narmer, comment connaissez-vous mon père ?

— Votre père est un homme spécial. Il a reçu un don. Je suis certain que vous avez remarqué qu'il est différent de la plupart des hommes ? Dites-moi, Alicia, voulez-vous être spéciale ?

— Non.

Elle avait répondu cela sans la moindre hésitation.

— Être spécial, dans mon esprit, c'est être le centre d'attention, et c'est une chose que je déteste. Si être spécial signifie être capable d'aider plus de gens que je ne le pourrais autrement, alors oui, je veux bien être spéciale. Alors, spécial dans quel sens ?

— Voilà une question qui mérite réflexion, dit Narmer.

Il lui tapota à nouveau la jambe, et dit :

— Mais j'ai déjà assez abusé de votre temps. Retournez donc auprès de votre père. Profitez de ces moments entre père et fille.

Il pointa du doigt son ventre et ajouta :

— Et ne vous inquiétez pas trop. Je suis sûr que tout ira bien.

Il se leva, se retourna, et, la démarche boitillante, disparut au milieu des arbres, sans un mot de plus ni un regard en arrière. *Quel homme étrange*, songea Alicia en le regardant s'éloigner et se fondre parmi les ombres de la forêt.

Puis elle se leva à son tour, et regarda de nouveau dans la direction où le vieil homme avait disparu. Et soudain, l'inquiétude l'envahit. À quoi pensait-elle ? Après tout, il était infirme ; allait-il seulement être capable de rejoindre la route la plus proche ? Elle poussa un soupir, et se lança à sa poursuite.

Elle avait à peine fait quelques pas que, de la même ombre que celle dans laquelle Narmer avait disparu, un petit chat apparut.

Noir comme la nuit, avec des yeux dorés et brillants qui

semblaient s'abreuver à la lumière des étoiles. L'animal s'approcha d'elle, se lova autour de ses chevilles et se mit à ronronner.

Alicia se baissa, le prit dans ses bras, et le serra contre sa poitrine. Il lui parut si petit et si maigre ; il avait l'air affamé.

Au loin, elle entendit son père l'appeler.

Il n'y avait aucun signe de Narmer parmi les ombres des arbres. Pas même une trace de sa jambe de bois. Alicia secoua la tête, déstabilisée, et reprit le chemin de leur bivouac, sans trop savoir ce qu'elle allait dire à son père de sa rencontre avec le vieil homme.

— Alors, comment s'est passé ton petit voyage ?

Alicia haussa les épaules.

— Pas mal. Mais je ne me sentais pas très bien, alors nous l'avons écourté.

— Je me disais aussi. Je te trouve pâlotte.

Rebecca Baker ouvrit le coffre de sa voiture et y déposa le paquetage d'Alicia.

— Tu fais probablement de l'anémie. Tu as besoin de plus de fer dans ton alimentation. Tu as déjà essayé l'argent colloïdal ? Ce truc marche pour tout. Sérieusement. J'en prends pour éloigner la grippe. Je n'ai pas eu d'angine une seule fois depuis que j'ai commencé à en prendre il y a six ans.

Becca était un vrai moulin à paroles, mais Alicia tâchait de ne pas y faire attention. Elle monta dans la vieille Jeep Wrangler de la femme, côté passager, et profita de l'appui-tête pour détendre sa nuque. Becca était sa voisine de palier, et elle se comportait comme une mère poule avec elle. Elle avait perdu son mari de quarante ans au mois de novembre précédent à la suite d'une attaque cérébrale. C'était une femme adorable. Alicia était heureuse de la compter parmi ses rares amies.

Elles sortirent du parking de la gare Acela à Washington et prirent la direction de leur immeuble sur Wheeler. Il n'y avait que quelques heures de New York à Washington par l'Acela Express, et son amie l'avait attendue.

Becca ne cessa de parler durant tout le trajet, comblant chaque occasion de silence par des recommandations de traitements à base de plantes, ses dernières découvertes de recettes, ou comment elle avait découvert une chaîne de télévision qui diffusait le Ray Bradbury Theater. Alicia sourit et acquiesça, mais ne participa pas vraiment à la conversation.

Le chaton se pelotonnait sur ses genoux. La petite boule de poils noire passait son temps à se recroqueviller et à se lover contre elle de cette façon.

— Il est adorable, ce chaton, dit Becca. Je ne savais pas que tu aimais les animaux.

— Je ne les aime pas particulièrement, dit Alicia. Mais celui-là, je l'ai trouvé dans la forêt. Je n'ai pas eu le cœur à le laisser là-bas. Je veux dire… regardez-le.

Elle caressa le chaton derrière les oreilles.

— Ah ça, ce n'est pas moi qui te dirais le contraire. J'adore les animaux. Est-ce que je t'ai dit que j'ai entraîné mon petit caniche à me parler ?

Alicia arqua un sourcil incrédule.

— Sérieusement ? Et comment faites-vous ça ?

— Je te montrerai quand nous serons rentrées.

Le trajet entre la gare et Wheeler Road passa en un rien de temps. Alicia n'y avait même pas prêté attention.

Lorsqu'elle avait rallumé son téléphone après l'atterrissage, elle avait reçu un appel en absence et un message de l'hôpital. Elle n'avait pas encore eu le courage de l'écouter.

— Quel âge a votre chien maintenant ? interrogea-t-elle

presque mécaniquement, sans vraiment s'en soucier ; plutôt pour ne pas paraître impolie avec son amie.

— À peine deux ans. Enfin... en années humaines. En années de chien ? Je n'en ai aucune idée. Je ne sais pas si je crois à cette histoire de sept ans pour un chien. Non, je ne sais vraiment pas ce qu'il faut en penser.

Alicia sourit, tandis que Becca se lançait dans une histoire à propos d'un article qu'elle avait lu justement à propos de cette histoire de conversion en années humaines pour les animaux. Sa voisine avait une soixantaine d'années. Avait-elle toujours été aussi bavarde ? Alicia grimaça en imaginant son pauvre mari condamné à écouter cela pendant quarante ans.

Elles se garèrent sur la place de parking couverte de Becca et sortirent son sac du coffre. Son amie insista pour le porter jusqu'à l'ascenseur, où elle appuya sur le bouton du troisième étage. La porte s'ouvrit sur leur palier, et Becca se dirigea vers son appartement, le 310. Celui d'Alicia se trouvait de l'autre côté du couloir, au numéro 311. Sa voisine ouvrit sa porte, et fit signe à Alicia d'entrer.

Alicia se sentit déchirée. Soit elle allait chez son amie et continuait de l'écouter palabrer, peut-être interminablement, soit elle rentrait dans son propre appartement pour écouter le message qui l'attendait sur son téléphone. Elle se dirigea vers la gauche, entra chez Becca et s'assit à la table de la cuisine.

Becca avait déjà allumé le réchaud à gaz et mis la bouilloire à chauffer. Son petit chien se dressa sur ses pattes arrière à côté d'Alicia pour essayer de voir le chaton. Remarquant la présence du caniche, ce dernier tendit une patte et lui donna un coup sur le museau. Alicia étouffa un petit rire, et gratta le chien sous le menton pour le consoler. Becca l'avait appelé Brees, en référence à l'ancien quarterback des New Orleans Saints, Drew Brees. Son amie était une fan inconditionnelle de football, mais elle détestait les Washington Commanders.

Quelques minutes plus tard, Becca déposa sur la table deux

mugs remplis de cidre chaud épicé.

Elle s'assit, dévisagea Alicia pendant un long moment, puis fronça les sourcils.

— Tu n'as pas l'air bien. Ça va ?

La question prit Alicia au dépourvu. Son amie était rarement aussi directe.

— Je ne me sens pas très bien, Becca. Je... je suis allée me faire examiner à Georgetown avant de partir en voyage avec mon père. Ils viennent de me laisser un message apparemment, mais je n'ai pas vraiment envie de l'écouter.

— Tu veux que je le fasse à ta place ?

Venant de n'importe qui d'autre, la suggestion aurait pu paraître indiscrète ; mais venant de Becca, elle savait que c'était juste de la pure gentillesse.

— Non, répondit-elle, mais merci. J'apprécie.

Elle but une gorgée de cidre et changea de sujet.

— Alors comme ça, vous entraînez Brees à parler ?

— Absolument. Regarde là-bas. Tu vois ce tapis, avec les boutons qui dépassent ?

Becca pointait du doigt le sol près de la baie vitrée coulissante qui donnait sur son balcon.

Alicia repéra le petit tapis hexagonal en mousse. Il y avait sept boutons qui dépassaient, comportant chacun une image simple.

— J'ai acheté ça sur BabbelPet pour mon petit Breesy. Je n'ai qu'à enregistrer un mot simple pour chacun des boutons, et Breesy n'a plus qu'à appuyer sur l'un ou l'autre pour me dire ce qu'il veut.

Elle regarda son chien et lui montra le tapis.

— Va dire à maman ce que tu veux, Breesy. Dis à maman ce que tu veux.

Au grand étonnement d'Alicia, le petit chien noir s'approcha du tapis en mousse, regarda les boutons comme s'il réfléchissait, puis appuya sur l'un d'entre eux avec sa patte. La voix de Becca

retentit dans le haut-parleur du bouton, prononçant le mot :
« Balle ». Brees leva les yeux, s'attendant à ce que sa maîtresse
réponde à sa demande.

— Ouah, fit Alicia. Ça alors. Que disent les autres boutons ?

— Mon petit chien est incroyable, pas vrai ? Il connaît les mots
« balle », « dehors », « friandise », « maintenant », « jeu », « bâton » et « maman ». Il utilise ce dernier mot pour attirer mon
attention ; et puis, il appuie généralement sur l'un des autres pour
me dire ce qu'il veut. Sur Internet, j'ai vu qu'il existait des tapis
semblables avec une trentaine de boutons ! Sur la vidéo, on voit le
chien tenir toute une conversation avec sa maîtresse.

Plus Becca parlait, plus elle était excitée.

— C'est... réellement impressionnant, dit Alicia.

Son petit chat se tortilla sur ses genoux, puis sauta au sol. Il
s'approcha du tapis et le regarda fixement. Le chaton tapa alors
sur un des boutons, mais rien ne se produisit. Comprenant qu'il
n'avait pas dû appuyer assez fort, il se cabra et abattit ses deux
pattes avant sur le bouton. « *Dehors* ». Brees s'éloigna du chat en
gémissant. Le chaton répéta l'appel : « *Dehors* », et leva les yeux
vers Alicia.

Becca siffla.

— Bah ça ! Tu sais quoi, j'ai un tas de boutons supplémentaires. Je vais te les donner. Brees a du mal avec plus de sept
boutons. Mais peut-être que ton petit chat peut apprendre
quelques mots, lui aussi !

Elle disparut dans le couloir, puis revint avec une boîte contenant deux blocs de mousse hexagonaux, et suffisamment de
boutons pour remplir les trous prévus à cet effet.

— Merci, Becca.

Alicia prit la boîte. Les chats qu'elle avait connus à l'époque où
elle vivait à la ferme étaient des créatures plutôt versatiles ; elle
doutait donc que ce chat utilise réellement les boutons, mais elle
ne voulait pas risquer de vexer son amie.

— Becca, merci pour le trajet en voiture et pour le cidre. Je vais rentrer chez moi et écouter ce message.

— D'accord. Faites-moi savoir si tu as besoin de quoi que ce soit. *De quoi que ce soit*, tu m'entends ? Je suis là pour toi.

— Je sais. Merci infiniment. Je n'ai pas de meilleure amie.

Alicia se leva et la serra dans ses bras. Elle attrapa son sac, puis se baissa pour ramasser le chaton qui était revenu se lover entre ses chevilles. Il était temps d'aller écouter le message qu'elle redoutait depuis des jours.

Alicia fixa son téléphone portable, trop effrayée pour le prendre. À côté d'elle, le chaton s'était recroquevillé sur lui-même, formant un petit cercle presque parfait. Il lui faisait penser à un bagel.

— Je crois que c'est comme ça que je vais t'appeler.

Le chat leva les yeux vers elle, pencha la tête, puis s'approcha pour s'asseoir sur ses genoux. Au bout d'une minute, il était de nouveau en boule, le bout de sa queue enfoncé dans la bouche, ronronnant, les yeux fermés.

— Bagel.

Le chat ouvrit un œil, puis le referma.

— Ce nom te va bien, non ?

Alicia reporta son regard sur son portable et prit une grande inspiration.

Elle attrapa le téléphone et écouta sa boîte vocale avant de changer d'avis.

« Bonjour, ce message est pour Alicia Yoder. C'est le docteur Kim Reynolds. J'ai besoin que vous appeliez notre bureau. Nous avons reçu les résultats de votre biopsie, de vos analyses de sang et de votre scanner. Appelez-nous dès que vous les aurez reçus. »

À la fin du message, Alicia éloigna le téléphone de son oreille et le fixa d'un air incrédule.

— Quoi, c'est tout ?

Elle réécouta le message deux fois, se demandant si elle n'avait pas raté quelque chose.

— Ils n'auraient pas pu me dire ce qui se passe ? Il faut que je les rappelle maintenant ? Bande de crétins.

Sa colère était injuste, et elle le savait. Mais elle s'en fichait. Elle composa le numéro du docteur Reynolds. Au bout de cinq sonneries, quelqu'un décrocha.

— *Ici le bureau du docteur Reynolds. Lance Andrews à l'appareil.*

C'était l'assistant du médecin. Un crétin lui aussi, condescendant comme pas deux.

— Alicia Yoder à l'appareil. Je rappelle le docteur. Elle m'a laissé un message disant que mes résultats étaient arrivés.

— *Oui, elle n'arrivait pas à vous joindre. C'est pour cela qu'elle vous a laissé un message.*

Alicia serra plus fort son téléphone.

— Je n'étais pas en ville.

— *Ah. Eh bien, donnez-moi un moment. Je vais voir si le docteur Reynolds est disponible. Je vous mets en attente.*

Mais la ligne resta active. Alicia entendit des bruits de frottement assourdis, et se rendit compte que l'idiot avait dû oublier d'appuyer sur la touche de mise en attente du téléphone, et qu'il le portait pressé contre lui.

— *Hé, Kim. Alicia... der... tél. Tu veux que je... elle ?*

Alicia ne parvenait à saisir que des bribes de conversation, entrecoupées de frottements. Le cœur battant, elle augmenta le volume de son téléphone au maximum. Elle ne réussit pas à distinguer plus clairement la réponse du médecin.

— *D'accord*, reprit Lance Andrews, *je... à Yoder de venir... main. Voulez-vous que... positive au cancer des ovaires ? OK... lui laisse le...*

Elle n'eut pas besoin d'en entendre davantage. Cinq des mots prononcés lui tombèrent dessus comme la foudre. Positive au cancer des ovaires.

— *Mademoiselle Yoder, vous êtes toujours là ?*

Cancer des ovaires.

— *Mademoiselle Yoder ?*

Alicia fixa le téléphone portable en clignant des yeux d'un air hagard. Elle avait la bouche sèche. L'impression de ne pas pouvoir former un mot cohérent.

— O-oui, répondit-elle.

— *Le docteur Reynolds est au milieu d'une consultation qu'elle ne peut pas interrompre maintenant. Elle vous prie de l'excuser. Elle a besoin que vous veniez demain pour parler de vos résultats. Pouvez-vous vous libérer en début d'après-midi ? 14 heures ?*

— Qu'est-ce... qu'est-ce qui se passe ?

— *Il vous mieux que vous voyiez cela directement avec le docteur Reynolds. Êtes-vous disponible à 14 heures ?*

— Oui.

— *Parfait. Dans ce cas, nous vous verrons demain à 14 heures. D'ici-là, au revoir.*

L'assistant mit fin à la conversation, sans qu'Alicia ne le remarque.

Cancer des ovaires.

Bagel s'agita sur ses genoux, tandis que les larmes ruisselant sur ses joues tombaient sur le chaton. Il leva les yeux vers elle ; des yeux dorés pleins d'inquiétude. Il fourra son nez contre son ventre, comme pour la réconforter.

Elle sélectionna le numéro de son père dans son répertoire. Elle voulut l'appeler, mais s'arrêta net. L'appeler pour lui dire quoi ? Comment réagirait-il en apprenant à la nouvelle ? Plus tard. Elle posa le téléphone, ouvrit son ordinateur portable, et fit quelques recherches.

Au stade deux, le taux de survie du cancer des ovaires à cinq ans était de soixante-dix pour cent.

Au stade trois, il n'était plus que de trente-neuf pour cent.

Au stade quatre, de dix-sept.

Elle ferma l'ordinateur, se pencha en arrière, et ferma les yeux.

Même si elle survivait, il n'y avait aucune chance pour que l'Organisation la renvoie sur le terrain. La chimio lui causerait probablement des effets secondaires permanents. L'Organisation n'enverrait jamais en mission quelqu'un de malade, et elle pouvait comprendre pourquoi. Elle n'était même pas sûr qu'ils la gardent comme simple employée de bureau. Le voudrait-elle seulement elle-même ?

Elle alla dans sa chambre, tenant bagel dans ses bras, et se coucha.

Les larmes inondèrent ses joues, jusqu'à ce qu'elle s'endorme.

Alicia avait toujours entretenu un rapport étrange avec le monde des rêves. Quand elle était plus jeune, elle ne faisait que des cauchemars ; jamais de rêves. Des cauchemars dans lesquels des hommes et des femmes de l'ombre la dominaient, dont elle ne voyait que les yeux rouges et maléfiques. Après avoir été sauvée de cette vie-là, sa vie *d'avant*, les cauchemars s'étaient largement estompés, remplacés par des peurs typiques du monde estudiantin. Des angoisses à l'idée d'échouer à un examen, ou de se retrouver en classe sans vêtements. Des rêves un peu absurdes, mais inoffensifs.

Mais ce soir, les mauvais rêves étaient revenus, comme de mauvais souvenirs.

Ils avaient repris forme. Des tumeurs massives et charnues l'avalaient, petit à petit. Elles devenaient de plus en plus sombres ; elles avaient les mêmes yeux rougeoyants que ceux de ses agresseurs d'autrefois. Elle tenait de les fuir, mais ses pieds s'enfonçaient dans un sol ramolli par le poison du cancer, et qui ne voulait pas lâcher prise.

Et puis elle rêva du vieil homme des bois. Il lui répétait qu'elle ne serait jamais spéciale, et qu'elle n'aiderait jamais plus personne. Ces paroles, bien qu'irréelles, lui firent plus de mal que le cancer.

Elle rêva même de Bagel. Le chaton rampait sur son ventre, le reniflait, le grattait avec ses pattes. Alicia savait qu'il essayait d'atteindre les tumeurs sous la peau et la chair. Dans le rêve, Bagel était une silhouette sombre comme les fantômes de ses cauchemars passés, mais dans ses yeux dorés brillait une lueur d'espoir. Le chat continua à donner des coups de patte sur son ventre nu. Et puis il eut un haut-le-cœur, et vomit sur son bas-ventre. Le vomi ressemblait à de l'or liquide ; il s'animait dans l'obscurité comme une chose vivante.

La lumière du soleil éblouit Alicia, et la réveilla. Elle s'était sentie mal dans les Catskills avec son père, mais ce n'était rien à côté de ce qu'elle ressentait ce matin. Elle avait mal dans tout son corps ; la moindre de ses articulations était douloureuse. Ses muscles aussi la faisaient souffrir, et sa tête lui lançait autant que pendant la pire des gueules de bois.

Bagel lui lécha la joue. Le pauvre devait avoir faim.

Lorsqu'elle sortit du lit et se leva, ses jambes se dérobèrent sous elle. Elle s'effondra sur le parquet stratifié – ce qui n'avait qu'un seul point positif, qui était que le sol était merveilleusement frais.

Elle essuya la sueur de son visage. Elle était fiévreuse. Elle rejoignit le salon en marchant à quatre pattes. Bagel suivait joyeusement à côté d'elle, se frottant contre ses flancs. Alicia ne trouva même pas la force de le chasser. Quand elle arriva près du canapé et de la table basse où elle avait laissé son téléphone la veille, elle attrapa ce dernier et appela Becca.

— *Bonjour, Alicia ! Comment ça va, ce matin ?*

— S'il vous plaît... , fit Alicia d'une voix rauque. Venez... s'il vous plaît...

Moins d'une minute plus tard, sa voisine frappa à la porte. Une fois. Deux fois. Puis elle entra à l'aide de sa clé de secours et se précipita aux côtés d'Alicia. Alicia sentit sa main froide sur son front.

— Oh, tu es brûlante, ma belle. Pas besoin d'un thermo-mètre pour savoir que tu as de la fièvre. Laisse-moi t'aider à t'ins-taller sur le canapé.

Alicia se laissa soulever, et roula sur son canapé. Becca était beaucoup plus forte qu'elle n'en avait l'air. Quelques instants plus tard, elle sentit un gant de toilette frais pressé sur son front.

— Merci, Becca, murmura-t-elle d'une voix éteinte.

— J'ai posé un verre sur la table à côté de toi, avec la paille et tout. Je veux que tu boives ça à petites gorgées. Mais je ne sais pas, il faudrait peut-être que tu ailles à l'hôpital ; tu es brûlante.

— C'est juste un peu de fièvre, dit Alicia. Probablement à cause du cancer.

Becca resta étrangement silencieuse durant un moment qui parut une éternité à Alicia, qui réussit finalement à ouvrir les yeux, mais ses paupières étaient lourdes. Lorsqu'enfin elle y vit de nouveau à peu près clairement, elle trouva Becca assise sur le sol à côté d'elle, lui caressant les cheveux d'une main, et essuyant ses propres larmes de l'autre.

— Je suis tellement désolée pour toi, Alicia. Qu'est-ce que... je veux dire... où ?

— Les ovaires.

— Oh, Seigneur, soupira Becca.

— Rendez-moi... un service.

— Tout ce que tu voudras, ma grande.

Alicia agita une main lasse en direction de son chaton.

— Pouvez-vous donner à manger à Bagel ? Je vous paierai plus tard.

— Bagel, hein ? Ne t'inquiète pas. Je m'occupe de ça tout de suite. Essaie de te reposer.

Alicia n'entendit pas sa voisine partir. Elle passa le reste de la journée à faire des rêves, en proie à la fièvre. Elle transpira dans ses vêtements, pour frissonner peu après sous trois couvertures. Et puis, Becca l'aida à entrer dans la douche, puis à s'asseoir sur le sol carrelé. Elle n'éprouva aucun embarras lorsque sa voisine la déshabilla. Les années passées dans la rue l'avaient débarrassée de ces affectations de pudeur. Elle resta sous la douche pendant près d'une heure.

— On dirait que ta fièvre t'a causé une éruption cutanée, ma grande. Mais c'est un drôle d'endroit pour ça.

Alicia baissa les yeux. En effet, une énorme éruption cutanée couvrait tout son bas-ventre.

Le lendemain, Alicia avait l'esprit plus clair, et se sentit un peu mieux, bien que tout cela fût encore fragile. Elle pouvait marcher ; plus ou moins. Se doucher, heureusement. Becca apporta plus de nourriture pour chat à Bagel, qui faisait de son mieux pour manger deux fois son poids en thon. Le chaton paraissait déjà plus gros que lorsqu'Alicia l'avait vu pour la première fois, mais c'était probablement un effet de la fièvre qui persistait.

Elle appela le restaurant vietnamien du coin, et se fit livrer du pho. Elle avait essayé la soupe au poulet et aux nouilles, et la soupe aux boulettes de matzo, mais aucune ne lui convenait lorsqu'elle ne se sentait pas bien ; aucune n'avait bon goût. Le Pho, en revanche, avait toujours fonctionné. Surtout avec un peu de pâte de chili maison.

En même temps que le reste de bouillon de sa soupe, elle avala plusieurs ibuprofènes et du Tylenol. Elle avait toujours l'impression d'avoir la pire grippe du monde. Elle pouvait à peine bouger sans ressentir des courbatures. Mais le pire, c'était ce bourdonnement d'oreille qui ne voulait pas s'arrêter. Elle avait déjà tiré avec des pistolets ou des fusils sans protection auditive ; elle connaissait bien les acouphènes. Cette fois, c'était la même chose, mais avec des stéroïdes. Le bourdonnement se doublait d'une sorte de réverbération parasite bizarre. C'était si fort qu'elle faillit à un moment ne pas entendre le vibreur de son téléphone, mais elle finit tout de même par attraper son portable, et reconnut le numéro du bureau du docteur Reynolds.

— Merde ! J'ai oublié le rendez-vous.

Elle prit l'appel.

— Oui, Alicia à l'appareil.

— *Bonjour, Alicia. C'est le docteur Reynolds. Nous vous attendions au cabinet hier. J'appelais juste pour voir si tout va bien.*

— Oui. Je suis vraiment désolée, Docteur Reynolds. J'ai attrapé quelque chose. Je suis à peine capable de me lever depuis avant-hier soir. J'ai passé toute la journée d'hier dans le brouillard.

— *Pouvez-vous me dire quels sont exactement vos symptômes ?*

Le médecin était très sérieux. Alicia décela même un peu d'inquiétude dans le ton de sa voix.

Elle but une gorgée d'eau et s'éclaircit la gorge.

— Excusez-moi. Euh... j'ai eu une vilaine fièvre. Des courbatures partout ; vous n'imaginez pas. J'avais même du mal à réfléchir et à ouvrir les yeux. J'ai une migraine qui ne me lâche pas. Et j'ai ce bourdonnement dans les oreilles qui ne veut pas partir non plus.

— Alicia, vous auriez dû demander à quelqu'un de vous conduire à l'hôpital. Surtout dans votre état de faiblesse.

Malgré la douleur, la fièvre, et l'impression générale d'être au trente-sixième dessous, la colère d'Alicia était toujours là.

— Mon état de faiblesse ? Et pourquoi pensez-vous que je suis dans cet état, docteur ? Peut-être que si vous ou votre connard d'assistant arrogant me disiez ce qui se passe avec les résultats de mes tests, je pourrais peut-être prendre de vraies décisions. Alors, qu'en dites-vous, hein ? Vous comptez faire votre putain de boulot aujourd'hui ou pas ?

Mais elle regretta presque aussitôt son emportement. Elle se mettait trop facilement en colère, mais c'était parce qu'elle attendait toujours des gens qu'ils donnent le meilleur d'eux-mêmes. Elle savait pourtant que ce n'était pas en s'énervant contre le médecin qu'elle allait faire avancer les choses. L'image du froncement de sourcils désapprobateur de son père lui traversa l'esprit.

Reynolds l'a bien cherché, tenta-t-elle de se convaincre. Sans grand succès.

À l'autre bout du fil, le médecin soupira.

— Vous avez raison. Je m'excuse. Ecoutez, Alicia, les tests montrent...

— Un cancer des ovaires ? Oui. Dites à votre assistant d'appuyer sur la bonne touche de son téléphone la prochaine fois qu'il met quelqu'un en attente.

Du calme, du calme... et puis, nan ! Que ce connard aille se faire foutre.

— Je vais vous dire, je suis à peu près certaine que la chienne de ma voisine sait mieux communiquer que ce type. Elle appuie sur des boutons avec sa patte, vous voyez ? Ça prononce des mots. Si vous voulez, je peux organiser une séance d'entraînement pour votre singe de compagnie.

— Je... je vais lui parler. Mais, indépendamment de la manière certainement maladroite dont on vous a annoncé la nouvelle... les

résultats sont ce qu'ils sont. La biopsie et les analyses de sang confirment que les excroissances que nous avons trouvées sont malignes. Il s'agit bien d'un cancer.

— A quel stade ? Soyez franche, s'il vous plaît.

— *Le scanner a montré que les tumeurs n'étaient pas seulement sur vos ovaires. Elles se sont propagées et étaient assez grosses pour être repérées par l'imagerie. Cela vous place au stade trois.*

— Donc, moins de quarante pour cent de chances de tenir cinq ans. Quelles sont mes options ?

— *Il y a toujours de nouveaux traitements qui améliorent les taux de survie. C'est pourquoi nous voulions que vous veniez hier. Pour faire le point sur tout cela.*

Alicia nota que Reynolds n'avait pas contredit l'espérance de vie à laquelle elle venait de faire allusion.

— *Nous devons vous faire commencer une chimiothérapie dès que possible. Notre oncologue, le docteur Sandoval, peut s'occuper de tout cela. Je vous suggère de le consulter dès que vous vous sentirez prête à le faire.*

La colère d'Alicia retomba aussi vite qu'elle était montée. Tous ses plans ; tous ses objectifs, ses bonnes résolutions ; tout cela s'était envolé.

— D'accord. Donnez-moi quelques jours pour faire le point. Est-ce que c'est le cancer qui me met K.O. comme ça en ce moment ?

— *Fièvre, nausées, douleurs... tout cela est assez courant. Mais pas vraiment au niveau que vous décrivez. Et pas les bourdonnements d'oreille. Ceci dit, tout le monde est différent. Même si la médecine évolue constamment, nous n'avons pas les réponses à tout.*

— Je comprends.

Alicia ferma les yeux, et poussa un long soupir.

— Désolée, docteur Reynolds. Mais depuis hier...

— *Inutile de vous excuser. Revenez simplement me voir dès que possible.*

Alicia acquiesça et raccrocha. Bagel sauta sur ses genoux, comme s'il était en manque d'affection.

— Qu'est-ce que tu veux, hein ?

Le chat la fixa de ses yeux dorés. Il y avait quelque chose de mystérieux dans ces orbes brillants, qui étaient comme de l'or liquide.

De l'or liquide.

Son rêve lui revint en mémoire, flou d'abord, puis un peu plus clair. Elle remonta sa chemise, se souvenant vaguement que Becca avait parlé d'une éruption cutanée. La peau semblait toujours irritée ; c'était très localisé : au niveau du bas-ventre. Lorsqu'elle posa sa main sur la rougeur, elle sentit que sa peau était chaude. Elle regarda Bagel.

— Est-ce que j'ai rêvé, ou bien…

Elle n'osa même pas formuler le reste, tant c'était absurde.

Un cancer des ovaires au stade trois.

C'était tellement déprimant. Elle s'enfonça davantage dans le canapé. Le monde lui parut soudain si vaste et si insensible. Elle n'était qu'un grain de sable dans le désert.

Seule dans l'intimité de son appartement, où personne d'autre que son chaton ne pouvait voir sa faiblesse, elle céda à la tristesse, et pleura jusqu'à ce qu'elle s'endorme.

Trois jours après que la fièvre lui ait donné l'impression d'être passée sous un rouleau compresseur, elle disparut comme si elle n'avait jamais été là. Alicia se sentit… merveilleusement bien. Pas de douleur. Pas de nausée. Le brouillard qui obscurcissait son cerveau s'était dissipé, comme balayé par un vent océanique puissant. Après avoir été clouée au lit pendant des jours, le monde lui paraissait brusquement lumineux.

Elle s'assit sur le canapé et posa ses pieds nus sur le sol stratifié. Sans qu'elle sache trop pourquoi, la simple sensation du bois sous la plante de ses pieds lui donna le sourire.

« *Manger.* »

C'était la voix de Becca, qui provenait d'un des boutons du tapis BabbelPet.

« *Manger. Manger. Manger. Manger.* »

Bagel frappa à plusieurs reprises avec ses pattes avant sur le bouton du tapis en mousse, et la regarda fixement. Bien sûr… la gamelle du chaton était vide. En seulement trois jours, il avait considérablement grossi. Il semblait avoir doublé de volume par rapport au souvenir qu'elle gardait de lui dans la forêt. Mais ce n'était pas possible. Il devait souffrir d'une grave malnutrition. Peut-être que ce n'était même pas un chaton, mais un chat qui avait désespérément besoin de vingt boîtes de thon. Sans crier gare, des souvenirs de ses sœurs lui revinrent en mémoire. Des souvenirs de leurs corps presque squelettiques après que son père les ait toutes sauvées.

Elle se leva lentement, se redressa avec un sentiment d'étonnement, puis marmonna une petite prière de remerciement à la puissance supérieure qui l'avait débarrassée de ses maux. Elle était à mi-chemin de la salle de bain pour aller prendre une douche lorsque Bagel appuya à nouveau sur les boutons.

D'abord, « *Manger* », puis « *Maintenant* ».

Alicia haussa les sourcils.

— Quoi, mais… sérieusement ? Ça va, ça va, j'ai compris. Je n'ai pas intérêt à faire attendre Son Altesse Royale, à ce que je vois !

Elle se dirigea vers la cuisine d'un pas léger, presque sautillant. Elle ouvrit une boîte de conserve, et démoula le thon dans la gamelle de Bagel. Le chat se jeta dessus, engloutissant tout en quelques secondes, puis il la regarda en se léchant les babines.

— D'accord... il t'en faut une autre, c'est ça ?

Elle lui servit une autre pâtée, que Bagel attaqua aussitôt, mais à un rythme un peu moins vorace.

Son chat occupé, elle se dirigea vers la douche. En sortant, elle prit une minute pour se regarder dans le miroir. L'éruption cutanée avait disparu, et sa peau avait retrouvé une couleur normale, même si l'image que lui renvoyait le miroir faisait apparaître un double d'elle-même toujours trop maigre. Elle tira sur sa peau pour vérifier si elle était sensible. Rien. Hormis la perte de poids, elle était redevenue elle-même.

Des rangées de cicatrices étaient visibles sur le côté gauche de son thorax, comme des hachures, qui la renvoyaient à l'époque où elle était encore dans la rue, victime de la prostitution. Sur son flanc droit, on pouvait distinguer deux petits tatouages. L'un représentait le poney blanc des Deftones, l'autre l'homme aux cornes de bison de Jamiroquai. Elle s'était fait ces tatouages pendant ses études à Princeton, pour se souvenir de la musique qui avait chassé les pensées suicidaires qu'elle avait eues avant que son père ne la sauve de la rue.

Elle se sentait revigorée. Elle allait bien.

Trop bien, peut-être.

Soudain, le bonheur le céda à l'effroi, qui revint la saisir brutalement. Elle avait connu le pire au cours des deux derniers jours. Elle ne pouvait oublier qu'elle était toujours sous le coup d'une véritable condamnation à mort. Oui, elle était en sursis. C'était le calme avant la tempête. Elle se précipita sur son téléphone et appela Reynolds pour prendre rendez-vous avant que les choses n'empirent.

Fin de l'extrait -

Si vous avez apprécié cet extrait, et souhaitez poursuivre votre lecture, voici le lien à suivre : Opération Emprise

EXTRAIT DE MULTIVERS

Michael Salomon se redressa brusquement dans son lit, et se sentit pris de vertiges tandis qu'il clignait des yeux encore lourds de sommeil. Son cœur battait à tout rompre, et il avait du mal à reprendre haleine, les souvenirs brumeux de son rêve quittant à présent son esprit éveillé.

Quelque chose venait de se passer, mais il aurait eu du mal à dire quoi, exactement.

Ce n'était pas un rêve, non. Il ne se serait pas réveillé dans un état pareil. Plutôt un cauchemar...

Il jeta un coup d'œil au réveil sur sa table de chevet. Il était un peu plus de sept heures du matin. Il s'était couché quatre heures plus tôt seulement, mais il avait l'habitude de se réveiller au petit jour. Durant l'année universitaire, c'était le moment où il sautait hors du lit pour aller enseigner la physique à Princeton. Mais les cours étaient terminés ; c'était l'été, et à cette période il consacrait toutes ses heures de veille à ses recherches.

C'était ce qui l'avait tenu éveillé jusque tard dans la nuit. Il avait fait une découverte qui l'avait laissé littéralement en état de choc. Il était un peu plus de deux heures du matin quand il avait quitté ainsi le labo.

L'envie l'avait brûlé d'en parler à quelqu'un. N'importe qui. Mais il était tard, et il aurait été déraisonnable de s'en ouvrir à ses collègues avant d'avoir pu tout vérifier l'esprit clair. Vérifier et revérifier, jusqu'à trois fois, les données ; alors seulement il pourrait risquer sa réputation.

Il sortit du lit et se leva, mais pour se rasseoir aussitôt, pris de vertige. Son corps l'avertissait-il qu'il avait encore besoin de repos ? Peut-être.

Soudain, une odeur de bacon lui chatouilla les narines.

Il ne se souvenait pas s'être préparé du bacon en rentrant du labo. Il était trop épuisé pour faire autre chose qu'aller directement se coucher. Mais quand il ouvrit la porte de la chambre, il n'eut aucun doute sur la nature de l'odeur ; il s'agissait bien de bacon, et les effluves fumés montaient de la cuisine.

Et il y avait autre chose encore.

Quelqu'un fredonnait.

Debout en haut de l'escalier, il était sur le point de hurler qu'il avait une arme, une menace en l'air destinée à faire fuir un possible intrus, mais les mots s'étranglèrent dans sa gorge quand il vit une femme approcher du bas de l'escalier, une grande tasse de café à la main. Elle avait de longs cheveux bruns qui lui descendaient jusqu'au milieu du dos, et un joli teint hâlé. Elle était enceinte, et manifestement le terme était proche.

Maria.

Leur chiot berger allemand, Percy, la suivait comme son ombre, ses griffes cliquetant sur le plancher.

Avant que Michael puisse dire un mot, le visage de Maria s'éclaira.

— Tu es réveillé ! fit-elle en souriant.

Elle leva le mug rempli de café fumant.

— J'allais te monter un café, et te dire que le petit déjeuner était prêt.

Il la regarda à peine, persuadé que ce qu'il voyait n'était pas réel.

Maria lui fit signe de descendre.

— Le bébé commence vraiment à s'agiter, dit-elle en posant une main à plat sur son ventre. Descends. Viens sentir ça.

Le chiot leva la tête vers lui et jappa joyeusement.

Michael sentit que sa peau était moite et glacée, comme s'il était sur le point de perdre connaissance. Mais il réussit à descendre doucement les marches, incapable à présent de détacher son regard de la femme qu'il avait aimée durant presque un quart des quarante-deux années qu'il avait passées sur Terre.

Maria lui prit la main et la posa sur son ventre.

— Tu sens ça ?

Il acquiesça d'un hochement de tête.

— Quel j...

Il s'éclaircit la gorge.

— Quel jour sommes-nous ? demanda-t-il, tandis que Percy gémissait pour attirer l'attention.

— Oh, mon pauvre, tu es à peine réveillé, lui dit Maria.

Elle lui tendit son café, puis gratta Percy sur le haut du crâne.

— On est jeudi. Tu as à peine posé ta tête sur l'oreiller que tu t'es endormi comme une masse. Tu n'as même pas pris le temps de te déshabiller.

Cette partie-là était vraie. Il portait toujours les mêmes vêtements que la veille au labo.

Encore incrédule, il appuya une fois de plus sa main sur le ventre de Maria, et sentit la vie remuer en elle.

Leur bébé.

L'émotion lui noua la gorge. Il eut l'impression que tout en lui menaçait d'exploser.

— Oh, *mi amor*. Qu'est-ce qui ne va pas ?

Maria essuya une larme spontanée qui roula sur la joue de Michael. Elle l'enlaça par la taille.

— Ne t'inquiète pas, ça va passer. Il est arrivé quelque chose de grave au travail ?

Il déposa un baiser sur son front, tandis qu'une tempête émotionnelle faisait rage en lui.

— Je crois que j'ai fait un cauchemar, c'est tout.

— À propos de quoi ?

— Je préfère ne pas en parler.

— Viens, dit-elle en lui prenant la main et en l'entraînant vers la cuisine. Assieds-toi. Je vais servir le petit déjeuner. Je suis sûre que tout ira mieux quand tu auras quelque chose dans l'estomac.

Michael s'assit à la table de la cuisine et regarda sa femme depuis huit ans, enceinte de leur enfant, s'activer dans la cuisine.

Il la regarda, sachant que tout cela était impossible. Parce que dans ses souvenirs était encore présente la cascade d'événements qui avaient mené à la disparition de Maria.

Pour commencer, les complications de sa fin de grossesse. Leur fille née prématurée, qui aurait dû vivre parce que toutes les chances étaient avec elle, mais qui n'avait pourtant pas survécu. Ç'avait été le début de la fin de leur couple, de leur mariage. Il y avait eu les disputes ; les bagarres absurdes, qui avaient laissé des traces. Et puis un jour, Maria était partie, pour ne plus jamais revenir.

Il gardait le souvenir vivace de la douleur qu'il avait éprouvée en se réveillant pour découvrir qu'elle n'était plus là. Elle avait laissé ses vêtements dans la penderie ; sa voiture dans le garage.

Il avait signalé sa disparition à la police. Ils lui avaient rétorqué qu'elle était adulte, et qu'elle avait peut-être juste besoin de prendre du recul.

Mais Maria s'était littéralement *volatilisée*. Elle était sortie de sa vie.

Il y avait des années de cela.

Jusqu'à maintenant.

Et puis, il y avait Percy. Le chiot regardait sa maîtresse préparer des œufs brouillés, agitant furieusement la queue en la voyant en verser un peu dans sa gamelle sur le plan de travail.

Percy était en vie... et c'était encore un chiot. Il avait gémi pendant des semaines après la disparition de Maria. Et puis un jour, il s'était échappé du jardin, et une voiture l'avait renversé et tué.

Mais apparemment, tout cela n'était jamais arrivé.

Tout cela était faux. Ce n'était qu'un cauchemar.

Percy faisait des petits bonds de droite et de gauche, tandis que Maria mélangeait ses croquettes pour chiots avec les œufs. Elle posa sa gamelle sur le sol ; il fondit dessus et dévora sa pitance.

Michael sourit en le regardant faire. Maria était vraiment là, avec lui. Tandis qu'il s'attardait sur la vision de son gros ventre, il dut faire appel à tout ce qu'il possédait de maîtrise de soi pour ne pas s'effondrer en larmes, là, sur la table. Leur fille n'était pas morte. Elle gigotait, bien vivante, dans le ventre de Maria.

Tout allait bien. Les choses étaient telles qu'elles auraient toujours dû être.

Maria posa deux assiettes fumantes d'œufs brouillés et de bacon ; elle se versa un jus d'orange, et s'assit à côté de lui.

Il avala une gorgée de café. Il était chaud, fort et noir ; comme elle l'avait toujours préparé.

Elle regarda avec envie le mug de Michael et soupira :

— C'est ce qui me manque le plus. Mon petit *tinto* du matin.

Tinto : c'était comme cela que les Colombiens appelaient le café noir.

Il sourit, glissa une main sous la table, et caressa délicatement son ventre.

— Ce ne sera plus très long maintenant. Si tu veux, je peux arrêter de boire du café jusqu'à ce que tu accouches.

Maria lui fit les gros yeux.

— Pourquoi, c'est *toi* qui es enceinte ? Ne sois pas idiot. Et puis, le jus d'orange, c'est bon pour le bébé.

Elle but une gorgée, pointa sa fourchette vers l'assiette de Michael et dit :

— Mange, ça va refroidir.

— Oui, m'dame.

Il sourit, et fourra dans sa bouche une grosse fourchetée d'œuf.

Tandis qu'il mâchait pourtant, il eut de nouveau l'impression que quelque chose clochait.

Et puis, Maria lui sourit. Il lui retourna son sourire, et avala une bouchée de bacon.

Tout était parfait.

Il était un peu plus de dix heures du matin. Michael roulait en direction du sud sur l'US-1 pour se rendre au travail, quand il vit s'allumer devant lui une myriade de feux stop. La circulation ralentit, et finit même par être à l'arrêt. Il soupira, ne voyant pas ce qui pouvait causer ce bouchon. C'était une simple autoroute à deux voies ; on y circulait toujours très bien.

— Il a dû y avoir un accident, marmonna-t-il.

Assis au volant, n'avançant plus, il laissa son esprit vagabonder et le ramener à ses expérimentations de la veille. Son domaine de recherche, c'était les particules supraluminiques, également connues sous le nom de tachyons – un domaine très spécifique qui occupait l'un des plus sombres recoins de la relativité restreinte. Et il y avait à cela une bonne raison : personne n'avait jamais réussi à mettre en évidence un tachyon. On était là dans l'hypothétique, en pleine science-fiction.

La principale caractéristique des tachyons était de se déplacer plus vite que la lumière. Or, s'il y avait bien une chose que tout le monde comprenait – ou ne comprenait pas, au contraire – à propos de la théorie révolutionnaire d'Einstein, c'était que *rien* ne peut aller plus vite que la lumière.

Ce n'était pourtant pas tout à fait vrai.

Pour être plus précis, Einstein a dit que rien de ce qui, initialement, se déplace moins vite que la lumière, ne peut être accéléré au point de dépasser la vitesse de celle-ci. D'où, évidemment, cette question : les tachyons peuvent-ils exister ?

Jusqu'à la veille au soir, cette question était restée sans réponse.

Un crissement de pneus derrière lui le tira brusquement de ses divagations. Il jeta un coup d'œil dans son rétroviseur intérieur, et vit une vieille Cadillac faire des embardées, apparemment incontrôlable. Il n'y avait aucune voiture derrière lui, et la Cadillac folle était à moins de quinze mètres de l'emboutir.

Tout lui parut ralentir à cet instant. Il vit l'expression paniquée du conducteur qui luttait pour tenir le volant de sa voiture large comme un bateau. Le véhicule partit en queue de poisson, ses pneus dégageant une épaisse fumée blanche.

Michael se recroquevilla sur son siège pour absorber le choc.

Et... la Cadillac s'arrêta net à côté de lui, après avoir fait un tête à queue. Le conducteur était littéralement à portée de main.

Dans des circonstances normales, Michael se serait probablement mis à pester contre l'homme qui avait failli l'emboutir, à lui envoyer une bordée de jurons, et même à en inventer de nouveaux pour faire bonne mesure. Mais il tremblait sous le flot d'adrénaline qui s'était déversé dans ses veines, et il comprit qu'il ne réussirait pas à formuler une phrase cohérente. Le monde tournoyait ; il crut un instant qu'il allait vomir.

Il avait besoin de rassembler ses esprits.

Il tourna son volant pour emprunter la bande d'arrêt d'urgence, roula sur quelques dizaines de mètres, avant d'obliquer et de se retrouver sur le parking d'une sorte de complexe médical. Une enseigne indiquait « Centre orthopédique Rothman », mais il y prêta à peine attention. Il avait juste besoin de respirer un peu.

Il se gara, descendit de voiture, et inspira lentement, profondément. Il avait l'impression que le sol penchait. Il n'avait encore jamais perdu connaissance, mais il était certain d'être à deux doigts de l'évanouissement.

Il s'agrippa à la portière de la voiture pour garder l'équilibre, ferma les yeux, et se concentra sur sa respiration.

Une image s'imposa à son esprit : celle d'un grand champ verdoyant.

Mais c'était plus qu'une image ; c'était une vision limpide comme du cristal ; c'était comme s'il expérimentait un rêve vu à travers l'objectif d'une caméra.

Il vit un homme au loin qui s'agenouillait. Par réflexe, Michael s'avança vers lui, mais plus il s'approchait de la silhouette, plus son angoisse augmentait.

L'homme était dans un cimetière, agenouillé devant une tombe.

Michael sentit sa respiration se bloquer. Il reconnut l'homme qui se trouvait devant lui.

C'était... *lui.*

Mais pas exactement lui, ou plutôt une version plus âgée de lui-même. Il était plus maigre. Trop maigre. Ses cheveux avaient grisonné. Il portait une vilaine barbe.

Puis Michael regarda la pierre tombale, et son sang se glaça dans ses veines.

Felicia Batsheva Salomon

Nous ne t'avons eue qu'une journée, mais sache ceci : si l'amour avait pu te sauver, tu aurais vécu éternellement.

Sous l'inscription se trouvaient deux dates : naissance et décès. C'était la même date.

Et cette date, c'était... celle du lendemain.

Michael se gara dans l'allée en faisant crisser ses pneus. Il bondit hors de la voiture et se précipita dans la maison.

— Maria ! hurla-t-il.

Pour toute réponse, il entendit le chien aboyer dehors.

Le cœur battant, il courut jusqu'à la baie vitrée qui donnait sur le jardin, et l'ouvrit précipitamment.

— Maria !

— Chéri ? Je croyais que tu partais travailler ?

Maria était assise sur un transat, à l'ombre du parasol du patio. Elle fronça les sourcils, cherchant à comprendre.

Il s'élança vers elle, lui prit la main et la serra dans les siennes.

— Bébé, comment te sens-tu ? Ça va ?

Elle haussa les épaules.

— Comment je me sens ? Eh bien, enceinte jusqu'au cou. La routine, quoi. Mais le bas de mon dos me fait souffrir aujourd'hui. Je pensais que me détendre sur ce transat m'aiderait, mais... non. Qu'est-ce que tu fais à la maison ?

La question le prit de court.

— Je... je voulais que tu voies ton médecin. Je vais te conduire là-bas. Je trouve que tu es... beaucoup trop fatiguée.

— Aujourd'hui ? J'ai déjà un rendez-vous de prévu demain.

Il tenta de sourire.

— Fais-moi plaisir. Ton boulot, c'est d'être enceinte, et le mien de m'inquiéter, d'accord ? Je veux juste être certain que tout va bien pour toi et Felicia.

À contrecœur, Maria le laissa l'aider à se relever lentement.

— Je n'ai même pas eu le temps de me doucher aujourd'hui.

— Ça, tout le monde s'en fiche. Fais-moi plaisir. S'il te plaît.

— Bon, d'accord, fit-elle en roulant de grands yeux. Mais laisse-moi au moins le temps de me changer.

Il planta un petit baiser sur son front.

— Ça marche.

L'échographiste enduisit de gel lubrifiant la membrane de son transducteur, et plaça ce dernier sur le ventre de Maria.

— Très bien, dit-elle, jetons un coup d'œil à cette petite puce, et prenons quelques mesures.

Maria agrippa la main de Michael, tandis que le haut-parleur de la machine à ultrasons retransmettait le bruit du battement de cœur rapide du bébé. Elle se tourna vers l'échographiste et demanda :

— C'est le battement de cœur de Felicia ?

— Absolument. Felicia : c'est un très joli nom. Ça veut dire « sourire » en espagnol, non ?

— Presque. C'est plus proche de *feliz*, qui veut dire heureux.

L'échographiste continua de déplacer la sonde sur le ventre de Maria d'une main, tout en pianotant sur le clavier de la machine et en jouant avec la souris de l'autre.

— Vous avez déjà choisi un deuxième prénom ?

Maria sourit à Michael.

— Ce n'est pas tout à fait décidé, mais j'ai pensé à Batsheva. C'était le prénom de sa grand-mère ; elle nous a quittés il y a peu. Qu'en penses-tu, chéri ?

Michael acquiesça d'un hochement de tête, mais un frisson lui glaça l'échine. C'était le nom qu'il avait vu sur la pierre tombale.

Felicia Batsheva Salomon.

L'échographiste s'arrêta brusquement et leva la sonde ; aussitôt, l'écran devint noir.

— Attendez-moi un moment, dit-elle. Je reviens vous voir avec le Dr Sakata.

Bien que sa voix fût calme, Michael décela de l'inquiétude sur le visage de la femme, tandis qu'elle se levait de son tabouret et quittait la pièce.

Il sentit la main de Maria prendre la sienne et la serrer.

— Je ferais bien de demander à Sakata ce que je pourrais prendre pour soulager le bas de mon dos. Je ne me vois pas tenir encore huit semaines comme ça.

Michael lui sourit tendrement, mais intérieurement, il était angoissé. Qu'est-ce que l'échographiste avait bien pu voir ? Ils n'étaient pas censés avoir de surprise au début du huitième mois ; ça roulait tout seul normalement à ce moment-là. Du moins, c'était ce que disaient tous ces foutus bouquins sur la grossesse que Maria l'avait poussé à lire.

La porte s'ouvrit, et le Dr. Sakata entra.

— Monsieur et madame Salomon, bonjour. Bon, nous faisons un petit contrôle de routine, si j'ai bien compris. Avez-vous eu des métrorragies ou d'autres symptômes récemment, qui vous ont poussée à venir consulter aujourd'hui ?

— Des métrorragies ? Vous voulez dire, comme des saignements ? Non.

Maria désigna Michael d'un geste du pouce.

— Mon mari était juste inquiet. Il a voulu que je vienne vérifier que tout allait bien. Le seul nouveau symptôme que j'ai, c'est une douleur dans le bas du dos. Mais je suppose que c'est assez classique.

Le médecin s'assit sur le tabouret.

— Bon, nous allons voir ça.

Tandis qu'il passait la sonde sur le ventre de Maria, l'écran à ultrasons montra différentes structures qui ne disaient absolument rien à Michael. Il regarda pourtant attentivement les images, ses yeux allant de l'écran au visage du médecin, et inversement, cherchant à repérer une réaction particulière.

Sakata s'arrêta sur une image floue qui ressemblait à toutes les autres, cliqua sur sa souris, et fit un grossissement. Il inclina légèrement l'angle du transducteur.

Le bruit sourd du battement de cœur du bébé résonna dans la pièce.

— Vous cherchez quelque chose en particulier ? demanda Maria.

Le médecin la regarda.

— Vous dites que vous avez mal au dos ?

Elle hocha la tête.

— Oui, c'est pire aujourd'hui. Normalement, je ne dors pas sur le dos, mais je me suis assoupie comme ça tout à l'heure.

Elle regarda Michael, serra sa main et lui envoya un baiser.

Sakata agrandit différentes parties de l'image et cliqua plusieurs fois encore sur sa souris, déclenchant l'impression d'un document qui sortit par une fente à l'avant de la machine. Une minute après, il souleva le transducteur, le nettoya, et essuya également le ventre de Maria avec une petite serviette blanche moelleuse.

— Bien, dit-il, commençons par le bébé. Elle ne paraît aucunement être en souffrance ; son développement est tel qu'il doit être pour un âge gestationnel de trente-deux semaines. Tout est normal. Mais vous avez bien fait de venir aujourd'hui.

Sakata leva une des images et pointa du doigt quelque chose qui était difficile à distinguer.

— Maria, vous avez un hématome rétroplacentaire mineur. Ça signifie que le placenta s'est partiellement décollé de la paroi utérine.

Maria en eut le souffle coupé.

— Qu'est-ce que ça veut dire pour le bébé ?

Ses yeux se remplirent de larmes, et elle serra très fort la main de Michael.

— Comme je l'ai dit, c'est mineur. Mais je préférerais vous garder jusqu'à demain pour pouvoir faire quelques examens. Nous devons faire un bilan de chimie sanguine du bébé pour nous assurer qu'elle a toujours tout ce dont elle a besoin. Il est probable que les examens seront bons, mais vous devez tout de même vous préparer tous les deux à la possibilité d'un accouchement prématuré.

Tout ce que Michael voyait à cet instant, c'était la date de naissance sur la pierre tombale. Il dit, d'une voix qui lui parut lointaine :

— Mais elle n'a que trente-deux semaines...

Sakata agita doucement sa main à plat dans le vide, et leur sourit d'un air rassurant, mais sans grand succès.

— Un fœtus qui atteint trente-deux semaines de gestation à quatre-vingt-quinze pour cent de chance de survie. L'important est que vous soyez ici, et que nous soyons au fait du problème. Je vais vous prescrire de la bétaméthasone prénatale ; il s'agit de corticostéroïdes, qui vont aider les poumons du bébé à arriver à maturation avant un possible accouchement prématuré.

— Vous croyez que l'accouchement aura lieu plus tôt ? demanda Maria d'une voix tremblante.

Sakata sourit, et cette fois son sourire parut sincère.

— Nous ferons tout ce que nous pourrons pour garder cette petite dans votre ventre le plus longtemps possible. Nous nous préparons juste à d'autres éventualités.

Il se pencha en avant, tapota le pied de Maria, puis reporta son regard sur Michael.

— Je vais demander à l'infirmière de vous donner une liste de choses à rapporter de la maison. Je vais appeler pour faire admettre votre femme aujourd'hui, et pour qu'on lui fasse tous les examens nécessaires.

— Combien de temps devrai-je rester ? voulut savoir Maria.

— Au moins jusqu'à demain matin. Nous en saurons plus à ce moment-là. S'il s'agit d'un problème qui nécessite un traitement immédiat, nous nous en occuperons. Mais il se peut très bien qu'une surveillance étroite et du repos alité suffisent.

— Quand vous dites « repos alité », c'est *à la maison* ? demanda Michael.

Sakata hocha la tête.

— Si les choses sont stables, alors oui.

Il leur adressa un regard plein d'empathie.

— Je sais que ce n'est pas ce que vous auriez souhaité entendre. Mais au moins, nous sommes au courant maintenant, et vous êtes pris en charge. En attendant d'en savoir plus, évitons de nous inquiéter pour des problèmes qui peut-être ne se poseront même pas.

Le médecin parti, l'image de la tombe revint aussitôt hanter l'esprit de Michael.

Il se pencha et donna un baiser à Maria.

— Ça va aller, dit-il.

— M-merci, balbutia Maria, le souffle tremblant.

— Merci de quoi ?

Elle se mit à pratiquer les techniques de respiration qu'elle avait apprises durant un de ses nombreux cours prénataux.

— D'avoir été parano aujourd'hui, répondit-elle. Tu as probablement sauvé le bébé.

Michael se pencha à nouveau et serra Maria dans ses bras afin qu'elle ne puisse pas voir l'inquiétude qui se lisait sur son visage. Il voulait la croire, croire le médecin, se dire que tout allait bien se passer.

Mais il n'y parvenait pas. Il n'arrivait pas à détacher ses pensées de la vision obsédante de la date de naissance gravée dans le marbre, qui était aussi la date du lendemain.

Naissance... et décès.

Sa peur ne retomberait qu'une fois la journée du lendemain passée sans encombre.

Ce n'est qu'une vision, pas une prophétie.

Il tint sa femme étroitement enlacée, et s'efforça d'y croire.

Michael se tenait au-dessus de la couveuse de Felicia, fixant le bébé né seulement huit heures plus tôt. Les dernières trente-six heures avaient été les plus pénibles qu'il ait jamais vécues. Maria avait passé la nuit à l'hôpital en observation, et ce matin-là encore tout allait parfaitement bien. Il était même question qu'elle rentre à la maison pour s'y reposer en restant alitée. Et brusquement, tout s'était compliqué ; elle avait été emmenée sur un brancard en salle d'opération pour une césarienne en urgence. Durant toute l'intervention, le souvenir de la tombe l'avait littéralement hanté.

— Monsieur Salomon ?

Une des infirmières de l'unité de soins intensifs néonatals s'approcha en plissant le front. Il savait qu'il avait enfreint les dispositions du protocole de l'hôpital en entrant dans l'USIN sans l'autorisation d'au moins une des infirmières, mais dès que Maria était sortie du bloc et s'était endormie dans la chambre d'hôpital, il avait eu besoin de voir sa petite fille.

— Je suis désolé, dit-il rapidement. Il n'y avait personne à l'accueil, et je voulais m'assurer qu'elle allait bien.

L'infirmière s'arrêta au pied de la couveuse, secoua la tête, puis vérifia l'affichage numérique du moniteur.

— Le pouls est à cent trente-cinq, la respiration à cinquante, et la saturation à quatre-vingt-dix-huit. Tout indique qu'elle est en bonne santé.

— Elle est si petite, dit-il.

La femme décrocha la planchette à pince fixée sur la partie basse de la couveuse.

— Un kilo huit cents grammes, quarante et un centimètres, tour de tête vingt-neuf centimètres, lut-elle. Pour son âge gestationnel, ce sont des données parfaitement normales.

Elle ajouta, en le fixant du regard :

— Felicia a eu un premier jour très fatigant. Peut-être devriez-vous maintenant...

— Chéri, comment va-t-elle ?

Michael se retourna et écarquilla les yeux. Sa femme s'avançait vers lui, faisant rouler à côté d'elle une potence à perfusion. Il se précipita vers elle.

— Maria, mais qu'est-ce que tu fais debout ? Tu sors tout juste du bloc, tu es folle ?

Elle sourit et lui tapota la joue.

— Je vais bien. Le médecin dit que je peux me lever et marcher un peu.

Elle regarda l'infirmière et demanda :

— Elle va bien ?

L'infirmière sourit.

— Elle va très bien. Je vous laisse un petit moment tous les deux avec le bébé.

Elle jeta un coup d'œil à l'horloge murale.

— Je termine mon service dans quelques minutes, à minuit. Je préviens l'infirmière de la nouvelle équipe que vous êtes ici. Je vous laisse voir avec elle pour la suite.

Michael donna son bras à Maria pour qu'elle s'appuie dessus, et l'aida à se pencher sur la couveuse et à regarder leur fille endormie.

— Elle est magnifique, dit Maria.

Michael en convint.

— Tu es sûre que tu peux tenir debout ? Je peux t'apporter une chaise.

— Non, ça va très bien.

Elle lui serra le bras et posa une main sur le plastique transparent de la couveuse, incapable de détacher son regard de Felicia.

— C'est un vrai petit ange.

Ils contemplèrent tous les deux le bébé. Puis, Maria se mit à réciter doucement une prière :

— *Que Dieu bénisse Felicia derrière sa cloison de plastique. Elle a été sortie de mon ventre sans que j'y puisse rien. J'ai tellement hâte de pouvoir la prendre dans mes bras.*

« Seigneur, fais qu'elle guérisse.

« Dieu, donne-lui la force de vivre une seconde, une minute, une heure, un jour de plus, car chaque instant est une bénédiction du ciel.

« Seigneur, nous nous en remettons à toi pour la vie de notre enfant. Je t'en prie, laisse-la-nous, ici, sur Terre, pour que nous puissions lui donner toute l'attention, tout l'amour, dont elle a besoin. Nous acceptons le défi, et nous resterons tes humbles serviteurs, Seigneur. »

• Amen, dit Michael.

Il embrassa Maria sur le front.

— Tout est arrivé tellement vite, dit-elle en le fixant d'un air grave. C'est un miracle que nous ayons été déjà à l'hôpital alors que tout se compliquait.

Sa voix tremblait d'émotion.

— Comment as-tu su ?

— Su quoi ?

— Tu sais bien, me pousser à voir le médecin.

Il regarda l'horloge murale. Les aiguilles indiquaient minuit passé. Les voir franchir ce cap de la douzième heure et marquer un nouveau jour amoindrit quelque peu la peur qui lui avait noué l'estomac depuis qu'il avait eu cette vision. Cette pierre tombale n'aurait jamais de réalité. C'était déjà le lendemain.

Il regarda Maria et sourit.

— Si je te le disais, tu me prendrais pour un fou.

Maria arqua un sourcil.

— Bon, très bien, je vais te le dire. J'ai fait un cauchemar ; c'est comme ça que je l'ai vue.

— Vue quoi ?

— La tombe de Felicia.

Maria écarquilla les yeux de stupeur.

Michael pointa l'horloge du doigt.

— Il est plus de minuit, Dieu merci. Mais cette foutue tombe portait la date d'hier.

— C'est affreux.

Elle pinça les lèvres. Elle avait l'air bouleversée.

— Pourquoi ne m'as-tu pas parlé de ce cauchemar avant de partir au travail ?

Michael grimaça au souvenir du crissement de pneus qui avait causé sa vision.

— Parce que... je ne l'avais pas encore fait.

Maria le fixa sans comprendre.

— Je suppose que ce n'était pas à proprement parler un cauchemar, expliqua-t-il. Est-ce qu'on peut faire des... cauchemars éveillés ? Quelqu'un a failli me rentrer dedans par derrière sur l'US-1, sur le chemin du boulot justement. Ça m'a tellement secoué que je suis sorti de l'autoroute. Je me suis garé, et c'est à ce moment-là que j'ai fait ce cauchemar. C'était tellement étrange ; tellement réel. C'était comme...

Il s'interrompit. Les souvenirs de la matinée, le fait de n'être plus avec Maria et tout le reste, tout cela était encore tellement présent, à vif, qu'il arrivait à peine à mettre des mots dessus.

— ... c'était comme de regarder un film.

— Ce n'était qu'un rêve, le rassura-t-elle en lui prenant la main. Je te dirais bien que je suis désolée que tu aies fait ce cauchemar, mais ce serait mentir, parce que ça a probablement sauvé la vie de Felicia.

Elle regarda sa fille de nouveau dans la couveuse.

— C'est véritablement un miracle.

Michael se rinçait la bouche dans le lavabo en rangeant le tube de dentifrice quand il entendit le chien gémir. Il se retourna et vit Percy lever délicatement une patte pour toucher le haut de la jambe de Maria. C'était comme si le chien venait de s'apercevoir qu'il manquait quelque chose ; qu'il manquait le bébé.

Maria se démenait pour passer une large bande de contention élastique autour de son ventre.

— Viens m'aider à fixer cette ceinture abdominale, demanda-t-elle. J'ai besoin que tu m'aides à la serrer pendant que je la tiens d'un côté.

— Ça ne va pas te faire mal au niveau de ta cicatrice ?

— Ils m'ont dit que je devais mettre ce truc tous les jours, grogna doucement Maria. Aide-moi juste à le fixer.

Elle tint un côté de la ceinture post-opératoire pendant que Michael tirait de l'autre.

— Plus serré ! ronchonna-t-elle, plus impatiente que d'habitude ce matin.

Michael tira sur la gaine élastique en l'entourant autour de son ventre, avant d'appuyer à plat la partie en Velcro.

— Voilà, c'est mieux, fit-elle en poussant un soupir de soulagement.

Dubitatif, il la regarda sortir de la chambre. Cela ne faisait qu'une semaine qu'elle avait subi la césarienne, et elle était censée récupérer en douceur. Mais Maria paraissait ignorer ce qu'« en douceur » signifiait.

Il la suivit et descendit l'escalier derrière elle.

— Tu es sûre que tu n'as pas besoin d'aide aujourd'hui ?

Elle secoua la tête.

— Arrête de me demander ça. Je vais bien. Je dois juste tout préparer pour l'arrivée du bébé.

Depuis que les médecins lui avait dit qu'elle pourrait probablement ramener Felicia à la maison le lendemain, elle n'avait pensé à rien d'autre.

— Je t'aime, mais tu me rends cinglée à me demander si je vais bien toutes les cinq secondes. Va travailler. Rends-moi fière, va montrer au monde à quel point tu es intelligent.

— Et pour manger, comment vas-tu f... ?

— Michael ! Nos voisins et tes collègues ont rempli le frigo. Il y a au moins un mois de nourriture là-dedans. Je ne sais même pas si nous aurons le temps de manger tout ça.

Elle l'attira vers elle pour lui donner un baiser, l'entraîna vers la porte et le poussa doucement dans le dos.

— Va maintenant, avant que je te fiche dehors à coups de pied dans le derrière, dit-elle en lui montrant la porte.

Michael comprit le message. Il était temps de retourner travailler.

Michael ralentit à l'approche du pont qui enjambait Washington Road, et tourna à droite dans la petite rue privée. En dépit du nom prestigieux et de la réputation d'excellence de Princeton, le fait qu'il n'y ait aucun écriteau ici indiquant que l'on se trouvait à présent sur le campus, l'amusait toujours autant. Après un virage à gauche, puis un autre, il approcha de Jadwin Hall, où se trouvaient la plupart des laboratoires de physique. C'était le début des cours d'été ; de ce fait, les places de parking libres étaient nombreuses, du moins comparé aux autres périodes de l'année. Il en trouva une juste devant le bâtiment principal.

Comme il grimpait les six marches du perron de l'entrée latérale du « Hall », une voix cria :

— Michael !

Le directeur du département se tenait près de l'entrée, flanqué d'une grande blonde filiforme.

— Comment allez-vous, Herman ? dit Michael en les rejoignant en haut du perron. Qu'est-ce que vous faites dehors ?

L'homme leva sa carte universitaire et haussa les épaules.

— Mon badge ne fonctionne pas.

Il y avait quelque chose dans la manière de parler du directeur, avec son accent hollandais et son air à la fois sérieux et impassible, qui donnait toujours l'impression qu'il pratiquait l'ironie à froid.

Michael déclipsa son propre badge et le passa devant le lecteur. La porte sonna ; il la poussa et laissa les deux autres entrer dans le bâtiment climatisé.

Herman fit aussitôt les présentations.

— Michael, je te présente le Docteur Carmel Harrington, chargée de recherche à l'Hôpital pour enfants de Westmead, en Australie. Carmel, voici le Professeur Michael Salomon. Son travail sur la détection des particules de haute énergie dans le vide, pourrait bien nous ouvrir des perspectives inimaginables. Plus important, sa femme vient tout juste d'accoucher d'une petite fille.

Il regarda Michael et ajouta :

— Félicitations, à propos. Comment va Maria ?

— Formidablement bien, répondit-il, rayonnant. Nous espérons pouvoir ramener le bébé à la maison demain.

— Excellent. Il faudra que vous ameniez la petite ici, pour que nous puissions tous pouponner et nous extasier. Quand la mère et l'enfant seront prêtes pour cela, bien entendu.

— Avec plaisir. Je m'en réjouis à l'avance.

Herman jeta un coup d'œil à sa montre.

— Michael, puisque vous êtes là, voudriez-vous avoir l'obligeance de conduire Carmel au salon ? Je dois l'accompagner à l'Institut Lewis-Sigler où elle doit donner une conférence dans quelques minutes, mais j'ai besoin de passer un coup de fil urgent avant. Posez-lui des questions sur ses recherches. Vous allez voir, c'est fascinant.

— Pas de problème, dit Michael.

Herman s'éclipsa, et Michael entraîna Carmel à l'intérieur du bâtiment. Ils passèrent devant les laboratoires du rez-de-chaussée, puis débouchèrent dans le salon en plein air, qui était équipé de réfrigérateurs bien garnis, et même d'une machine à cappuccino professionnelle, qu'il n'avait personnellement encore jamais utilisée.

Il attrapa un soda Mountain Dew sans sucre ; Carmel choisit une petite bouteille de jus de légumes V-8, et ils allèrent s'asseoir à une table.

— Alors, commença Michael, quel genre de recherches faites-vous dans cet hôpital pour enfants ?

Carmel, à qui Michael donnait cinquante-cinq, peut-être soixante ans, avala une gorgée de sa boisson.

— Professeur Salomon...

— Michael, je vous en prie.

— Michael, reprit-elle avec un très léger accent australien. Êtes-vous familier de la MSN ?

— La mort subite du nourrisson ? Je sais ce que c'est, mais guère plus.

Il frissonna à l'idée qu'un enfant puisse cesser de respirer sans raison apparente.

— Eh bien, j'étudie le sujet depuis trente ans. Depuis que mon fils, Damien, en a été victime.

Michael posa son soda.

— Je suis navré de l'apprendre.

Elle eut un geste de la main pour éluder tout apitoiement.

— Depuis ce moment-là, beaucoup de gens me croient dingue

de me focaliser là-dessus et de chercher des réponses ; ou plutôt une réponse. *Pourquoi ?* Pourquoi mon fils, par ailleurs en bonne santé, est-il mort ? À l'époque où c'est arrivé, j'étais avocate en fait, malgré une formation en biochimie. J'ai quitté mon boulot, je suis retournée à l'école, j'ai obtenu un doctorat en médecine du sommeil, et je me suis plongée dans la recherche. Et ça en valait la peine. Grâce aux études que j'ai menées, j'ai pu identifier un marqueur biochimique qui peut aider à détecter les bébés les plus à risque d'être victimes de la MSN.

— C'est fantastique, dit Michael.

Il se pencha en avant, les coudes sur la table, et demanda :

— Et ce marqueur, quel est-il ?

Carmel s'anima, passionnée par son sujet.

— Il s'agit d'une enzyme, la butyrylcholinestérase, également connue sous l'appellation BChE. Les bébés qui en possèdent une trop faible quantité sont plus susceptibles d'être victimes de la MSN. Nous pensons que ce faible niveau d'enzyme constitue une dysfonction du système nerveux, qui rend ces nourrissons plus vulnérables à la MSN. Nous travaillons actuellement à la mise au point d'un protocole thérapeutique.

— Ouah. Votre histoire est très inspirante, la complimenta Michael.

Il ne put s'empêcher de penser à Felicia.

— Comme l'a dit Herman, je viens juste d'avoir un enfant. Elle est née la semaine dernière, prématurée, avec huit semaines d'avance. Nous devrions pouvoir la ramener à la maison demain, d'après les médecins. J'imagine que ce test enzymatique n'est pas encore disponible dans les hôpitaux ?

Elle sourit.

— Non, nous en sommes encore loin. Nous n'avons même pas encore publié quoi que ce soit. Mais je suis très optimiste ; j'espère que dans les dix-huit mois qui viennent, nous pourrons recommander son utilisation auprès des agences de santé gouvernementales partout dans le monde. Votre FDA, le NHS britannique, et d'autres.

À cet instant, Herman apparut à l'entrée. Il désigna les boissons sur la table d'un petit mouvement du menton.

— Je suis heureux de voir que vous ne partagez pas le goût de Michael pour le Mountain Dew sans sucre. J'ignore comment il peut boire ce truc.

Carmel se mit à rire.

— La plupart des gens disent la même chose de mon V-8.

Elle sourit à Michael.

— À chacun sa croix, ajouta-t-elle.

— Bon, je suis prêt si vous l'êtes, dit Herman.

Michael et Carmel se levèrent.

— J'ai été ravi de vous rencontrer, dit Michael. J'ai hâte de voir votre travail mettre enfin un terme à ce fléau mondial qu'est la MSN.

— Je lui ai dit la même chose ! intervint Herman. Il n'existe rien d'aussi *tangible* que ce genre de victoires, et c'est ce qui nous manque à nous autres, physiciens.

Comme Herman et Carmel filaient, Michael réfléchit aux dernières paroles du directeur du département. La recherche en physique n'offrait effectivement pas ce genre de résultats tangibles, et pourtant...

Il repensa au travail qu'il avait accompli au labo la dernière fois qu'il y avait travaillé, il y avait de cela une semaine ; à ce soir fatidique qui avait précédé sa vision. Serait-il capable de reproduire ces résultats ?

Il n'y avait qu'un moyen de le savoir.

Michael fronça les sourcils, comme à chaque fois qu'il voyait l'écriteau accroché au-dessus de la porte du labo. Bien que cela fît presque une décennie qu'il travaillait dans ce labo du rez-de-chaussée de Jadwin Hall, ce n'est que l'année précédente, au moment de sa titularisation, qu'il avait été baptisé « Labo Salomon ». C'était quelque chose à Princeton d'avoir un labo baptisé à son nom en récompense des recherches que l'on y menait, mais il avait toujours trouvé cela prétentieux.

Il passa son badge devant le lecteur de la porte, et entra. Ken, un des chercheurs post-doctorants qui l'assistaient, était déjà au travail, expliquant le contenu d'un cahier de laboratoire à un jeune diplômé dont Michael avait oublié le nom.

— Salut, Ken. Est-ce que tu as pu te procurer des capteurs photographiques CCD auprès de ce contact au MIT dont je t'ai donné les coordonnées ?

Le post-doctorant hocha vigoureusement la tête. Ken Lee était un brillant chercheur, qui possédait un talent inné avec les chiffres, lequel lui permettait de résoudre en quelques secondes des équations mathématiques complexes. Michael adorait travailler avec lui ; c'était presque comme d'avoir une calculatrice humaine. Mais Ken souffrait par ailleurs d'apraxie verbale, un trouble moteur qui rendait très difficile pour lui la communication orale. Pour parer au problème, il se servait souvent d'une petite ardoise blanche effaçable à sec, qu'il gardait toujours à portée de main.

Comme il griffonnait justement une réponse, le jeune diplômé redressa le buste sur son tabouret et regarda Michael d'un air éperdu, manifestement mal à l'aise. Michael devina ce qui se passait ; Ken avait la réputation d'être un tyran avec les étudiants.

« Il est sacrément intelligent, mais si vous avez le malheur de lui poser une question stupide, il vous démonte sans pitié », était le genre de commentaire qui revenait souvent sur RateMyProfessor, le site Web qui permettait aux étudiants de noter les professeurs et les

campus des institutions américaines, canadiennes et britanniques. Tous ceux qui étudiaient à Princeton étaient intelligents, mais Michael avait la conviction que l'intelligence était loin de suffire. Trop souvent, ces gosses étaient paresseux ; ils en faisaient le moins possible. Donc, comment vouliez-vous être indulgents avec des étudiants qui posaient des questions dont les réponses se trouvaient, clairement exposées, dans leurs manuels ?

Le nom du gosse lui revint finalement en mémoire.

— Josh. Ici, ce ne sera pas comme dans mes cours habituels. Laissez-vous guider par Ken. Il sait ce qu'il fait, et vous allez beaucoup apprendre avec lui. Si vous avez la moindre question, posez-la. Je préfère que vous posiez une question, plutôt que vous restiez là à nous regarder stupidement, et qu'au final, vous n'ayez rien appris après ce stage d'été. Compris ?

Josh acquiesça d'un hochement de tête.

— Parfaitement. Merci de m'avoir accepté pour l'été, professeur.

— Ne me remerciez pas encore, sourit Michael. Vous allez probablement travailler plus dur que vous ne l'avez jamais fait au cours des prochaines semaines. Il faudra tenir dans la durée.

Ken tourna l'ardoise blanche vers Michael, avec sa réponse à la question de ce dernier concernant les capteurs d'images CCD.

« Hier, nous avons reçu une dizaine de capteurs à haute vitesse provenant directement du laboratoire photonique du P^r*. Johnson. Je les ai mis en place, et les ai appariés avec le nouveau synchronisateur. Je crois qu'on va pouvoir capturer des images dans la chambre à vide avec une résolution temporelle d'à peine 250 picosecondes. »*

— C'est fantastique. À 250 picosecondes, quelle distance parcourt un photon ?

Ken essuya l'ardoise avec sa manche et écrivit : *« Approximativement 7,5 cm. »*

Josh leva la main.

Michael ne put s'empêcher de sourire.

— Nous ne sommes pas en classe ; inutile de lever la main, Josh. Posez votre question, c'est tout.

— Hum...

L'étudiant hésita une seconde. Puis :

— Professeur, si je comprends bien, vous essayez de capturer la preuve de la présence de certaines particules à haute vitesse dans la chambre à vide du labo, c'est bien ça ? Alors, ce que je suis curieux de savoir, c'est pourquoi vous avez besoin d'un cycle temporel plus rapide pour les caméras. La chambre à vide a un diamètre de cent vingt-deux centimètres – soit plus d'un mètre – et les CCD que nous avions avant étaient dotés d'une résolution temporelle d'environ une nanoseconde, ce qui signifie que nous aurions parfaitement pu obtenir une image, disons d'un photon se déplaçant sur une trentaine de centimètres à travers la chambre. Autrement dit, obtenir jusqu'à trois ou quatre images. Alors... pourquoi est-ce que ce n'est pas suffisant ?

— Très bonne question, dit Michael. C'est juste que nous ne parlons pas des mêmes particules. Celles auxquelles vous pensez, ce sont les luxons – ces particules sans masse qui voyagent toujours à la vitesse de la lumière, comme les photons. Et si je vous disais que ce que nous essayons de mesurer se déplace encore plus vite que ça ?

Josh écarquilla les yeux, ses pupilles mobiles allant de Ken à Michael, et inversement.

— Je ne pensais pas que...

— ... que ça existait ? dit Michael. C'est ce que nous essayons de prouver ici ; c'est le sens de nos efforts.

— De prouver... ou au contraire d'infirmer.

— Si vous avez une proposition pour démontrer l'irréalité de telles particules, je suis tout ouïe. Mais non, notre but est de prouver positivement l'existence de ce que je soupçonne être là, autour de nous, depuis l'aube des temps.

Michael se tourna vers Ken.

— Est-ce que les condensateurs sont chargés ? Sommes-nous prêts à lancer une nouvelle expérimentation avec la nouvelle configuration ?

Ken hocha la tête et écrivit rapidement sur l'ardoise : « *Quand vous voulez.* »

Michael eut un grand sourire.

— D'accord, on y va.

Assis devant son ordinateur, Michael était face à l'image de la chambre à vide retransmise en direct sur son écran. Ken s'approcha d'une commande murale par levier et l'actionna. Dans le coin supérieur droit du moniteur apparaissait un autre flux vidéo provenant du toit du bâtiment.

— Josh, est-ce que vous comprenez ce que nous sommes en train de faire ? demanda Michael au jeune étudiant.

— Ken est en train d'ouvrir le réflecteur parabolique pour qu'il capte tout ce qui est possible. C'est le même principe que l'antenne parabolique, non ?

— Oui et non. La parabole est effectivement bombardée par toutes sortes de signaux, mais nous ne réfléchissons aucune des particules, pas plus que nous n'utilisons un convertisseur de fréquences de type LNB. Cette parabole ne sert pas à recevoir HBO, ou je ne sais quelle autre chaîne de télévision.

Il regarda les pétales miroitants de la parabole s'ouvrir, et former une sorte d'entonnoir géant. L'ensemble valait une fortune.

— Le ciel est dégagé, nous devrions avoir un flux de signaux intéressant. Quand nous lancerons l'expérience, l'entonnoir activera brièvement un champ magnétique à haute intensité qui dirigera les signaux vers le canal de routage à la base de l'entonnoir.

Savez-vous pourquoi nous avons besoin d'un champ magnétique ?

Le jeune étudiant fronça les sourcils, puis répondit :

— C'est un peu le même problème qu'avec un accélérateur de particules, non ? L'idée, c'est de faire en sorte que les particules ne touchent pas les bords du canal dans lequel on veut qu'elles circulent.

— C'est exactement ça. La même problématique se pose partout, que ce soit avec l'accélérateur de particules le plus puissant du monde, le Grand collisionneur de Hadrons, au Fermilab, ou encore au labo de Brookhaven. Nous ne sommes pas aussi célèbres qu'eux, mais nous travaillons ici, dans ce bâtiment, exactement sur le même concept. Là, maintenant, vous et moi sommes réunis pour une expérience qui va durer en tout moins d'une milliseconde.

« Le récepteur parabolique reçoit des ondes radio, de la lumière visible, des radiations cosmiques, électromagnétiques, et cetera. La plupart voyagent en gros à la vitesse de la lumière. Ce n'est *pas* ce qui nous intéresse. C'est pour cela que nous avons réglé les champs magnétiques selon une configuration inhabituelle. Le flux de particules entrant va s'incurver, comme cela se produit dans n'importe quel accélérateur, mais nous allons également forcer le faisceau à passer à travers une ouverture. C'est un peu comme dans une course de voitures qui tournent autour d'un circuit. Les plus lentes vont franchir les virages comme elles sont censées le faire, tandis que les plus rapides vont s'envoyer dans le décor. Ce sont *ces* particules qui nous intéressent.

Josh eut un grand sourire.

— C'est *tellement* cool, s'enthousiasma-t-il. Je comprends mieux les cycles temporels accélérés des caméras. Même si une particule arrive et fuse à trois fois la vitesse de la lumière, ce qui voudrait dire qu'elle parcoure plus de vingt centimètres en deux cent cinquante picosecondes, on pourra encore capturer de nombreuses images de son passage dans la chambre à vide.

À cet instant, Ken fit signe à Josh d'approcher. Le jeune étudiant descendit de son tabouret et rejoignit le chercheur à une table en forme de L sur laquelle se trouvaient un simple moniteur et un clavier. Michael en profita pour jeter un coup d'œil à l'équipement. Le cœur du dispositif était ce qu'il est convenu d'appeler une grappe de serveurs haute performance, reliée par un épais câble noir à un synchronisateur, lui-même connecté à un ensemble de capteurs CCD – de minuscules caméras capables de capturer n'importe quelle lumière visible en blocs de pixels de 64 x 64. Les CCD étaient disposés selon un motif en grille ; les données capturées étaient envoyées vers le synchronisateur, qui les cartographiait en image dans la mémoire de la grappe de serveurs.

Michael se tourna vers Ken :

— Hé, maintenant que nous envoyons vers la grappe de serveurs des trames CCD quatre fois plus rapidement qu'avant, peux-tu me confirmer que la mémoire de l'ordinateur central est capable de gérer intégralement une milliseconde de ces données ? Ces CCD disposent bien d'une meilleure résolution que les précédents capteurs ?

Ken se mit à griffonner quelque chose. Josh regarda par-dessus son épaule et lut à voix haute ce qu'il écrivait :

— Désolé, professeur, j'ai oublié d'aborder cette question. Oui, les CCD offrent une meilleure résolution. Nous avons une capacité totale de stockage suffisante au niveau du « cluster » informatique, mais la bande passante va avoir du mal à absorber les quatre millions d'images que nous allons recevoir en l'espace d'une milliseconde. En comptant les canaux de transmission interconnectés, et étant donné que chaque DIMM a un taux de transfert d'environ 35 gigabytes par seconde, *et* que nous disposons au maximum de 128 canaux de données, ça signifie que nous avons un *spool* d'environ 4,5 térabytes par seconde, ou encore de 4,5 gigabytes par milliseconde. Avec ces CCD qui vont pomper une partie de ce qui sera en fin de compte une image de 768K, les caches L1 vont vite saturer...

— Très bien, j'ai compris. Il nous faut un *rig* mieux dimensionné. Combien de « temps réel » pouvons-nous mettre en file d'attente dans la mémoire ?

Ken essuya une nouvelle fois son ardoise avec la manche déjà maculée de sa blouse de laboratoire, et écrivit un nombre, que Josh lut de nouveau à voix haute.

— Environ 1,4 microseconde.

Michael laissa échapper un petit grognement. Il n'avait pas mesuré à quel point la nouvelle configuration allait les amener près de la limite de leur taux de transfert de données actuel.

— Bon, d'accord, combien de temps faut-il aux données capturées pour être stockées dans la mémoire, et laisser place aux flux suivants ?

Nouveau griffonnage, puis Josh répondit :

— Vider les mémoires caches, puis le stockage non volatile, prendra presque une minute. Par ailleurs, nous sommes confrontés à une autre limite, qui est le nombre de rafales de données de 1,4 microseconde que nous pouvons emmagasiner dans la baie de stockage, dans sa configuration actuelle.

— Ça ira. Je me dis que si nous ne trouvons rien de particulier dans un flux d'images de 1,4 microseconde, nous pouvons l'effacer et passer à la suite. Tu es prêt de ton côté ?

Ken leva le pouce.

Michael retourna à son ordinateur, ouvrit l'application de contrôle, et déplaça le curseur de la souris sur le bouton « go ».

— Quand faut y aller...

Il cliqua.

Un bruit sourd se répercuta à travers le labo, plusieurs actions se déroulant apparemment en même temps.

— Ken, dit Michael, commence à sauvegarder les données, et à préparer la suite.

Il restait concentré sur son écran, attendant la première image, en même temps qu'il tentait de se représenter ce qui venait juste de se produire.

Le flux de particules, principalement des photons, arrivait par le toit et était dirigé vers l'entonnoir. Le conduit dans lequel entraient les particules était soumis à un puissant champ magnétique, qui empêchait le flux de particules d'entrer en contact avec les parois du tunnel. Les particules entrantes parcouraient la circonférence du labo à des vitesses inimaginables ; puis, lors de la dernière boucle, celles d'entre elles qui se déplaçaient à la vitesse de la lumière ou en-dessous, étaient éliminées.

L'affichage du moniteur vacilla à la réception des premières données visuelles regroupées en quelque 5800 trames. Michael avança manuellement, ajoutant 250 picosecondes à chaque clic — un laps de temps environ deux milliards de fois plus court que le temps qu'il faut pour cligner des yeux. Les images ne montrèrent rien du tout — juste l'obscurité de la chambre à vide.

Avec la souris, Michael mit en surbrillance la partie principale de l'image de la chambre à vide. Puis il cliqua sur le bouton de « balayage automatique », et l'ordinateur se mit à passer en revue les images, cherchant des différences dans la zone mise en lumière. En moins d'une seconde, l'ordinateur arriva au bout de la série et afficha un « popup » disant : « *Aucun changement détecté* ».

Michael hocha la tête. Il s'y attendait un peu. Il jeta un coup d'œil à l'horloge murale. Il était 10 h du matin.

— Prêts, ici, lança Josh.

Michael déplaça de nouveau la souris sur le bouton « go » et répéta le processus.

Le journée promettait d'être longue.

Michael grimaça. Il était 19 h. Il y avait déjà une heure qu'il aurait dû être rentré à la maison. Maria était habituée à ses retards, surtout l'été, mais avec le bébé qui arrivait le lendemain, il n'allait pas pouvoir continuer ainsi.

— Nous sommes prêts, professeur, dit Josh d'un ton las.

Son obsession à continuer coûte que coûte était aussi injuste pour Ken et Josh, qu'elle l'était pour Maria.

— Bon, très bien, les gars, dit-il. Ce sera la dernière fois pour aujourd'hui.

Il cliqua de nouveau sur « go », et le bruit familier résonna dans la salle tandis que Michael fixait l'écran d'un œil trouble.

La première image apparut. Elle ressemblait à toutes les précédentes, les parois sombres de la chambre à vide à peine visibles, l'écran déclinant un camaïeu de noir et de gris foncé. Michael avait depuis longtemps renoncé à chercher les images manuellement ; il cliquait immédiatement sur le balayage automatique, et attendait que l'ordinateur affiche pour la énième fois le même « popup » négatif.

Mais... *quoi ?*

Il écarquilla soudain des yeux incrédules.

Il y avait un changement.

Sur la 4438e image de la série, du côté gauche, on pouvait voir une minuscule tache bleuâtre.

Il fit un agrandissement de la zone. Des pas résonnèrent derrière lui.

— Professeur ? demanda Josh. Est-ce que c'est ce que je pense ?

Il y eut un grincement de marqueur effaçable sur l'ardoise. Josh ajouta :

— Ken dit que c'est de la même couleur que ce qu'il a vu dans le cœur du réacteur de test avancé du Laboratoire national de l'Idaho.

Michael n'arrivait pas à se départir du sourire qui illuminait à présent son visage.

— Une seconde, les gars.

Il dézooma la partie gauche de l'image, et avança à la suivante.

Il sentit un petit frisson lui électriser la nuque.

La tache bleue s'était légèrement allongée, et occupait à présent le milieu de l'écran. Il pointa du doigt la queue de ce qui ressemblait à une minuscule comète bleue.

— Regardez comme cette queue est courte. Manifestement, le rayonnement de Tcherenkov s'est très vite dissipé. Pas étonnant que personne n'ait jamais vu une telle chose.

Il revint à l'image précédente, attrapa une règle sur la table, et la plaça contre l'écran du moniteur, à l'endroit où la pâle tache bleue était d'abord apparue. Puis il passa à l'image suivante et secoua la tête d'un air ébahi.

— La particule a parcouru pratiquement un tiers de la chambre en 250 picosecondes.

Il tourna son regard vers Ken, qui avait déjà commencé à gribouiller un calcul tout en souriant comme un gamin. Il lui montra son ardoise.

« 5 333 c ! »

Michael avança d'une image supplémentaire. La tache bleue était toujours visible ; elle avait presque atteint le bord droit.

Ils avaient réussi.

— Sauvegarde-moi ça ! cria presque Michael.

Ken retourna précipitamment à la grappe de serveurs, et se mit à pianoter rapidement sur son clavier.

Michael sentit son cœur qui battait à tout rompre dans sa

poitrine, tandis qu'il continuait d'avancer et de revenir en arrière entre les preuves par l'image.

— Professeur, c'est sauvegardé, annonça Josh comme Ken se levait de sa chaise d'un air tout excité.

Michael se leva à son tour et « checka », poings fermés, avec les deux hommes.

— Messieurs, nous venons de capturer une particule qui se déplace à cinq fois la vitesse de la lumière.

Si vous avez apprécié cet extrait, et souhaitez poursuivre votre lecture, voici le lien à suivre : *Multivers*

ADDENDUM

Bien que *La Nouvelle Arcadie* soit un thriller « grand public », nous n'avons pas pu nous empêcher de faire des clins d'œil à la science sous une forme ou une autre. C'est pourquoi nous nous sentons obligés d'expliquer certains aspects scientifiques, ou de donner un peu plus de détails que l'histoire ne l'exige.

Bien entendu, notre objectif dans cet addendum n'est pas de vous donner un cours accéléré de science, mais plutôt de vous fournir suffisamment d'informations ou de mots-clés pour que vous disposiez des données nécessaires vous permettant, si l'envie vous en prenait, de faire des recherches plus approfondies.

La lentille de contact d'Alicia :

L'idée d'une lentille de contact capable de fournir des informations en temps réel à l'œil humain est présente dans les films depuis des années, et constitue un élément essentiel de nombreux thrillers. Mais jusqu'à récemment, cette idée relevait de la science-fiction, dans la mesure où la technologie permettant de fusionner correctement la matrice de la lentille de contact elle-même avec un dispositif capable de fournir des indices visuels à son porteur, n'avait pas été développée.

Récemment cependant, lors du Consumer Electronics Show de 2022, InWith Corporation a présenté cette même technologie. InWith se targue d'être la première entreprise au monde à avoir développer une lentille de contact électronique souple. Cette dernière fonctionne conjointement avec un smartphone, ou un autre appareil, vraisemblablement apparié par la technologie BlueTooth, afin de présenter des informations en temps réel.

Les détails sont encore peu nombreux, mais la véritable réussite de cette technologie réside dans le mariage d'un appareil intelligent avec la lentille de contact, de sorte que des éléments visuels peuvent être affichés sur ce qui s'apparente au plus petit écran du monde, à savoir la lentille de contact elle-même.

Le jeu Pokémon GO est un bon exemple de ce type de réalité virtuelle ou augmentée. Il permet aux utilisateurs de regarder leur environnement à travers leur téléphone, l'application superposant certains éléments du jeu à ce que l'utilisateur voit. Le joueur peut par exemple regarder la plage devant lui et voir apparaître un monstre sur le sable.

Grâce aux récents développements technologiques, il est assez facile d'imaginer utiliser la lentille de contact que porte Alicia pour faire quelque chose d'un peu plus pratique. Dans le monde des logiciels, nous disposons de nombreux algorithmes qui permettent la reconnaissance faciale et qui, en fin de compte, fonctionnent en capturant une image (le visage d'une personne), en la numérisant, puis en utilisant cet algorithme pour la transformer en un flux de nombres. Ces nombres sont ensuite transmis de la lentille de contact au téléphone auquel elle est connectée sans fil. Grâce à une connexion internet, le téléphone peut utiliser ce hachage de chiffres, qui représente le visage, et rechercher une correspondance. Une fois la correspondance trouvée, des informations sur cette personne peuvent être extraites de diverses sources en ligne, et les informations découvertes peuvent être retransmises à la lentille de contact.

En d'autres termes, la lentille de contact agit à la fois comme une sorte de caméra et comme une télévision miniaturisée.

Ainsi, même si ce que j'ai décrit dans le livre peut sembler fantaisiste, il ne s'agit en aucun cas de science-fiction. Je ne serais d'ailleurs pas surpris que dans la communauté du renseignement, du moins pour certaines missions classifiées, ce type d'appareil soit déjà déployé sur le terrain.

Le multivers – ça existe ?

Dans *La Nouvelle Arcadie*, nous évoquons à plusieurs reprises les trous de mémoire d'Alicia. Le directeur Mason botte un peu en touche dans ses explications en parlant de quelque chose qui serait en rapport avec le multivers. Cette explication fait en réalité référence à deux choses : la première est une science véritable ; l'autre est une référence voilée à un autre livre appelé *Multivers*, qui est en fait la première entrée en scène d'Alicia Yoder en tant que personnage romanesque. L'intrigue de *Multivers* fournit évidemment la clé de l'origine de ces trous de mémoire. Mais concentrons-nous plutôt sur l'aspect scientifique du sujet connu sous le nom de multivers.

L'existence d'un multivers est un sujet qui fait l'objet de débats dans la communauté des physiciens depuis de nombreuses années. Il s'agit d'une hypothèse selon laquelle il existe de nombreuses copies (peut-être un nombre infini) de notre univers, lesquelles coexistent en parallèle les unes avec les autres. Prenez la somme totale de la matière, de l'énergie, du temps et de l'espace de tous ces univers, et vous obtenez le « multivers ».

Bien que cette idée soit depuis longtemps populaire dans les romans de science-fiction et de fantasy, de nombreuses personnalités reconnues de la communauté scientifique (Stephen Hawking ou Michio Kaku, pour ne prendre que deux exemples) défendent ce concept. Une théorie connexe, connue sous le nom de « théorie des contreparties », émet l'hypothèse que dans les multiples copies d'un monde donné, chaque élément ou événement n'est pas nécessairement identique, mais est une copie dans laquelle une variabilité peut exister. Et si l'on veut pousser les choses encore plus loin, il existe une autre théorie appelée « interprétation des mondes multiples ». Il s'agit d'un mécanisme par lequel on peut concevoir que le monde réel, celui dans lequel nous vivons, n'est qu'un des nombreux mondes possibles. Et plus précisément, pour chaque façon différente dont le monde aurait pu évoluer, il existe un monde distinct et séparé qui représente ce résultat.

Si tout cela vous semble confus, bienvenue dans le multivers.

Les prions :

Il a été question dans ce livre – même si ce n'est que de loin – d'un véritable croquemitaine que le monde scientifique connaît sous le nom de prion.

Qu'est-ce qu'un prion, me demanderez-vous ?

Sur le plan technique, on pourrait le définir comme un agent pathogène anormal, transmissible et capable d'induire un pliage anormal de protéines cellulaires que l'on trouve principalement dans le cerveau.

Plus simplement, disons qu'un prion est un type de protéine qui peut déclencher le repliement anormal de protéines normales dans le cerveau. Ce repliement anormal provoque différents types de lésions cérébrales.

Les maladies dites « à prions » se déclarent généralement rapidement et sont toujours mortelles.

Les personnes qui ingèrent ces agents pathogènes peuvent présenter différents types de symptômes, notamment des troubles de la mémoire, de la personnalité, ou encore des difficultés à se mouvoir.

Comme il est indiqué dans le livre, ces agents pathogènes sont très difficiles à éliminer. Même traités chimiquement et desséchés, ils conservent leur capacité à infecter d'autres protéines pendant des années.

Une cuisson normale d'une viande ne détruit pas les prions. Nous expliquons dans le livre que seule une chaleur véritablement extrême peut y parvenir.

Ainsi, il arrive qu'exposer du matériel contaminé par des prions à des températures d'environ 600° Celsius ne suffise même pas à supprimer l'infectiosité du matériel. À titre de comparaison, l'aluminium fond à 650° Celsius.

On le voit, ce croquemitaine-là est particulièrement résistant.

Et je rappelle ici qu'il ne s'agit pas d'une obscure science que nous aurions déterrée des archives, mais que ces choses affectent réellement les personnes et les animaux. Vous avez probablement déjà entendu parler de la « maladie de la vache folle », officiellement connue sous le nom d'encéphalopathie spongiforme bovine, mais ce n'est pas la seule maladie induite par les prions. Voici une liste de diverses maladies attribuables à ce type d'infection. Espérons que personne n'aura l'idée saugrenue d'utiliser les prions tel que suggéré dans *La Nouvelle Arcadie*.

Maladies humaines à prions :
- Maladie de Creutzfeldt-Jakob
- Syndrome de Gerstmann-Straussler-Scheinker
- Insomnie familiale fatale
- Kuru

Maladies à prions animales :
- Encéphalopathie spongiforme bovine (ESB)
- Maladie du dépérissement chronique (CWD)
- Tremblante
- Encéphalopathie transmissible du vison

- Encéphalopathie spongiforme féline
- Encéphalopathie spongiforme des ongulés

Artillerie :

À un moment donné, Chris demande à Alicia de s'assurer qu'elle a bien une balle dans la chambre de son arme. C'est un vrai conseil. Les amateurs d'armes à feu sont rarement d'accord sur quoi que ce soit, mais ils le sont pour dire que porter un pistolet avec la chambre vide est une très mauvaise idée.

La plupart des rencontres mortelles se produisent dans un rayon de cinq mètres. Imaginez que vous deviez dégainer une arme pour vous protéger (ou protéger votre famille, ou Dieu sait qui) et qu'il vous faille une à deux secondes pour ouvrir la culasse et chambrer une balle. Ou bien imaginez que la personne qui tente de vous protéger doive faire la même chose. Dans le cas d'une rencontre mortelle, ces une à deux secondes signifient que vous êtes mort. Pardon de dire les choses aussi crûment, mais c'est une question de logistique et de faits. Les meilleurs instructeurs professionnels du pays ne mâchent pas leurs mots à ce sujet. Steve a réellement assisté à ces cours. Si vous voulez en savoir plus sur l'autodéfense et la prise de conscience du contexte, ces gens-là sont formidables :

https://citizensdefenseresearch.com

Lavage de cerveau :

Dans cette histoire, nous parlons de mémoire augmentée, effacée, etc, et faisons référence au film de 2004 intitulé *The Manchurian Candidate* (Le Candidat Mandchou), sorti en France sous le titre *Un crime dans la tête*. Le film traitait de ce qu'on appelle aujourd'hui par euphémisme le lavage de cerveau.

Qu'en est-il de la réalité par rapport à la fiction ?

Eh bien, dans l'histoire, je fais parler les scientifiques de certaines choses qui peuvent paraître étrangement spécifiques sur la façon dont les souvenirs fonctionnent et sont absorbés dans notre conscience.

Voici un extrait du livre :

« — Nous nous sommes rendu compte que la répétition permettait aux souvenirs de mieux se fixer. Et il ne s'agit pas d'une répétition pure et simple. Lors de la troisième programmation, nous provoquons un sommeil lent qui va consolider la mémoire...

— Je croyais au contraire que c'était le sommeil paradoxal qui facilitait la consolidation de la mémoire, fit valoir Mason.

— Non. Le sommeil à ondes lentes qui vient juste après l'endormissement est le moment où l'intégration des nouveaux souvenirs se fait le mieux. J'induis donc cet état avec un générateur de fréquence à ondes lentes, puis je déclenche des ondes delta avec un courant d'environ dix milliampères à travers les électrodes fixées sur le front et la base du crâne de l'agent. »

Ce qui est décrit ici est vrai.

Les souvenirs sont stockés sous forme de dépôts électrochimiques dans notre matière grise, et la façon dont le cerveau gère la mémoire est un domaine d'étude à part entière sur lequel de nombreux chercheurs travaillent.

Mais au lieu de s'attarder sur des détails comme celui-ci :

« Les ondes delta peuvent être déclenchées à l'aide d'un simple générateur de fréquence à ondes lentes – environ 10 milliampères de courant avec des électrodes sur le front et la base du crâne.

On induit ensuite le sommeil avec des ondes delta régulières – 1-4 Hz. On enchaîne avec plusieurs brèves rafales à 25 Hz, très brèves, seulement 1/10e de seconde à la fois. (...) »

Essayons de parler une langue compréhensible.

Les êtres humains encodent les souvenirs de deux manières : visuellement et par mémorisation.

Si je vous demande quel est le numéro de téléphone de la

maison où vous avez grandi, vous vous en souviendrez peut-être, même si vous n'y vivez plus depuis des décennies, mais vous ne vous souviendrez probablement pas du numéro de téléphone du restaurant chinois du coin. Pourquoi ? Parce que l'utilisation du numéro de téléphone de la maison a été répétée si souvent qu'elle a, pour employer une métaphore parlante, creusé un sillon dans votre cerveau, et que déloger cette information serait sans doute bien difficile. En revanche, dans le cas du restaurant chinois, vous consultez probablement son numéro sur le répertoire de votre téléphone, ou vous avez un calendrier comportant ce numéro, et vous n'avez pas besoin de le mémoriser.

Voilà pour la mémorisation mécanique.

S'agissant maintenant de la mémoire visuelle, on pourrait s'appuyer sur l'exemple d'une personne qui se concentrerait sur des indices visuels. Avant l'avènement de la navigation GPS et des ordinateurs de poche, lorsque vous deviez vous rendre quelque part et que vous ne disposiez que d'un itinéraire de base, vous deviez y faire très attention, jusqu'à ce qu'après une ou deux fois, vous n'ayez plus besoin d'indications. Vous saviez dès lors comment vous y rendre, tout simplement. Nous sommes des êtres visuels... mais seulement lorsque notre esprit est occupé. Comparez cela à un scénario dans lequel vous seriez allé quelque part de nombreuses fois, mais uniquement en tant que passager d'une voiture, sans jamais avoir fait le trajet par vous-mêmes en conduisant ou à pied. Si quelqu'un vous demandait brusquement de vous y rendre, vous auriez probablement du mal à vous rappeler de l'itinéraire, parce que votre esprit n'aurait pas été sollicité visuellement.

Ainsi, lors de la séance de « programmation » de l'agent Xiang à laquelle Mason assiste vers le début du livre, nous sommes témoins de ce qui constitue essentiellement une forme de programmation visuelle.

Si vous souhaitez en savoir plus sur la consolidation de la

mémoire, voici un article (en anglais) très intéressant :

https://www.ncbi.nlm.nih.gov/pmc/articles/PMC3270580/

Les Chinois et plusieurs autres gouvernements ont expérimenté ce qui est décrit dans le film *The Mandchurian Candidate*. Quelqu'un a-t-il réellement réussi à casser le code permettant de reproduire un tel exploit ? Je ne le crois pas. Cela reste du domaine de la fiction.

Est-il concevable qu'une telle chose puisse être réalisée ?

Oui.

Tout ce que nous avons à faire, c'est d'étudier le fonctionnement de notre cerveau et de notre mémoire. Il s'agit de faire de la rétro-ingénierie pour programmer cette unité centrale que nous appelons notre cerveau.

En guise de divertissement, et parce que c'est approprié à ce sujet, j'ai écrit un scénario d'enseignement dans lequel je démontre comment fonctionne la mémoire visuelle. J'ai donné une version de cet exposé à de nombreux groupes, et, sans exception, les gens ont été surpris de constater à quel point la démonstration fonctionne bien.

Voici le scénario en question : il s'agit d'une discussion entre un professeur et un élève nommé Peabo Smith.

— Bonjour, Monsieur Smith. Je suis sûr que vous avez un tas de questions. Mais plutôt que de les poser et que j'y réponde, je vous propose de nous plonger dans un exercice de visualisation. D'accord ?

Peabo n'était pas sûr de ce que cela signifiait, mais il accepta.

— D'accord, dit-il.

— Très bien. Je veux que vous fermiez les yeux et que vous pensiez à la maison de votre enfance. Ne vous inquiétez pas si vous avez vécu dans plusieurs endroits, choisissez celui dont vous vous souvenez le mieux. Imaginez que vous vous tenez à l'extérieur, devant la maison. Est-ce que vous avez cette image en tête ?

Peabo ferma les yeux et acquiesça d'un hochement de tête.

— Oui, je l'ai.

— La suite risque de vous paraître étrange, sachez-le, mais vous finirez par comprendre où je veux en venir. Imaginez un groupe de personnes nues juchées sur des versions surdimensionnées de ces petits véhicules porteurs, avec leurs grosses roues en plastique, que nous avions l'habitude de conduire quand nous étions gosses. »

Avec un sourire gêné, Peabo se remémora quelques souvenirs de l'unique fois où il avait visité une plage naturiste. Ce n'était pas très beau à voir.

— Imaginez maintenant que ces personnes nues, sur leurs voitures en plastique, passent devant vous. En sueur. Elles se trémoussent ; grognent au passage. Elles s'approchent de votre maison et, au lieu de s'arrêter, elles vont s'écraser contre la porte d'entrée ; des corps sont projetés dans toutes les directions. Des morceaux de voitures en plastique atterrissent à vos pieds.

« Vous vous frayez un chemin à travers ce chaos – la scène est gênante – et vous entrez dans votre maison. Là, vous marquez un temps d'arrêt, appréciez la lumière du soleil qui pénètre à l'intérieur de la maison, et vous remarquez qu'elle éclaire Toccata. Oui, le grand oiseau jaune de la série *1, rue Sésame*. Je suis sûr que vous le connaissez.

« Et Toccata vous fait signe, perché sur un énorme cheval fauve. Votre nez vous chatouille un peu comme si vous inhaliez accidentellement l'une de ses plumes jaunes duveteuses.

Peabo secoua la tête, incrédule, se demandant à quel genre d'exercice il était censé se livrer, au juste.

— L'intérieur de votre maison sent un peu le cheval, surtout lorsque vous entrez dans la cuisine, où vous tombez sur le chef cuisinier suédois des Muppets. Il est en train de découper rapidement des légumes qui volent dans tous les sens, en baragouinant quelque chose.

« Là, vous tournez les talons, et vous vous dirigez vers le salon, où vous tombez sur Madonna qui se tortille sur la table basse en chantant *Like A Virgin*. Et puis, vous ouvrez les yeux... Allez-y, ouvrez les yeux. »

Peabo ouvrit les yeux, et vit que le professeur faisait les cent pas devant la classe.

— Monsieur Smith, avez-vous déjà vu ces gens qui, en regardant un jeu de cartes, faces visibles, sont capables, en quelques minutes seulement, de réciter, dans l'ordre, le jeu complet ? Ou encore de faire le même tour avec des centaines de numéros de téléphone, ou de noms de personnes. Avez-vous déjà vu des gens réaliser ce genre de prouesse à la télévision ?

— Bien sûr.

Peabo avait rêvé plus d'une fois, en révisant des examens notamment, d'être capable d'une chose pareille.

Le professeur prit une chaise, la tourna et s'assit face à Peabo.

— Cela vous surprendrait-il d'apprendre que ces personnes ne sont pas des savants ? La plupart des gens qui peuvent faire ces choses ont un intellect moyen et une mémoire moyenne. Ils se sont simplement entraînés grâce à des techniques que je vais vous enseigner. Et ces techniques ne sont pas nouvelles ; les Grecs de l'Antiquité s'en servaient déjà. Il y a des milliers d'années, nous n'avions pas un accès quasi instantané aux connaissances du monde entier, comme c'est le cas aujourd'hui. Il était donc beaucoup plus courant d'exercer notre mémoire d'une manière qui pourrait sembler inutile aujourd'hui.

« Je vais vous en donner un exemple : vous souvenez-vous du numéro de téléphone de la maison où vous avez grandi ?

Peabo acquiesça.

— D'accord, mais je parierais que vous ne vous souvenez pas de la plupart, pour ne pas dire d'aucun, des numéros que vous composez fréquemment aujourd'hui. N'est-ce pas ?

Peabo sourit et hocha la tête de nouveau. Le bonhomme avait raison. Il y avait effectivement, entre autres, un restaurant chinois près de chez lui qu'il appelait chaque semaine, sans avoir jamais eu besoin de mémoriser son numéro, sachant qu'il se trouvait sur le répertoire de son téléphone.

— Au fil des années, nous autres, humains, avons fait en sorte qu'il nous soit facile de nous décharger de nos souvenirs sur des dispositifs externes. Qu'il s'agisse de rouleaux de papyrus, de livres, de photos, d'ordinateurs ou de smartphones, nous avons créé des moyens de stocker nos souvenirs de manière à ce qu'ils ne soient jamais perdus – du moins tant que nous ne perdons pas le dispositif de stockage. Mais avant ces progrès, les hommes n'avaient d'autre choix que de se souvenir des choses... ou de les perdre à jamais.

« Nous nous appuyons tellement sur la technologie que nous avons cessé de nous entraîner à nous souvenir. Nous voulons tout avoir à portée de main... (il claqua des doigts.)... dès que nous en avons besoin.

« M. Smith, ce que je vais vous apprendre à faire fait déjà partie de ce que j'appellerais notre boîte à outils humaine. C'est juste que nous utilisons rarement cet outil. Quand nous aurons terminé, la façon dont vous vous souvenez des choses aura changé. Nous allons exploiter les parties de votre cerveau associées à la reconnaissance spatiale et visuelle, et les transformer en une sorte d'assistant, qui vous aidera à vous souvenir des choses comme le faisaient nos ancêtres.

« Je pourrais m'étendre sur la science qu'il y a derrière la technique, en approfondissant notamment le sujet de l'encodage élaboratif, mais restons sur quelque chose de plus pratique : ce que l'on appelle le paradoxe du boulanger/Boulanger. Le paradoxe est le suivant : imaginez que je m'approche d'une personne, et que je lui dise : « J'aimerais que tu te souviennes qu'il y a quelqu'un qui s'appelle Boulanger ». Je vais ensuite voir une autre personne à qui je dis : « J'aimerais que tu te souviennes que cette personne est boulanger ». Imaginons maintenant que je revienne voir ces mêmes personnes quelque temps plus tard, et que je leur demande de se souvenir de ce que je leur ai dit. Il est beaucoup plus probable que la deuxième personne – celle à qui l'on a parlé d'un homme qui *est* boulanger – se souvienne de ce fait particulier bien mieux que la première personne – celle à qui l'on a demandé de retenir le nom de Boulanger. Avez-vous une idée de la raison pour laquelle il en est ainsi ?

Peabo réfléchit un instant à la question.

— Eh bien, quand vous avez dit que le type était boulanger, j'imagine que je me suis représenté quelqu'un avec une toque blanche ou quelque chose comme ça, alors qu'un type nommé Boulanger ne m'a rien évoqué de particulier.

Le professeur sourit.

— C'est exactement ça. Le nom « Boulanger » n'est qu'une donnée parmi d'autres qui se balade dans votre esprit, alors que le *concept* de boulanger, du métier de boulanger, établit un tas de connexions cognitives – une odeur du pain fraîchement cuit, un drôle de chapeau blanc, de la farine partout. Toutes ces choses, ces détails, ces images, ces connexions... vous aident à vous souvenir de cette donnée aléatoire que l'on vous a demandé de garder à l'esprit.

Peabo hocha la tête. C'était logique.

— D'une manière générale, poursuivit le professeur, les humains ne sont pas doués pour se souvenir de faits et de chiffres aléatoires. Mais nous avons une mémoire visuelle et spatiale exceptionnelle. Si je vous demandais par exemple de répéter les dix premiers mots que je vous ai dits en entrant dans la salle de classe, vous auriez probablement du mal à le faire. Mais si je vous demandais qui était sur le cheval ?

L'image vint immédiatement à l'esprit de Peabo, et il sourit.

— Toccata, le grand oiseau jaune. Perché sur un cheval fauve.

Le professeur sourit à son tour.

— Bon. Il est temps de commencer le cours. »